U0104221

▲此次研討會探討知名作家黃春明老師的文學與藝術，很榮幸能邀請黃春明老師蒞臨，共襄盛舉。開幕典禮，古源光校長與黃春明老師合影留念。

▲黃春明老師在研討會中，分享其創作的理念與追求。

▲論文發表（一）由國立中山大學林慶勳教授主持。

▲論文發表（二）由國立中山大學龔顯宗教授主持。

▲論文發表（三）由國立屏東大學黃文車主任主持。

▲會後的座談會由國立政治大學陳芳明講座教授擔任主持人，與作家黃春明先生、國立中央大學李瑞騰教授、影評人鄭秉泓先生，進行文學與藝術的交流對話。

▲國立屏東大學中文系特別製作黃春明老師的Q版立牌。古源光校長與黃春明賢伉儷於立牌旁合影紀念。

▲「黃春明的文學與藝術──第九屆近現代中國語文國際學術研討會」閉幕大合影。

學術論文集叢書

黃春明的文學與藝術

第九屆近現代中國語文國際學術
研討會論文集

尤麗雯　主編

古序

古源光

　　屏東大學位居國境之南，肩負地方深耕研究及促進北中南東各區域、海內外學術交流的重要使命。本校中文系以「近現代中國語文國際學術研討會」與「屏東文學國際學術研討會」交替舉辦，成績斐然。

　　第九屆「近現代中國語文國際學術研討會」以「黃春明的文學與藝術」為主軸，不僅有臺灣北中南東各地大學的專家學者，馬來西亞新紀元大學院的林素卉教授，透過視訊會議，得以跨越千里，躬逢其盛。會議總共發表論文九篇，與會學者針對思想與藝術形式和表現手法等主題，各自提出研究創見，粲然可觀。

　　此外，特邀本校校友同時也是本校名譽博士獲獎人，作家黃春明先生親自蒞臨，與政治大學陳芳明教授、中央大學李瑞騰教授、知名影評人鄭秉泓在研討會後進行座談，期待透過不同世代、不同文化背景、不同領域的專家學者的交流，能跳脫既有框架，為黃春明乃至於臺灣文學研究，繼往開來，開拓更多元、創新的未來研究方向。

　　本次會議承蒙本校人文社會學院、秘書室、校友服務組、中文系同仁的鼎力支持，會議工作人員的合作，以及關注臺灣文學的先進們的共襄盛典，得以在肺炎疫情蔓延之時，仍能圓滿順利舉行。

　　會議論文集不僅收錄了與會學者的文章，感謝黃大魚文化藝術基金會執行長李賴費心蒐集、整理「黃春明年表」，附錄於本次論文集出版，使本次會議論文集別具意義。透過論文集的出版，除了將本次會議的學術研究成果推介給學界，也藉此廣邀海內外學者至屏東，分享研究心得，期待來日舊雨

新知，共聚歡敘，不僅為屏東大學增輝，同時也為南臺灣再一次帶來學術的交流饗宴。

國立屏東大學校長

古源光

二〇二二年五月

文學的力量有多大！
——側記黃春明的文學與藝術研討會

黃文車

國立屏東大學中國語文學系於二〇二一年十一月二十六日辦理「2021第九屆近現代中國語文國際學術研討會」，主題聚焦「黃春明的文學與藝術」，旨在梳理黃春明的文學作品，探討其藝術形式與書寫手法、思想、文化等不同面向與成就，期盼能開拓黃春明作品研究的多元可能性。

黃春明老師是屏師四十七級校友，並於二〇一七年榮獲本校名譽博士及校友終身貢獻獎。本次會議辦理傾全校之力籌備規劃，除了邀請臺灣及馬來西亞等地優秀學者共發表九篇論文並辦理一場跨界對話的「座談會」外，更邀請國立政治大學臺文所陳芳明講座教授針對「黃春明小說的寬容精神」進行專題演講。陳教授提到從黃春明的小說中可以發現：一、真正寫歷史的人不是那些英雄人物，而是一般的市井小民，例如他寫屏東好茶部落的〈戰士乾杯〉，用祖父子三代的當兵遭遇批判臺灣被殖民的過程；二、文學的力量有多大？透過文學，我們可以真正看到人生，真正看到不一樣的社會，例如〈莎喲娜拉‧再見〉中的那位年輕人開始認識自己的文學與歷史；三、黃春明的小說讓人讀來溫暖，文學本來就不是去傷害別人的。因此，我們要有自己書寫歷史的能力，必須找回自主書寫的主體性。

自二〇〇八年以來，本校中文系便持續舉辦「近現代中國語文國際學術研討會」，至今已歷十三年。以近現代語文為研討範疇，一者乃回顧明代以來之學術發展，分享學界高見，再創經世致用之新局；二者整合本系與在地文學之傳授與研究，集策群力，前瞻現代文學之走向。本次會議秉持前瞻臺灣現代文學研究的高度期待，特以「黃春明的文學與藝術」為主題，透過跨

國、不同世代、不同領域臺灣文學研究者的學術交流對話，感知黃春明文學與藝術的豐富可能。在此因緣之下，中文系師生團隊後續更著力編纂《黃春明的文學與藝術——第九屆近現代中國語文國際學術研討會論文集》一書，期待透過黃春明老師作品中豐厚的文學力量，在文學書寫閱讀與臺灣文學研究發展中，創造多元思維與跨界對話的諸多價值。

國立屏東大學中國語文學系主任

黃文車

2022年5月1日

目次

主題演講
黃春明小說中的寬容精神[*]

陳芳明[**]

我認識黃老師已經超過五十年了。

我在臺大歷史所畢業後，我的第一份工作因為還沒有出國，就在隱地主編的《書評書目》當助理主編。每一次午餐出來，我就會經過武昌街的明星咖啡屋，我每一次看到那邊有黃春明的摩托車停那裡，我就上去了。我常常上去跟他聊天，他都在那邊寫作，也要忍受我的干擾，我們的感情大概是從那樣開始。後來，我要出國之前，出了一本詩集叫做《含憂草》，我想說我一定要把生命中的第一本詩集送給我的大哥黃春明，就拿去給他。

有一個朋友幫我弄詩集的插畫，朋友隨便用幾個線條，就放在那個詩集裡面，他讀我的詩集，看到那個插畫，他說：「欸，芳明，這些插畫是什麼意思你知道嗎？」我說：「我不知道，他只是畫一些線條而已。」他說：「如果你不知道他的意思的話，你就不應該收到你的詩集裡。」這對我來講真的是醍醐灌頂。

我從來都沒有想到，友情跟文學是要分開來的，友情是友情、文學是文學——可是插畫你看不懂，你為什麼還要放到你的詩集裡？

這是我最早的一個文學教案。我不懂的東西不要放在我的書裡面，以後我就這樣告訴自己。

我後來到美國西雅圖華盛頓大學讀書，在那邊讀書的時候，美國國務院

---

* 本文依據當日演講逐字稿整理而成。

** 國立政治大學講座教授。

好像請黃春明，在那邊做客座作家。一九七六年，我還在西雅圖的時候，他特地坐飛機到西雅圖來跟我相聚。我當時住在學生宿舍，非常狹窄，內人正懷孕，他開始給我一大堆教育：「這個母親懷孕齁，你要照顧她」、「洗刷的工作太太不要做，你要幫忙做」。他告訴我很多普通常識，我才知道他真的是很細心、貼切的人，非常非常細心、貼切。

他大概是我在過去，開始接觸文學的時候，很早的一個啟蒙者；另外一個啟蒙者，就是現代詩人余光中；到華盛頓大學的時候，楊牧又跟我同校，所以在我的生命裡面，余光中、楊牧、黃春明是跟我過從甚密的朋友。

真正的歷史其實都是從小人物開始

今天我談黃春明的寬容精神，最主要是他看到的世界，跟我們歷史學界所看到的世界，是完全不一樣的。讀中國歷史的話，都是英雄人物，都是偉大人格，從岳飛到文天祥，這些全部都是偉大人格，我們不會注意到歷史上的小人物，所以後來歷史慢慢重新改寫，這幾十年，開始慢慢注意到歷史上的小市民或者農民。

我在讀臺大歷史所的時候，讀的完全就是官方的歷史，而且，官方的歷史都是忠奸之辯，就是忠臣、奸臣這一種書寫，我們看不到一般小市民。我必須要等回到臺灣文學之後，才開始注意到臺灣文學裡面出現的小人物。真正的歷史其實都是從小人物開始，絕對不是那些忠臣，或者那些英雄烈士，一般老百姓才真正構成了歷史，所以我後來回到臺灣在政治大學教書，就發願我要寫臺灣文學史。

我為什麼發願要寫臺灣文學史？因為一九八一年我在海外的時候，中國出版了一大堆臺灣文學史，至少有十幾本，這些書每一本書的前面都一定有兩句話：第一句話就是，臺灣是中國神聖不可分割的領土；第二句話是，臺灣文學是中國文學的支流或者下游。我是覺得很奇怪──我們這些人在臺灣這塊土地上生活，用我們的生命寫出來的文學，居然變成你的支流、變成你的下游！這對我是很大的刺激。我想，我們不能由別人幫我們寫歷史，我們應該要有寫自己歷史的能力。

現在我們有屏東學開始起來了，要寫屏東，你不要叫高雄人，不要叫我來寫，應該要由屏東人來寫，這才是自主的歷史，所以，我在寫文學史的時候就是如此。這一種自主的精神，在黃春明的作品裡，當然是非常重要的，他的小說裡絕對沒有所謂的英雄，或者偉人，都沒有，他都是寫小人物。

他以前曾告訴我一個故事：他在羅東，或者在宜蘭，路上看到一個小孩子是洋人的臉，每個人騎腳踏車，然後跟他講Hello這樣，他就跟這個小孩講Hello，沒有想到竟然惹怒這個小孩，這個小孩用三字經罵他。我才知道這是美軍來臺灣時，跟一些在臺北酒吧工作的宜蘭女孩子有了孩子，所以才是洋人的長相。這對我來講，也是一個非常震撼的事。我從前在左營，左營是美軍駐海軍的一個基地，那裡美軍最多了，也看到那麼多，可是我從來不會想到背後有這樣的故事，只有小說家才會看到。這就慢慢開始改變我對臺灣的看法——真正的歷史是由社會最底層的人物縮寫出來的。對我來講，在追求知識啟蒙的過程裡，總是有一些人給你指點，讓你突然看清楚。

西方整個近代知識的開始是從啟蒙運動。啟蒙運動的英文叫做Enlightenment，中間這個enlighten，就是燈亮起來。enlighten，所以你有了知識，光就引進來到你的思考裡面，然後你就看清楚了世界，啟蒙運動就在這裡開始出現。啟蒙運動前的時代，是天主教或者基督教控制整個人世的一種信仰，那種知識是神學知識，不是社會的知識；等到啟蒙運動以後，整個人類的歷史全部改寫。

我的個人生命裡也出現了一個啟蒙運動。我看過很多「不該看的書」，這些不該看的書，我在西雅圖華盛頓大學時就看了太多，尤其是魯迅的《阿Q正傳》，看了這些書以後，我才知道我們受國民黨教育實在是、真的是被耽誤了。整個青春時期，成長時期，整個思考方式就偏了——聽到蔣中正或者蔣總統，我們就要立正；看到國旗，你就要敬禮，類似這樣的服從，那種馴服是我們在整個生長過程中必須經歷的。如果你沒有出國，你就不會看到那麼多「不該看的東西」。黃春明的小說就讓我看到了。看到什麼？看到臺灣社會邊緣的、底層的人物，跟都是寫什麼忠臣啊奸臣啊這一類的中國的文學史，完全不一樣。

我們都知道黃春明的文學，現在已經變成一個寶藏。我的學生碩士論文寫黃春明，我記得臺灣的博士論文有好多也是寫黃春明。文學的解讀不會只有一種解釋，不同的人來閱讀，就有不同的觀點。如果是女性的話，看到他的文學，你才知道女性的命運可以跟裡面的女性互相對照；作為男性的讀者，你看到臺灣的女性、臺灣的弱者如何被欺負、被歧視。

從前我在看臺灣文學的時候，基本上都是以漢人為中心，這叫做漢人中心論，所以才以漢人為主題；後來我看到黃春明的〈戰士，乾杯！〉，寫我們屏東的故事。他的朋友邀請他到部落去，看朋友家的照片：祖父、父親、孩子，每一個人都是在戰場去世，祖父是日本兵，父親是國民黨的兵，孩子是共產黨的兵。用這些相片對照，我們就知道臺灣經歷了怎樣不同的當權者，這些當權者不僅支配了我們的思考，我們還要為他們效勞，為他們戰死。小說是靜態的，可是你讀的時候，在你內心產生的迴響震耳欲聾——你在制式的教育裡面，不可能接觸到的，社會的、歷史的看不見的那一面，小說可以到達。

為什麼社會史現在會變成那麼夯的一個學問？最主要的原因是，我們發現真正寫歷史的人不是那些領袖或者大臣，而是我們一般老百姓。

透過了文學，才看到真正的人生

我第一次看到《莎喲娜啦‧再見》，應該是我在海外的時候。《莎喲娜啦‧再見》在講黃君帶著日本人去宜蘭觀光，然後去礁溪，去造訪那些色情業。回到臺北的時候，一個臺大中文系的學生看到黃君在跟日本人講話，就拜託他幫忙翻譯。然後，他就教訓這個臺大中文系，又教訓日本人，兩邊都給他們刮耳光。《莎喲娜啦‧再見》是我看過以後非常難忘。

我們都知道黃春明他開始寫小說是從一九六〇年開始。一九六〇年左右，他認識了，我們中文系一個非常好的老師，叫做尉天聰。尉天聰他去世了，尉天聰對我最好。我記得二〇〇〇年我從暨南大學到政治大學，他退休了，正要把研究室的書搬走，我們在走廊遇到。我看到尉老師的時候，我不

敢跟他打招呼。我為什麼不敢跟他打招呼？因為尉老師有一個非常好的朋友是陳映真，我跟陳映真打筆戰打了三次。他本來是我很尊敬的一個小說家，我沒有想到這一位小說家後來對北京的任何的一件事情都非常尊崇、非常崇拜，甚至連毛澤東他也崇拜，我真的覺得很奇怪，所以我就跟他論戰。後來，我去中文系辦公室找他，說：「尉老師，我們現在成立臺灣文學研究所，你可不可以來幫我們開一個中國新文學的課程？」他嚇到了，他說：「陳芳明知道我跟陳映真是好朋友，可是他還是來找我。」這是我跟他開始對話，對話以後就變成非常好的朋友。

我記得好像陳映真要逃去北京的時候，黃老師跟尉老師去機場送他，在登飛機之前，陳映真講了一句話，他說：「這個世界對文化大革命都誤解了，其實那是很偉大的革命，我覺得中國應該要再來一次文化大革命。」尉老師就生氣了，他說：「映真，我們是好朋友，可是你知道嗎？如果文化大革命發生的時候，你有哥哥、姐姐、妹妹在中國的話，你今天不會講這樣的話，我們的友情到這裡為止！」尉先生就跟他絕交了。這個故事對我來講也是很震撼。

尉老師後來來找我，說：「欸，芳明，你要不要來我家吃飯？」他們當年在辦《文學季刊》的時候，在一九六五年左右……啊，一九六六，到我出國之前，是一九七四年。我知道周夢蝶的書攤，就是在明星咖啡屋，這之間我都去買《文學季刊》，所以研究宋代歷史的這一個年輕人，就是這樣耳濡目染，慢慢的跟文學接觸，本來是研究宋代歷史的，後來就慢慢向現代文學移動。我覺得對一個年輕人，文學的力量有多大，絕對不是輕易地說：「喔，他對他影響很大。」不是，那是雷霆萬鈞的啊！那整個就是震撼啊！因為透過了文學，才看到真正的人生；透過文學，才看到了臺灣社會。所以，你在看《莎喲娜啦‧再見》，你在看他所有的那些小說，你才會知道，看小說其實是在看一面鏡子。你每天經過的那個場景，你大概不會注意，可是變成小說的時候，你就會特別注意──小說告訴我們，臺灣社會現在正在這樣發生。

在過去那麼長的歲月裡，我常常都會回想：一個研究宋代歷史的人，為什麼會開始對臺灣文學發生興趣？當然因為有很多人給你指導，給你一些方

向。黃春明讓我知道，臺灣文學是非常豐富的，原因是我們的小說家就像社會的觸鬚，幫我們探索各種不同的感覺。讀他的小說我終於慢慢瞭解——不應該再停留在宋代的歷史，宋代的歷史已經死去了，可是活生生的歷史就發生在我們面前，我們視而不見，這樣是不對的。他這個大哥在前面引導，我才知道，真的要寫歷史，就要寫臺灣。可是你所讀的那些歷史，全部都是黨國的，如果不是共產黨的就是國民黨的，人民在哪裡？臺灣社會在哪裡？歷史找不到。這個歷史好像要增加我們的歷史記憶，其實是強化我們對臺灣的遺忘。

你明明知道這輩子你不會去南京，你不會去北京，你不會去長江，你都不會去，可是我們為什麼耳熟能詳？我們知道長江發源，還要經過四川，然後就一路一直到上海出去，各個很重要的什麼漢口、武漢，這些我們都背得很清楚。現在我記得武漢，是因為有武漢肺炎，跟歷史沒有關係。這樣的一個生活的教育，生活的感應，才是真正的文學寄託的所在。後來看到《蘋果的滋味》，當然也是非常讓我們震撼的一個故事，因為過去有那麼多的故事，我們都從來沒有到，他的小說又一次點醒了我。

文學它是開放的，黃春明也是開放的

我在政治大學開始學文學史的時候，對我來講，是一個文學教育的重來一次。過去我們讀小說是當作一種欣賞或者消遣，但是你把它放到文學史裡面，意義就不一樣。從二○○○年開始，我就把日據時代所有的作品都放到我的研究室，然後把日據時代寫完了，就把它放到圖書室。我在政大有一個臺文所的圖書室，第一批書大概是五千冊，從年輕時候所收集的詩集、詩刊、文學雜誌或者那些作品，我都捐給它了。之後只要收到新書，我看完了就捐給臺文所的圖書室。我從來沒有想到後來這對我的幫助很大。我寫文學史寫了十一年，每一個階段我只要需要看書，就會到這個圖書室。黃春明的小說當然有一排放在那裡。我大概有三個碩士生寫過黃春明，就是在那個圖書室。裡面有幾本書有黃春明的簽名，他們都很珍惜，而且還會拍照貼到臉

書:「這是陳芳明老師的書,這是黃春明的簽名。」那些啟蒙我的文學教育的書,現在再啟蒙我的學生,文學的力量就在這裡。不同世代的讀者閱讀會產生不同的見解、不同的解釋,所以在座各位同學,有人寫過的題目不要害怕。

很多人在寫論文的時候,很害怕誰誰誰已經寫了,那我還是不要寫好了。這才是你的挑戰,因為文學解釋就是看你的獨到之言,所以你面對黃春明不要害怕,說:「啊,陳芳明已經寫過了,哪一個誰也寫過了。」我鼓勵在座各位,你再寫一次,你的世代的感覺跟我世代的感覺、美感是不一樣的。我會對字的運用技巧特別注意,因為我們是經過細讀那種訓練的,所以對每一個字的字義都會去分析;但是到你們這個世代就不一樣。你們世代的美學完全開放,非常非常開放的一個時代。

我們以前寫的時候都會,都會很害怕說:「我這樣寫會不會曲解了這個小說家、創作者他本來的意思?」你為什麼要知道他原來的意思?所有的文本就是開放的,既然是開放的,你進去就隨便你解釋,你不要說:「這個我好像寫的跟陳芳明不一樣。」就是要跟陳芳明不一樣,你這一本,你這一個報告,才是有價值的;跟我一樣,那你去影印就好啦,是不是?所以,不要害怕,文學它是開放的,黃春明也是開放的。

文學是叫我們不要傷害別人,是在我們閱讀過程中可以得到溫暖、得到安慰。今天我可以這麼堅強的走到這個年齡,所有的大風大浪,甚至是之所以會那麼晚才回來,是因為人家打你小報告,你變成黑名單,你在海外流亡十八年,你才回到臺灣。

我是高雄左營人,回到臺灣的第一天,我跟我母親坐在客廳講話,我說:「我頭髮太長了,我先去剪個頭髮。」她就跟我說:「你等一下,等一下那個陳先生要來。」我說:「哪一位陳先生?」「就調查局那個啊!」我一聽到就火大。我說:「好,我坐下來等他。」我以為陳先生是一個年紀很大的人,沒想到比我年輕。他上來了,看到我嚇了一跳,「喔你在家。」我就跟他講:「我自己做的事情我負責,請你以後不要再來找我母親了。」換我問他。我說:「你是哪個學校畢業的?」他說:「東吳大學經濟系。」我就說:

「哇！這個學校很好，經濟系這個系也非常好，為什麼你要做這樣的事？」他的頭就低下來了。我說：「我做的事情我負責，你以後不要再來。」從此他就消失了。我回到臺灣，我才知道我傷害我的母親有多大。

後來，我覺得每個時代每個人都有他的困擾，黃春明那種寬容的精神，我應該也要學習。我可以換句話說：「你來我家玩可以，但是你不要打報告啦！」我也許可以這樣，可是我就把他趕出去了。我覺得自己不夠寬容。每個人都有難處，每個人的人生都有難處。

今天我們來這裡參加黃春明的研討會，我沒有辦法在這裡把他的小說仔細介紹，但是，我用我跟他生命中的相遇，跟他的相處，跟我過去的生命裡面所做的閱讀，我才知道那是一個非常愉快，而且是非常開放的一個閱讀的過程。他的朋友是我的敵人，可是我不會因為是我的敵人，就影響了我跟黃春明的感情。

以意識形態來審判別人那個時代已經過去了，即使意見跟我不一樣，我會更重視他，而且更尊重他，我對我的學生如此、對我的朋友如此、對我的老師如此，這是我所受到的文學教育，給我的最大收穫，所以，在這裡，我要向黃春明先生說謝謝。

身心一元：

探黃春明小說中的身體密碼

林秀蓉[*]

摘要

　　小說中的身體敘事，不僅能使文本在故事情節、人物塑造、主題意涵有更多元的探索視角；最重要的是，身體隱藏於故事背後所生發的強大敘事動力，形成廣泛且複雜的象徵符號。黃春明小說善於捕捉生活周遭小人物的身體現象，這些小人物充滿各式各樣的痛苦、艱難、屈辱和挫折，他們的悲劇除了來自天生的因素或生命的有限，絕大多數與自身以外的社會文化、政治權力的脈動息息相關。本論文主旨在於參佐西方「身心一元」的論點，探討黃春明小說中身體符號的隱喻意涵；文本取樣兼顧生理性、心理性、社會性、文化性的身體，茲分以下四種類型析論：（一）駝背身體、（二）戰士身體、（三）陽痿身體、（四）瘋女身體。黃春明小說中的身體隱喻，指向個人心理的投射、社會文化的病症、政治霸權的毒瘤等意涵，符應傅柯、透納「身心一元」的論點，身體是社會建構、權力操控的產物。期待藉此深探黃春明身體書寫的衍異特質，並裨補相關研究之闕漏，進而開展黃春明小說研究的新視野。

關鍵詞：黃春明、小說、身心一元、身體敘事

---

* 國立屏東大學中國語文學系教授。

一 前言

　　黃春明（1935-）的文學成就標示著一九六〇、七〇年代臺灣文學創作的巔峰，「黃春明式」的小說風格，孕育自臺灣社會的轉型變遷，洋溢著強烈的地方色彩，被視為鄉土文學的經典作家。本論文主旨在於參佐「身心一元」的論點，探討黃春明小說中身體符號的隱喻意涵。

　　就西方身體觀而言，傳統認定形而下的身體，到了十九世紀德國哲學家尼采（Nietzsche, 1844-1900）開始轉向「身心一元」的觀點，他在《查拉圖斯特拉如是說》中推翻「身體」只是心靈工具或意識附庸的看法，強調「身體」是超越自身感官以及意識自我的大理性（「身體理性」）。[1]尼采之外，探索身體本體論最具代表性者，便是法國哲學家梅洛‧龐蒂（Maurice Merleau-Ponty, 1908-1961），他在《知覺現象學》中提出「身體」是具有「知覺主體」的觀點，認為世界存在及外在環境的聯繫，皆必須透過身體知覺來體驗，相信身體是所有物體的共通結構。[2]另一位法國哲學家傅柯（Michel Foucault, 1926-1984）在《規訓與懲罰──監獄的誕生》中，特別關注身體被馴服化成為政治權力施行的場域[3]；又傅柯在《性史》中從性欲的角度闡釋性、權力與話語如何緊密結合，突顯出身體不僅是表面上所見的肉體而已，它與文化建構、權力操控、知識形成的體系，都有很密切的關係。[4]傅柯之後，英國社會建構論學者透納（Bryan Turner, 1945-　）承襲其哲學思考，在《身體與社會理論》中提及身體應該是社會建構的產物，並受制於權力、經濟、

1　尼采（Nietzsche）著，林建國譯：《查拉圖斯特拉如是說》（臺北：遠流出版事業公司，1989年），頁32-33。

2　梅洛‧龐蒂（Maurice Merleau-Ponty）著，姜志輝譯：《知覺現象學》（北京：商務印書館，2001年），頁218、265。

3　傅柯（Michel Foucault）著，劉北成、楊遠嬰譯：《規訓與懲罰──監獄的誕生》（臺北：桂冠圖書公司，1998年），頁24-29。

4　傅科（Michel Foucault）著，沈力、謝石譯：《性史》（臺北：結構群文化公司，1980年），頁137。

意識形態及制度性管制所影響，因此身體議題實有多重的定位空間。[5]依據傅柯、透納所言，身體作為權力的一個場域，其本身的存在就不單牽涉到「生理性」和「心理性」，還有所謂「社會性」、「文化性」；換言之，在肉體已然存在的前提下，政治、經濟、軍事、思想、教育、公共衛生等各式各樣的力量，試圖透過它們所能掌握的細微管道，主宰或影響身體的建構過程。[6]因此使得身體同時帶有精神心理和社會文化的印記。從以上西方學者對於身心一元的觀點，提供本論文思考黃春明小說中「身體」意象的解讀。

　　黃春明出生於宜蘭縣羅東鎮浮崙仔，屏東師範學校畢業[7]，是一位多方位的文學藝術工作者[8]，最為人所熟知的是小說創作，曾被翻譯為日、韓、英、法、德、捷克、衣索匹亞等多國語言。從屏師時期即發表〈清道伕的孩子〉（1956）、〈小巴哈〉（1957），服役期間完成〈城仔落車〉（1962），皆以兒童為主角，藉著變異的身心塑造人物的特質。其中〈城仔落車〉曾獲林海音女士的賞識[9]，在文壇開始嶄露頭角。值得注意的是，六〇年代後半期，

5　透納（Bryan Turner）著，謝明珊譯：《身體與社會理論》（臺北：韋伯文化國際出版公司，2010年），頁86。

6　黃金麟：《歷史、身體、國家：近代中國的身體形成1895-1937》（臺北：聯經出版公司，1997年），頁6。

7　一九五八年黃春明屏東師範學校畢業，除了從事文學藝術創作，也曾任教於政治、成功、中央、東華、文化、佛光等大學，擔任臺灣藝大、原臺東師院駐校藝術家。一九九八年獲頒「國家文化藝術基金會文藝獎」文學類獎。二〇〇八年獲頒宜蘭佛光大學「榮譽文學博士學位」。二〇一五年獲頒國立臺北教育大學「名譽博士學位」。二〇一七年國立屏東大學特頒「校友終身貢獻獎」、「國立屏東大學名譽博士學位」，表彰黃春明創作不懈、勤以著述，始終保持文化人的風骨。

8　黃春明有小說、散文、新詩、兒童文學（繪本、劇本、撕畫）等不同形式的作品，並於二〇〇六年成立「黃大魚文化藝術基金會」，在宜蘭推展本土語言復建、社區營造、戲劇紮根、文學深耕及創新歌仔戲等工作，也從事兒童歌舞劇的編導。一九八〇、九〇年代，小說改編成電影，如〈兒子的大玩偶〉、〈小琪的那頂帽子〉、〈蘋果的滋味〉、〈看海的日子〉、〈莎喲娜啦‧再見〉、〈兩個油漆匠〉等。

9　黃春明以「蘇莉文老師之於海倫凱樂」來形容林海音的知遇之恩。他曾提及自己原是一個連父親都不歡迎的孩子，但在人生最徬徨時，投稿〈城仔落車〉於《聯合報》〈聯合副刊〉，獲得刊登，「是自己一生中第一次覺得被肯定」。參見林奇伯：〈何凡、林海音之

黃春明的文學生涯正式跨入了成熟飽滿的時期，寫出一系列代表性的作品，如〈溺死一隻老貓〉（1967）、〈青番公的故事〉（1967）、〈看海的日子〉（1967）、〈魚〉（1968）、〈兒子的大玩偶〉（1968）、〈鑼〉（1969）等，這些小說以鄉土人物與景物作為敘事中心，著意書寫自六〇年代以來都市化、工商化、現代化過程中小人物所面臨的衝擊與痛苦，諸如環境的變遷、城鄉的價值觀、生活的適應、生存的問題等都是其關注的議題。以〈看海的日子〉為例，小說形塑妓女白梅時，安排如宗教式的身體苦行以獲得物質與精神上的救贖，又以海洋象徵長養生命的力量，連結白梅身體為大地之母的形象，朗現其秉持堅忍的精神，追求生命的尊嚴與昇華；小說通過白梅這位小說人物的創造，將故鄉土地與母親身體的意象融而為一，使六〇年代的臺灣文學列車轉駛向土地的定位。陳芳明評述道：「黃春明文學的重要意義，就在於改寫了現代主義思潮的破敗與殘缺；代之而起的是，生命的昇華與拯救。這是因為他來自宜蘭農村，那種與土地牢牢結合的本土生命，是黃春明小說的重要動力。」[10]就黃春明而言，故鄉是心臟，是生命的動力，當他投入都市生活時，反而回首凝望自己的鄉土。其小說見證臺灣現代主義思潮的傳播蔓延，也是從現代主義轉向寫實主義的代表；另外，可見身體密碼常有意無意穿梭於文本之中，形成書寫策略的特色。

　　跨入七〇年代以後，寫實主義小說已躍為文壇主流。黃春明的小說背景開始從農村轉換到城市，其基本精神乃在於對資本主義化的經濟奇蹟進行大膽的批判，如〈蘋果的滋味〉（1972）、〈我愛瑪莉〉（1972）、〈莎喲娜啦‧再見〉（1973）、〈小寡婦〉（1974）等，其中〈蘋果的滋味〉、〈莎喲娜啦‧再見〉是最受矚目的兩篇小說：前者透過阿發車禍受傷事件，嘲諷臺灣社會對美援文化的崇拜；後者以「千人斬俱樂部」撻伐日本商業帝國對臺灣婦女身

　　女夏祖麗：我家客廳是半個臺灣文壇〉，《遠見》雜誌網站：https://www.gvm.com.tw/article/11596，檢索時間：2021年8月2日。又參見黃春明：〈羅東來的文學青年〉，《大便老師》（臺北：聯合文學出版公司，2010年），頁93-100。

10 陳芳明：〈第十五章：一九六〇年代臺灣現代小說的藝術成就〉，《臺灣新文學史》（臺北：聯經出版公司，2011年），頁401。

體的暴力，二者皆可視為後殖民主義文本，藉著身體符號指控新殖民者挾經濟優勢侵害臺灣。黃春明從一九八六年起書寫老人系列的短篇小說，一九九九年集結為《放生》，內容描寫老人的殘軀病體，反映鄉村老人在社會結構變遷下所遭遇的問題，進而反思已被扭曲的文化秩序。黃春明可說是臺灣文學界的常青樹，睽違二十年再出發，則嘗試長篇小說的創作，《跟著寶貝兒走》（2019）、《秀琴，這個愛笑的女孩》（2020）皆跳脫以往的寫作題材，前者藉著陽具移植探討陽具中心結構的情結；後者透過瘋女身體控訴戒嚴時期的威權專制，這兩篇小說分別融入不同性別的身體敘事，顯現身體與性別身分、政治編碼之間的衝突。綜觀黃春明的創作歷程，從〈清道伕的孩子〉到《秀琴，這個愛笑的女孩》，我們發現「身體」意象常被隱喻化、符號化，不僅陳述個體生命的經驗和痛苦，而且隱藏政治、社會、經濟、性別、種族與階級的想像圖景，內蘊深厚的意涵。

　　黃春明是少數同時受到兩岸文壇及學術界重視的小說家之一，一九九八年北京作家協會[11]、二〇〇八年中正大學[12]、二〇一五年宜蘭大學[13]皆曾舉辦黃春明作品研討會。在臺灣學術界，研究黃春明小說的學位論文至今已有五十多篇，期刊論文亦可觀，然有關其小說中的身體符號則少被關注，現今只見馬來西亞拉曼大學中華研究院中文系許文榮教授〈論黃春明小說的身體書寫〉[14]。該文對於身體的敘事藝術與寄寓旨趣進行清晰的詮解，唯文本聚焦於六〇、七〇年代，觀照有限。本論文研究文本將從〈清道伕的孩子〉到

11　一九九八年大陸北京召開「黃春明作品研討會」，由中國作家協會、中華全國臺灣同胞聯誼會、中國人民大學華人文化研究所共同主辦。

12　江寶釵、林鎮山主編：《泥土的滋味：黃春明文學論集》（臺北：聯合文學出版公司，2009年）。

13　李瑞騰主編：《聽說讀寫黃春明：黃春明及其文學國際學術研討會論文集》（宜蘭：宜蘭縣政府文化局，2016年）。

14　許文榮：〈論黃春明小說的身體書寫〉，原發表於宜蘭大學主辦：「黃春明及其文學國際學術研討會」，舉辦日期：2015年10月16-17日，收錄於李瑞騰主編：《聽說讀寫黃春明：黃春明及其文學國際學術研討會論文集》（宜蘭：宜蘭縣文化局圖書資訊課，2016年12月），頁118-134；並刊登於《華文文學》總第132期（2016年1月），頁115-122。

《秀琴，這個愛笑的女孩》，一則避免與許教授所舉文本重覆，二則兼顧生理性、心理性、社會性、文化性的身體隱喻，茲分以下四種類型析論：（一）駝背身體、（二）戰士身體、（三）陽痿身體、（四）瘋女身體。期待藉此深探黃春明身體書寫的衍異特質，並裨補相關研究之闕漏，進而開展黃春明小說研究的新視野。

二 駝背身體：弱勢兒童的自卑情結

　　黃春明向來精擅於鄉土小人物與蘭陽風土民情的敘寫，其中他最關懷的鄉土小人物便是老人與兒童。就老人而言，《放生》[15]針對老人的生理退化與身體病痛，多所著墨。〈現此時先生〉中，現此時先生患有嚴重的氣喘性心臟病；〈瞎子阿木〉中，阿木是個瞎子；〈放生〉中，金足婆有耳鳴、偏頭痛的老毛病；〈銀鬚上的春天〉中，榮伯患關節痛；〈呷鬼的來了〉中，石虎伯有白內障；〈最後一隻鳳鳥〉中，吳黃鳳老年失智；〈售票口〉中，火生仔尿失禁、老人久年嗽，老伴玉葉受氣喘病嗄龜所苦。《放生》全書勾勒一幅幅老樹拜根的疾病圖像，象徵老人無能為力對抗生命的有限和傳統文化的淪喪。[16]其次就兒童而言，出身貧寒且家庭破碎的黃春明[17]，作品中也經常出現貧困或殘疾的弱勢兒童，他們在生命裂縫中成長，或力爭上游，或任由命運擺佈，作者的純真童心流露無遺。本節主要以黃春明初期小說〈城仔落車〉[18]中的駝背身體為探討對象，並輔之以〈清道伕的孩子〉[19]、〈小巴

---

15 黃春明：《放生》（臺北：聯合文學出版公司，1999年）。

16 有關黃春明小說中的老人書寫，可參李瑞騰：〈老者安之？——黃春明小說中的老人處境〉，收錄於《第二屆臺灣本土文化國際學術研討會論文集》（臺北：國立臺灣師範大學人文教育研究中心，1996年），頁281-291。

17 黃春明八歲喪母後即由祖母一手扶養長大，自幼因家庭破碎而常遭異樣眼光，個性敏感、剛強、古靈精怪，又愛打抱不平，也因為常常闖禍或打架鬧事，甚至屢屢遭到退學。參見劉春城：《黃春明前傳》（臺北：圓神出版公司，1987年），頁65-88。

18 黃春明：〈城仔落車〉，原載於《聯合報》〈聯合副刊〉，1962年3月20日；收錄於《莎喲娜啦‧再見》（臺北：聯合文學出版公司，2009年），頁241-248。

哈〉[20]，主旨在於從中剖析兒童身體書寫背後的心理糾結。

　　黃春明幼年失去母親所產生的孤獨寂寞與自卑情結，常常投射於小說中；他曾自述在走入文學世界之前極度自怨自憐，易怒的拳頭與崩堤的眼淚是情緒慣常的宣洩口。[21]由於童年時期的教養都由祖母一肩扛起，故祖母形象如影隨形，至於母親角色即使出現也僅是點綴，如〈城仔落車〉即是例子。小說描寫罹患佝僂症的阿松和老邁殘軀的祖母搭車入城的故事，阿松的外在形貌：「早患佝僂痼疾，發育畸形，背駝腳曲，面黃肌瘦，兩眼突出，牙齒也都蛀黑了。」[22]他的母親離家在外從事妓女以維持生活，當祖母得知阿松母親再嫁，祖孫便從瑞芳搭車至城仔欲投靠新家庭。情節除了呈現祖母寄人籬下的焦慮，特別描寫車子過站，老少兩人被黑夜與北風所吞食的畫面，備感淒涼。對九歲的阿松而言，雖然期待母愛的照撫，但是陌生環境讓他深感害怕，加上凜風刺骨，使他寸步難行。祖母則擔心錯過與阿松母親見面的時間，催趕快步，盛怒之餘視阿松為「累贅枷」：

> 阿松很怕遇見陌生人，因他的體形，陌生人對他的注目，他從小就敏感了。他和所有的小孩一樣，喜歡在母親的身邊過日子。但是母親沒讓他獲得這份溫暖。……祖母也沉不住氣了，他盛怒地，「該死的不死，你怎不去替不該死的人死。真的前生前世不知做了什麼大不德的事，才受你這駝背的氣。」阿松哭得傷心極了。[23]

---

19 黃春明：〈清道伕的孩子〉，發表於《救國團團務通訊》第63期（1956年12月20日），署名「春鈴」；收錄於《兒子的大玩偶》（臺北：聯合文學出版公司，2009年），頁255-261。

20 黃春明：〈小巴哈〉，發表於《臺灣新生報》南部版（1957年），署名「黃春鳴」；重刊於《中央日報》〈副刊〉（1962年3月24日）；收錄於《莎喲娜啦‧再見》，頁235-240。

21 黃春明：〈用腳讀地理──我的小說札記與隨想〉，《聯合報》〈聯合副刊〉（1999年3月18日）。

22 黃春明：〈城仔落車〉，《莎喲娜啦‧再見》，頁243。

23 黃春明：〈城仔落車〉，《莎喲娜啦‧再見》，頁246-247。

　　祖母盛怒的語言，使阿松由恐懼與怨恨迸出一股奇力，牢牢地釘住祖母，並大聲哭罵「死阿媽」。阿松情緒的爆發應是來自即將面對陌生環境的恐懼，小說特別提及阿松退縮猥瑣的個性，尤其他人側目殘疾的眼光總會令他敏感；因著佝僂痼疾與缺乏母愛的緣故，致使阿松產生自卑情結，進而引發祖孫之間一連串的口角衝突。

　　兒童的駝背形象，之後又見於黃春明的童話《小駝背》[24]，敘述一個無父無母的駝背小孩，因外表的殘障而倍受小朋友的欺凌。雖然小駝背因為高看看的友情滋潤而脫離孤獨，但他仍無法擺脫對尊嚴的渴望，夢中他來到一個全是駝背的小村落，每個人待他和藹可親，讓他不再自卑，並找到人性尊嚴。「夢境」有如不可企及的桃花源，小駝背著迷夢中的一切，終於在夢中安詳地死去。《小駝背》顛覆以往童話「從此過著幸福快樂日子」的窠臼，讓孩子也能真切體驗社會現實與死亡，帶有強烈的憫恤之心和悲劇色彩。小駝背的形象，自慚形穢、東躲西藏，不敢抬頭挺胸的自卑心理，高度凝練成為黃春明筆下的兒童類型，彷彿是他童年的自我寫照。

　　在〈城仔落車〉之前，黃春明在就讀屏師時代的習作〈清道伕的孩子〉、〈小巴哈〉，也形塑弱勢兒童的自卑身影，然並未受到廣泛的注意。〈小巴哈〉中，修明沒有父母，寄住在哥哥家，課堂上代課老師講〈老漁翁〉作曲者巴哈的坎坷家世，同學清水直接公開指出修明的身世，只見修明「低低地把頭縮到桌子下，悲傷地抽泣著。看他那黃黃瘦瘦的身體，身上破舊不稱身的衣服，要是清水的話是真的，不難在他的身上，也可以察覺到，他哥哥對待他的情形。」[25]代課老師的觀察敏銳，從修明削瘦的身體，破舊不稱身的衣服，揣想同學話語的真實性，於是臨時改編巴哈的故事，鼓勵班上學生都能像巴哈看齊：「有恆心，有勇氣，不怕任何的困難，一心學習音樂；最後終於成功了。成為鼎鼎有名的大音樂家。」[26]代課老師的臨機應變，強調巴哈在逆境中力爭上游的精神，也讓修明從悲傷中站立起來，對人生懷抱希

24 黃春明：《小駝背》，（臺北：皇冠文化出版公司，2009年），頁2-15。
25 黃春明：〈小巴哈〉，《莎喲娜啦‧再見》，頁238。
26 黃春明：〈小巴哈〉，《莎喲娜啦‧再見》，頁239。

望。黃春明曾言：「小孩子是可以期待的，要看大人有沒有付出。」[27]代課老師為學生伸出溫暖的雙手，藉著故事帶來正向的力量，幫助學生走出自卑的陰影。

〈清道伕的孩子〉中，小學四年級的吉照家境清苦，聰明又頑皮，小說描寫其身材與表現形成對比：「別看他個子小，一副窮相，在學校的小天地裡，他卻是一位大文豪、藝術家、運動家，甚至於頑皮等樣樣都到家呢！在他那小腦袋裡也有他微妙的哲學，他認為人應該要蹦蹦跳跳玩耍一輩子的。」[28]有次因亂丟紙屑、亂吐痰，被老師處罰放學後打掃教室，從此認定從事清道伕工作的父親一定是個罪人：「因為我今天犯錯，老師才罰我掃地，爸爸呢？天天都要掃地，他一定是罪人。以後我上學同學一定會笑我，說爸爸是一個罪人⋯⋯。」[29]因而產生自卑懼怕上學的心理。小說藉由吉照過度類化被處罰的經驗，除了表現孩子純真的心靈，也反映老師的處罰造成學生心靈的受傷，最後害怕同學的嘲笑而逃學。原本的吉照是樂觀無所畏懼的，但在連結「罪人父親」被罰的想法，使他變得自卑與猥瑣。

綜觀以上三位兒童的自卑情結，不外來自先天體型的弱勢、家庭經濟的貧窮、父母之愛的匱乏，以及社會的歧視。自卑情結是個體心理學的重要發現，阿德勒（Alfred Adler, 1870-1937）認為自卑感是一種普遍存在的事實，它不是變態的象徵，而是人們在追求卓越時的正常發展過程，所有人類的文化進展都是以自卑感為基礎。[30]他將自卑情結視為正常的發展，並主張追求卓越的補償作用是其中心思想，如〈小巴哈〉中的修明，放學後特地到辦公室找老師說：「我──我也能像巴哈那樣嗎？」修明朝向有利處境的追求，塑造出積極面的自我。反觀〈清道伕的孩子〉中的吉照，則因父親職業性質而感到自卑，以致對自我價值失去自信，表現逃學的消極面。英國社會理論

---

27 黃春明：〈孩子是可以期待的〉，《大便老師》，頁62。
28 黃春明：〈清道伕的孩子〉，《兒子的大玩偶》，頁257。
29 黃春明：〈清道伕的孩子〉，《兒子的大玩偶》，頁261。
30 阿德勒（Alfred Adler）著，黃光國譯：〈三、自卑感和優越感〉，《自卑與超越》（臺北：志文出版社，2015年），頁14。

家安東尼‧紀登斯（Anthony Giddens, 1938- ）分析羞恥感與自豪感（或自尊感）的差異時說：

> 羞恥感是行動者的動機系統的消極面。而其積極面則是自豪感或自尊感，即對自我認同的敘事完整性和價值充滿信心。當一個人能成功地培育自豪感時，他能在心理上感到其自我經歷是合理而完整的。自豪感的維護具有深遠的影響，它的作用並不局限於自我認同的保護或激勵，因為在自我的連貫性、自我與他人的關係以及更為普遍的本體安全感之間存在著內在的關係。出於前面所分析的理由，當自我認同的核心因素受到威脅時，那麼世界「現實」的其餘方面的部分也會受到危害。自豪感根植於社會聯結，它持續地受到他人反應的衝擊，而羞恥感體驗經常專注於自我的「有形」方面，即身體。[31]

身體是自我獨特的標誌，也是突顯差異的象徵。小說中的「身體」具有語言指涉的意義，身體的差異足以影響身體主人內在心理的變化。阿德勒又言：「這三種情境──器官缺陷，被嬌縱，被忽視──最容易使人將錯誤的意義賦予生活。從這些情境中出來的兒童幾乎都需要幫助以修正他們對待問題的方法。他們必須被幫助以朝向較好的意義。」[32]〈城仔落車〉中的阿松，就陌生人對其體形的注目深有羞恥感，導致自我認同的核心因素受到威脅，生活失去安全感，也更加渴望母愛的撫慰。長期關心孩童教育的黃春明，藉著阿松、修明、吉照三位兒童，呈現弱勢兒童的身心問題，無論是器官缺陷或被家庭忽視者，都必須被關懷方能邁向健康人生。

---

31 安東尼‧紀登斯（Anthony Giddens）著，趙旭東、方文譯：《現代性與自我認同》（臺北：左岸文化事業公司，2002年），頁61。

32 阿德勒（Alfred Adler）著，黃光國譯：〈一、生活的意義〉，《自卑與超越》，頁14。

三 戰士身體：原民背後的結構暴力

結構暴力源自政治、經濟、社會體制所形成的權力，這種寄生於結構的隱性暴力導致人們的生存或基本需求遭到壓制和剝削。黃金麟在身體與政治的論述中，強調身體的建構過程，深受當下政治、經濟、社會和文化等環境制約的影響，多種力量同時作用在個體身上的發展局勢，可以在不同的個人、性別、族裔、身分或階級的層次上被看見。[33]黃春明〈甘庚伯的黃昏〉（1971）[34]中，處理的是日本對臺灣及南洋國家發動殖民侵略所遺留的傷害。小說描述甘庚伯的獨子阿興，因為遭日本殖民當局遣送南洋當軍伕，導致精神異常，回鄉後只得和甘庚伯父子相依、苟延性命的悲慘故事。另一篇因戰爭導致家庭殘缺的是〈戰士，乾杯！〉（1988）[35]，呈現不同殖民國對原住民身體的征服與收編，從中可以檢視臺灣殖民歷史與原住民戰士身體的連動發展，特別是政權如何啟動、指引和限制身體的發展和影響。

黃春明對〈戰士，乾杯〉情有獨鍾，早年寫成散文，之後改寫成新詩[36]、劇本。又吳錦發認為這篇散文就情節、結構而言，在風格上接近於日本

---

33 黃金麟：〈第一章：身體與政治〉，《歷史、身體、國家：近代中國的身體形成1895-1937》，頁6-7。

34 黃春明：〈甘庚伯的黃昏〉，原載於《現代文學》第45期（1971年12月）；收錄於《兒子的大玩偶》，頁171-193。

35 黃春明：〈戰士，乾杯！〉，原載於《中國時報》〈人間副刊〉（1988年7月8、9日）；收錄於《等待一朵花的名字》（臺北：聯合文學出版公司，2009年），頁99-117。也被收錄於吳錦發主編：《1988台灣小說選》（臺北：前衛出版社，1989年），頁57-73。

36 黃春明〈戰士，乾杯！〉（新詩）：「時間：一九七七年／地點：屏東縣舊好茶／人物：魯凱族／／是誰那麼樣地惡作劇，在／耶穌受難圖的旁邊，依序排列／日本兵／八路軍，還有／國軍的大頭像，在／好茶，一個魯凱族的家，在那／香味撲鼻的月桃皮編成的牆上／／是誰那麼樣地惡作劇，讓／那位日本兵竟然是／那位中華民國國軍的父親／那位共匪竟然有一個兒子／當中華民國海軍陸戰隊的士兵／準備反攻大陸解救同胞／／是誰那麼樣地惡作劇，匹配／母親的前夫是日本兵，後來／再嫁給共匪／而那位和日本兵生的孩子／在金門也登了天／而那位和共匪生的孩子／正踢著正步／準備三民主義統一中國／／是誰那麼樣地惡作劇／盜走了他們的睡眠／六隻圓滾滾的眼睛，像／門鑲被釘在那裡／掛在深山的黑石板瓦的矮房子裡／一直，一直不曾闔上一

的「私小說」[37]類型。[38]該文創作緣起於一九七二年黃春明擔任電視節目《芬芳寶島》製作人時，為了蒐集勘查值得報導的題材，跑遍全臺各地，原本是要採訪屏東縣霧臺鄉馬拉松選手輩出的馬拉松聖地，卻在屏東縣霧臺鄉好茶村巧遇一位魯凱族青年杜熊，發現他們家族四代男性隨著時代與統治者的不同，成為身分不同的戰士。杜熊的曾祖父、祖父都為魯凱族與漢人打過仗，曾祖父「頭戴藤盔，身披藤甲，手握標槍」，祖父「不披甲不戴盔，腰掛板針彎刀」。至於杜熊母親的前夫是日本兵「頭戴戰鬥布帽，背後及兩側垂下遮陽的布片」，太平洋戰爭被派遣到南洋地區打仗，據說戰死在菲律賓。而杜熊親生父親乃是臺灣光復後被派去大陸打仗，又被八路軍抓去當匪兵。最後是杜熊大哥（母親與前夫所生的小孩）穿著迷彩裝的國軍，身負蛙人任務，大陸突襲時為國犧牲。回顧十六世紀以來，臺灣政權變動頻繁，歷經荷蘭、西班牙、鄭氏三代、清廷、日本、國民政府等政權，就原住民而言，他們一再面對異族的統治，被迫為侵略者作戰，甚至犧牲生命。〈戰士，乾杯〉寫出原住民被壓迫和統治的歷史，顯然不只是悲憫少數民族的辛酸與苦難，這件事更勾起作者內心對原住民的「原罪」意識。而這樣的原罪意識是來自這個社會的結構暴力，是漢民族祖先在開發臺灣的過程中帶給原

眼／從此那燦炯炯的六隻眼睛／羅列在南極星的旁邊／一座新的星座就誕生了／／仰對著和耶穌受難圖併排的戰士／我端起小米酒，張口無語久久／那話只肯留在心頭，它是說／戰士，乾杯！」引自〈閱讀文學筆記〉：https://read-literature-reflection.blogspot.com/2013/04/blog-post_9.html，檢索時間：2020年7月1日。

37 「私小說」一詞產生於日本大正時代，一九二一年久米正雄在《新潮》雜誌座談會上首次作為文學術語使用。久米正雄認為「私小說」是以「自我」為創作的核心，不是告白或自傳，須以小說的藝術手法呈現。又久米正雄特別強調作者「心境」是「私小說」創作的根據，作者在描寫對象時，令對象如實地浮現，同時主要表現的則是接觸對象時的心緒和基於人生觀的感想，這就是所謂「心境」，或有學者稱之為「心境小說」。參見小田切透雄：〈私小說・心境小說〉，收錄於岩波講座：《日本文學史》（東京：岩波書店，1958年），卷12，頁31。久米正雄：〈「私小說」與「心境小說」〉，角川書店編：《近代文學評論大系》（6）（日本：角川書店，1983年），頁50-58。

38 吳錦發：〈悲憫上帝的男兒——簡評黃春明的「戰士，乾杯！」〉，《1988台灣小說選》（臺北：前衛出版社，1989年），頁75。

住民的災難。所以文章一開始即點出杜熊家族扮演「異族戰士」為不同殖民者抗敵的荒謬性：

> 在近代史上，說一個家族，或是一個社會、一個國家，他們的四代男人，為自己的國家、民族，代代都當了兵去打仗的情形，大概已經不多見了。可是，說一個家族、一個社會，他們的四代男人，除了當自己部族的勇士去抵禦外敵，不是當了侵略者異族的士兵，去為敵人打另外一個敵人的敵人，就是每一代——甚至於不到一代之間，又換了侵略者，當了別人的戰士。去跟一個根本和他們無冤無仇的人，把他們當作不共戴天的敵人敵對起來。這般荒謬的情形，在今天這個世界裡，恐怕更難找到了吧。[39]

　　這段引文揭露各種殖民侵略者的操控，導致原住民戰士身體無法自主，被視為工具化的對待。杜熊家族面對這段慘痛的歷史，只能無奈地撫平痛楚的傷痕，有意讓時間逐漸沖淡集體記憶。然而家族的戰爭創傷是鐵的事實，令人不得不正視，尤其在耶穌受難圖以及戰士人像之前，身為漢族的黃春明有如接受審判：

> 我愣在受難的耶穌像和日本兵還有熊稱他「共匪」的人像前，我突然覺得我是在受審判。天哪！天哪！我為這個家庭，為這個少數民族，還為我的祖先來開拓臺灣，所構成的結構暴力等等雜亂的情緒，在心裡喃喃叫天。……世界上，哪裡還有比這更辛酸的歷史？哪裡還有比這更悲慘的少數民族的命運？……他不會明白我為我們來開拓臺灣的祖先，一直到我們對山地人所構成的結構暴力，找到原罪的那種心情的。[40]

39　黃春明：〈戰士，乾杯！〉，《等待一朵花的名字》，頁101。
40　黃春明：〈戰士，乾杯！〉，《等待一朵花的名字》，頁106、115、116。

　　由以上引文可見「私小說」的重要特質，不僅呈現作者個人的心境，同時藉著受害的見證者，揭開殖民結構暴力所釀成的慘痛歷史，以維護人類生命的尊嚴。傅柯特別關注「權力將身體作為一個馴服的生產工具進行改造的歷史」[41]，他在《規訓與懲罰──監獄的誕生》中論述西方歷來的監獄和刑罰對人類的殘害，同時隱喻社會誠然就是一個擴大的監獄空間，國家機器騁其權力壓抑原本具有豐沛能量的身體，以造就一種體制化、馴服化的身體。[42]〈戰士，乾杯！〉為杜家以及更多的受害者發出正義的心聲，戰士身體有如結構暴力施行的場域，象徵殖民與被殖民間不對等的權力關係和主奴式的霸權模式。

　　黃春明對原住民的自責與愧疚始終揮之不去，事隔近五十年，他在《跟著寶貝兒走》中安排〈六、戰士，乾杯！〉一節，透過原漢年輕人共同閱讀過的〈戰士，乾杯！〉教本，再現屏東霧臺杜熊家族為異族犧牲的故事，藉著漢人方易玄的「塞喉」，再次表達對原住民的歉疚：

> 我讀高三的時候，國文課本就有一篇叫做〈戰士，乾杯！〉。那裡面就寫好茶村我們魯凱族的故事。我們魯凱族在短短二、三十年間，有當日本兵，有當共匪八路軍，還有當中華民國的兵，他們都為別人戰死了。易玄說：「我也讀過。後來到了好茶村的那一位記者，舉起酒杯，對著牆上那三位魯凱族的戰士的照片說，戰士，乾杯。」易玄說得有一點塞喉。[43]

　　臺灣歷經多次政權殖民，統治者為鞏固中心文化的優越性，對被殖民者

41　汪民安：〈身體轉向〉，陳定家選編：《身體寫作與文化症候》（北京：中國社會科學出版社，2011年），頁66。

42　傅柯（Michel Foucault）著，劉北成、楊遠嬰譯：《規訓與懲罰──監獄的誕生》，頁24-29。

43　黃春明：〈六、戰士，乾杯！〉，《跟著寶貝兒走》（臺北：聯合文學出版公司，2019年），頁69。

進行差異想像；霸權中心文化的優越性，逼使原住民淪為「他者」形象，被遺忘在歷史的荒漠塵土中。黃春明基於人道關懷，藉著〈戰士，乾杯！〉讓原住民戰士的身體浮出歷史地表，使「他者」的傷口被看見。

黃春明對原住民的關懷又見於〈九根手指頭的故事〉（1998）[44]，敘述排灣族少女被迫賣淫的故事，揭露族群長期被忽略的人口販賣與色情交易的嚴重問題。原住民少女淪落為雛妓的題材，亦見於《跟著寶貝兒走》，故事中魯凱族娜杜娃被騙去當妓女，在〈六、戰士，乾杯！〉中娜杜娃即言：「我們的女人被迫去當妓女，我們的男人被迫去當兵當炮灰。」[45]黃春明正是透過戰士與雛妓的身體創傷，反映社會對原住民的歧視與不公。檢視明鄭以來至清領時期，漢文人與官方記錄原住民的相關文獻，主要論述皆顯示漢族中心主義以其特殊力道，充斥於政治、經濟、社會和意識型態的宰制，偏重原住民的衝突和抵抗統治者的運動，間雜以想像、異化的角度來書寫。返觀黃春明〈戰士，乾杯！〉系列相關作品和〈九根手指頭的故事〉，可見其創作的核心意識脫離漢族本位，轉向解殖民化和去中心化的融入書寫，他珍愛土地、關懷族群，霧臺之行使他與原住民培養水乳交融的感情，建構更深層的尊重族群的意識，也從中激發出批判性與正義感的原聲。

四　陽痿身體：陽具崇拜的嬉謔嘲諷

佛洛伊德（Sigmund Freud, 1856-1939）從生物本能的角度對「陽具」提出討論，他認為陽具是內心能量「力比多」外在化的主要對象，相較於其他器官，「陽具」是唯一代表歷史與文化光環的符號，其中主要象徵男性的

---

44 黃春明：〈九根手指頭的故事〉，原載於《中國時報》〈人間副刊〉1998年5月21日；收錄於《放生》（臺北：聯合文學出版公司，1999年），頁124-127。〈九根手指頭的故事〉即電視劇〈我的名字叫蓮花〉（2001）的雛形，黃春明親自擔任編劇、主題曲作詞，於臺灣電視臺播出。

45 黃春明：〈六、戰士，乾杯！〉，《跟著寶貝兒走》，頁69。

性能力、性魅力或性權力。[46]再如拉岡（Jacques Lacan, 1901-1981）即認定「陽具」在符號系統中是享有巨大權能的能指，是象徵父權的文化圖像。[47]至於父權文化所想像的男體，無疑是綜合堅毅、剛硬、挺拔與無堅不摧的理想狀態，這是一種來自父權意識的情結，也是男性延續陽剛氣概的再現，而這種父權意象的再現甚至擴大到社會文化的體現。

　　黃春明小說中展示「陽具」男體的豐富想像，如〈鮮紅蝦——「下消」樂仔這個掌故〉（1974）、〈小寡婦〉，以及《跟著寶貝兒走》等。其中〈小寡婦〉[48]屬後殖民文本，透過美國士官長路易與臺灣小寡婦阿美這兩個主角，不僅描寫美軍在越南對百姓的濫殺與強姦，同時披露美軍藉著經濟優勢來臺消費，使臺灣女性淪為賺取外匯的商品。這篇小說普受學者討論，如蔡振念教授認為小說中的槍、劍，表面上意指殖民者征服殖民地的武器，藉以批判殖民／帝國主義的殘暴；內在則象徵男根侵凌殖民地婦女的身體，反映被殖民者文化／身體等主體所受到的扭曲與戕害。[49]又許文榮教授解讀小說中路易罹患戰爭後遺症「陽痿」，顛覆「陽具」無堅不摧的形象，對強勢的美帝國主義誠具有嘲諷意味。[50]兩位學者對於身體符號的闡釋堪稱適切精到。

　　〈鮮紅蝦——「下消樂仔」這個掌故〉[51]與〈小寡婦〉同年發表，然跳脫國族大敘述的模式，改以民間視角敘事，透過陽具不舉的下消症，象徵男性權力的荒腔走板，嘲弄初民陽具崇拜的文化現象。小說敘述黃頂樂罹患「下消症」後所面臨的身心創傷，「下消症」即是一般人所說的「腎虧」，也

---

46 佛洛伊德（Sigmund Freud）著，葉頌壽譯：《精神分析引論，精神分析新論》（臺北：志文出版社，1999年），頁320。

47 黃作：《不思之說——拉康主體理論研究》（北京：人民出版社，2005年），頁13-14。

48 黃春明：〈小寡婦〉，《看海的日子》（臺北：聯合文學出版公司，2009年），頁147-264。

49 蔡振念：〈黃春明小說中的象徵〉，林鎮山、江寶釵編：《泥土的滋味：黃春明文學論集》（臺北：聯合文學出版公司，2009年），頁180。

50 許文榮：〈論黃春明小說的身體書寫〉，李瑞騰主編：《聽說讀寫黃春明：黃春明及其文學國際學術研討會論文集》，頁131。

51 黃春明：〈鮮紅蝦——「下消樂仔」這個掌故〉，原載於《中外文學》第20期（1974年1月）；收錄於《兒子的大玩偶》，頁212-243。

就是「性機能障礙」，雖然並非絕症，但在重視勞動、思想保守的傳統農村社會中，卻給人「沒出息」、「廢物」的負面形象。黃頂樂原本體壯勇猛，為地方排解爭鬥，成為年輕人崇拜榮耀的對象；然而，病後卻猥瑣無能，意志萎靡，還要面對村民判定他過度縱欲的批評，備受嘲諷與歧視。對男性而言，陽具的欲望設置，早已內化至文化層面的需求，它是創造社會主體位置的象徵。小說從黃頂樂變為下消樂，褪去傳統父權形象的陽具中心，顯現痿軟不振和鬆垮落魄的形象，被村人挪揄為窩囊廢，反映出民間以性事作為男性能力與地位評判標準的荒謬性。堅忍不拔的陽具形象彰顯傳統的男性氣概，相對的，男性氣概的匱乏等同宣告陽具閹割的可能，也是自我主體喪失的恐懼來源。黃春明這篇「下消症」的故事，不僅剝除患者被冠上道德懲罰的污名，同時探索在陽具中心的社會結構裡，為男性所帶來的內在壓力。[52]

黃春明的《跟著寶貝兒走》，距〈小寡婦〉、〈鮮紅蝦——「下消樂仔」這個掌故〉已四、五十年，這部小說再次就庶民文化切入，另結合器官移植、網路世界的新題材，藉著陽具閹割和移植的嬉謔鬧劇，生猛妙趣地描繪隱私性事，並且更誇大強化陽具崇拜的迷思，大膽突破前二篇的風格與尺度。小說以「寶貝兒」作為「陽具」的代稱，童趣地彰顯它對男性自我認同的重要性，如同拉岡所言，「陽具」是父權社會的意符，乃自我構連外在社會化的關鍵，亦即當個體進入所謂的語言與象徵秩序之中，必須藉由一個可供依循的認同途徑，進而建構出合乎社會所需的身分位置。[53]《跟著寶貝兒走》除了敘寫第一性徵的「陽具」所彰顯的男性氣概，最精彩之處在於藉著「陽具」移植，討論身體的神聖性與主體性。

《跟著寶貝兒走》中，主角人物郭長根身為私娼寮的保鑣兼跑腿，所有娼妓都聽命於他，身患淋病卻經常魚肉自家小姐，迫使峰子原本害怕的心理逆轉成極端的痛恨，一刀剪去他的「寶貝兒」。峰子大膽翻轉性別權力的位

---

52 林秀蓉：〈第五章：污名與除名：臺灣小說「性病」之敘事意涵〉，《眾身顯影：臺灣小說疾病敘事意涵之探究（1929-2000）》（高雄：春暉出版社，2013年），頁188-189。

53 Kathryn Woodward著，林文琪譯：〈認同與差異的概念〉，《認同與差異》（臺北：韋伯文化國際出版公司，2006年），頁73-75。

置,大獲網民的讚許,稱她為「剪刀女俠」,並要「徵召金剪刀英雌部隊,消滅性暴力的男人」[54]。成為被閹割者的郭長根,幸運地接受「移鷗接枝」的器官捐贈;重獲健康「寶貝兒」的他,性格改變,不見流氓氣。重振雄威之後,便下海成為牛郎,受到恩客們熱烈追捧,使他聲名大噪;同時也引起各方角頭勢力覬覦,爭相搶人,雖找回男子漢的性能力,卻失去自由,有如坐牢。小說就在郭長根沉浸於全臺巡迴「性趴藝術活動」的瘋狂失控之際,展演一齣黑色悲喜劇:

> 接受了器官移植復原之後,也找回青壯的男子漢了。從河邊阿荽仔姨那裡,再轉到環河北區,在烏土神來之筆的創意之下,一直到高雄紅頭大哥那裡,再到屏東火炎仙到恆春這裡,繼續性趴藝術活動到今天,我長根是賺了不少錢。可是命雖是撿到了,錢也有了,然而樣樣全都由別人控制著我:失去我個人的自由,包括呼吸的空間,僅在小小的房間,不是表演性趴的藝術活動,就是被隔離在五星級的飯店,或是KTV、卡拉OK的地方見不到天日,說是讓我休息。這和坐牢有什麼差別?[55]

郭長根恢復青壯身體,就在享有肉欲橫流、金錢滿溢之際,卻對失去自由有所覺悟與反省。「寶貝兒」在小說中的象徵意涵為何?其一:反映父權社會陽具中心結構的情結。對男性而言,陽具的欲望設置,早已內化至文化層面的需求,它是創造社會主體位置的象徵。父權文化的形塑是男性無法規避的認同軌跡,而「陽具」的積極意義便是形成社會所認可的男性氣概。當男性拾起「陽具」的那一剎那,襲捲而來的是父權賦予陽剛氣概的再現過程,也才是男性所認同的文化身體。小說中從老鴇、貴婦,甚至是全臺巡迴的「性趴藝術活動」,大家皆爭相一睹大鵬的怪誕滑稽、粗俗猥褻的畫面,

---

54 黃春明:〈九、兩則新聞〉,《跟著寶貝兒走》,頁104。
55 黃春明:〈二十、萬幸〉,《跟著寶貝兒走》,頁201-202。

即是小說對父權社會陽具情結的嘲弄。其二，豁顯「自我身體」的神聖價值與主體意義。當「性趴藝術活動」巡迴至高屏時，郭長根明顯意識到器捐者的如影隨形[56]，所謂身心一體，「寶貝兒」畢竟非他的身體，非他所能掌控，最終寶貝兒龜縮成一團，有如脫水老薑。相較於「失根」的恐懼心理，擁有身體的自由與主體更加重要。小說從陽具移植的偽雄威建構，到恢復自我的失根身體，正意味著父權文化對於「陽具」享有巨大權能的反諷。

黃春明從〈小寡婦〉、〈鮮紅蝦──「下消」樂仔這個掌故〉到《跟著寶貝兒走》，這些「陽具落難」的怪誕化身體敘事，分別指向後殖民的隱喻和陽具崇拜的嘲諷，不約而同地解剖父權社會中偏離或變形的私密經驗，從中可見，「陽具」意象不只是一個生物的實體，同時兼具文化價值觀念與政治權力銘刻的載體。尤其在《跟著寶貝兒走》中藉由陽具「物化」或「變形」的方式，對人物局部特徵的突顯和誇張的描述，充滿戲謔諷刺；郭長根有如是陽具的化身，使其身體具有縱欲的象徵。

五　瘋女身體：性別政治的創傷印記

小說透過「瘋癲」表象所包裹著的內在心靈世界，正是言外之旨的寄寓所在。傅柯「瘋癲」論述的最大特色，就在於顛覆精神醫療已界定「瘋癲」為客觀疾病的觀點，而將「瘋癲」視為一種隨時代文化改變的論述。他提出精神病理學上「理性」、「正常」與「病態」之間難以截然劃分的特徵，認定「瘋癲」和理性之間，永遠具有逆轉的可能性；並強調人類「瘋癲」的歷史，不是一個自然面的事實，而是一個文化面、權力面的事實。[57]就權力面而言，如前面提及〈甘庚伯的黃昏〉，甘庚伯的獨子阿興被日軍徵調到東南亞打仗，

56　《跟著寶貝兒走》前八章內容，主角人物是器捐者方易玄，其當兵陸戰隊特訓場域即在屏東恆春一帶。

57　傅柯（Michel Foucault）著，劉北成、楊遠嬰譯：《瘋癲與文明》（臺北：桂冠圖書公司，1992年），頁71-73。

戰後回來變成既瘋又啞，只會「喊『立正』和『稍息』的口令」[58]；這篇小說藉著阿興發瘋指控日本殖民政府發動侵略戰爭，派遣臺灣人民至前線作戰的不仁不義。根據桑塔格（Susan Sontag, 1933-2004）在《疾病的隱喻》對精神錯亂的說法：「被作為敏感的指標、『崇高』情感和『嚴重』不滿的載具的病。」[59]針對阿興發瘋的病因，除了戰爭所帶來的生命殘害，更意味著對殖民帝國強烈的不滿。再觀黃春明《秀琴，這個愛笑的女孩》則首次出現瘋女形象，其發瘋原因也是來自政治權力的壓迫。

一九六六年黃春明加入了社會意識和現實主義傾向濃厚的《文學季刊》，開始與尉天驄、姚一葦、陳映真等文友有了密切的往來。一九六八年，陳映真因為閱讀左翼書刊遭到逮捕，判處十年徒刑，身為文季同人的黃春明也因而被當局拘留訊問，在他交出自白書之後才獲得釋放。[60]或許有此親身經驗，加上當年參與電影編導的記憶，讓他寫下《秀琴，這個愛笑的女孩》。這部小說重回臺語電影的黃金年代，再現電影工業的黑暗內幕，以及戒嚴時期政治權力的傾軋，勾勒出一齣荒謬的鄉土悲喜劇。小說透過女主角秀琴罹患淋病與發瘋的身體，反映白色恐怖時代女性的犧牲者，為這段獨裁霸權的歷史作見證。一九五〇年代的宜蘭羅東小鎮，秀琴是太和料理店店東的女兒，天生麗質，笑口常開，男子見之無不爭相追求；然在北投臺語電影公司的誘騙與黑道角頭的脅迫之下簽訂片約，被迫擔綱電影《午夜槍聲》的女主角，從此改變了她的命運。秀琴不斷說服自己要好好配合入戲，最終她的身體被政治霸權所玷汙，上演了一齣《午夜嬌聲》。女性身體遭受壓迫的關鍵，就在於「身體」被賦予了性／別意涵，還往往被視作一種交換資本的「工具」，如被綁架的秀琴在片中飾演酒家女艷紅，片商即看上她的青春肉體，足以贏得票房：

---

58 黃春明：〈甘庚伯的黃昏〉，《兒子的大玩偶》，頁193。

59 桑塔格（Susan Sontag）著，刁筱華譯：《疾病的隱喻》（臺北：大田出版公司，2000年），頁45。

60 陳宛茜、賴素鈴：〈長子難產　寫出看海的日子〉，《聯合報》〈聯合副刊〉，2007年7月3日。

在農業社會時代的末端，女性肉體的神祕感，到揭不揭開的邊緣，反而比保守時代，更叫男人抱著一種慾望的期盼。所以在影片的消費市場，或多或少一定會安排機會，讓女性，特別是又白又嫩的美女的身體，呈現在畫面；當然，就算只著衣摟摟抱抱，也可以加分。至少到目前為止，秀琴在《午夜槍聲》這支片子裡面，她的身體是她唯一的本錢。任誰來製片，當導演，甚至女演員都知道，能夠叫觀眾引起諸多的聯想的，就能吸引票房。[61]

在這裡我們可以發現，女性「身體」的存在被賦予一種「工具」意義，故「身體」被注重的是其所具有的功能性；而「身體」存在的目標，就是為了滿足其被外部權力賦予的各種需求。在電影工業以追求利潤、累積資本為前提下，秀琴雖然無法認同泡澡的畫面，最終還是委曲求全配合拍攝；可見「身體」不是僅屬於個人所擁有，社會中也存在各種不同的權力關係與規訓技術對身體進行政治操作。

「工具」意義的身體類型，個人沒有主體性，只能任人擺布操弄。小說中電影公司為了拉攏與警總保安局的關係，特別在夜間安排公關酒攤模擬陪酒情境，半哄半強迫讓秀琴慢慢入戲。就在觥籌交錯間，秀琴漸漸放下心魔，卻慘遭保安局于局長的性侵害，引發秀琴罹患淋病與發瘋，陷入潰堤的邊緣：

艷紅被送到民生路范姜婦產科醫院，經過一番診斷，證明處女膜破裂，失血過多，導致貧血，體衰頭昏，感染淋病，初步發炎，同時稍有感冒發燒；至於有沒有受孕，尚要待一段時間。除了上列醫生的診斷，艷紅仍然不吃不喝不語，連醫生問診，梅蘭她們姊妹淘的苦言相勸，也一樣。唯一有所反應的是，被醫生問到某些經過或感覺時，眉

---

61 黃春明：〈十九：「午夜槍聲」〉，《秀琴，這個愛笑的女孩》（臺北：聯合文學出版公司，2020年），頁170。

頭的糾結，咬牙的鬆緊。[62]

　　秀琴的在室女身體被局長開苞，第一線獵紅（抓匪諜）的指揮官，成為上演獵「豔紅」的指揮官。醫生判定秀琴不是身體的病，而是心理遭受重擊。小說結尾秀琴對著舊菜市場中對她指指點點的人，笑著舉起中指勾搭食指的雙手放在胸前，不停唸著：「配合、配合、配合……」[63]。于局長猙獰的嘴臉，垂涎於秀琴（豔紅）的美貌，事前由電影公司布局，事後則由親密的下屬，向家屬表明將娶秀琴做為姨太太，並施壓跟秀琴有關的人，以免他的意願受阻。秀琴的遭遇是時代的縮影，小說中回顧臺灣戒嚴時期的歷史，反映一黨專政的威權體制，使得人民充滿顫慄與恐懼。

　　臺灣在一九四九年實施戒嚴，進入白色恐怖時期，禁止集會、結社、遊行請願，言論、出版、思想、信仰均受嚴密監控，讓人民再度墜入被殖民的深淵。白色恐怖主要鎮壓共黨潛伏分子與臺獨分子，其特徵之一便是運用大陸時期多系統的情治特務單位機構，使其在工作執行過程中互相競爭監視，企圖全面控制人民的政治、經濟、社會，甚至文化和精神生活的內涵。小說再現當時「匪諜就在你身邊」、「警總就在你心中」，以及深怕被染紅的陰影：

　　　　臺灣光復四年後，蔣委員長帶敗軍撤退到臺灣之後，臺灣到處的紅磚牆，水泥牆，特別是學校的圍牆，都被粉漆成白底，上面大大地用深藍橫寫口號，要是電線桿，就豎貼像門聯用紅紙黑字寫一樣的口號；這些口號，經過一段時間就更改，又更改。最先的是，「反共抗俄」，接著同時布貼兩句，「殺朱拔毛」和「解救水深火熱的大陸同胞」，接著下來的是，「反攻大陸去！」到了忙壞了于局長時，牆壁上的口號，學生的作文和演講比賽題目，都是「匪諜就在你身邊」。在這一段白色恐怖的時間，民間傳說著安全人員種種惡劣的手段。最普遍的

---

62 黃春明：〈二十二：威風不敵靜風〉，《秀琴，這個愛笑的女孩》，頁200。

63 黃春明：〈二十三：警總就在你心中〉，《秀琴，這個愛笑的女孩》，頁218。

是，說他們找有錢有地的人當著匪諜的嫌犯，或是疑為通匪，更糟的
有人賄賂誣告的，統統逮來審問。如果被確認，通常是死刑，不然就
是送到綠島長期監禁。所以這些抓匪諜的大小官員，可以向疑為有嫌
而被逮的家人，索取到不少的黑錢大紅包。[64]

　　戰後，隨著國民政府的政治腐敗、經濟萎縮、社會不安，尤其接踵而至
的軍事鎮壓和逮捕行動，「寧可錯殺一百，也不能漏掉一個！」[65]使許多追
求臺灣民主正義之士，遭遇白色恐怖的不測之禍，陳芳明曾說：「白色恐
怖，並非只是指對個人身體的監禁與殘殺而已，最重要的還在於這種政策對
個人的精神、心靈所造成的徹底傷害。白色恐怖政策的最大作用，乃是無需
對每位人民進行迫害，就可使全體被統治者完全屈服。」[66]小說透過秀琴的
瘋癲身體，揭露恐怖政策對臺灣造成全面性的人權侵害，人民宛如生活在社
會監獄，一座座沒有墓誌銘的石碑，即是血腥歷史的見證。秀琴面臨政治與
性暴力的雙重殘害，表面上的壓抑與配合，終究從純潔開朗的「天使」變為
壓抑不滿的「瘋女」。

　　黃春明在〈甘庚伯的黃昏〉、《秀琴，這個愛笑的女孩》中所塑造的瘋癲
形象，皆來自政治權力的壓迫，這些「瘋癲」敘事的背後，正是對個體心靈
深處真實的再現，並在個體的心靈深處發掘對時代的闡釋力，指向人道主義
的訴求。小說透過歷史與瘋癲的對話，發現國家主體威權為了滅殺異己，無
論對本族或異族都產生了不可抹滅的傷口；這些瘋癲文本有如一把把手術
刀，切割國家主體威權的毒瘤。

---

64 黃春明：〈二十：匪諜就在你身邊〉，《秀琴，這個愛笑的女孩》，頁179。
65 黃春明：〈二十：匪諜就在你身邊〉，《秀琴，這個愛笑的女孩》，頁185。
66 陳芳明：〈白色歷史與白色文學——葉石濤與藍博洲筆下的臺灣五〇年代〉，《典範的追
　 求》（臺北：聯合文學出版公司，1994年），頁281。

六　結語

　　綜上所論，可見黃春明小說善於捕捉生活周遭小人物的身體現象，這些小人物充滿各式各樣的痛苦、艱難、屈辱和挫折，他們的悲劇除了來自天生的因素或生命的有限，絕大多數與自身以外的社會文化、政治權力的脈動息息相關。黃春明曾將創作比喻為挖甘藷：「你輕輕地挖，別弄斷了微血管那麼細小的根，拖出來的就一大串故事。」[67]他的身體敘事連根帶葉，蘊含個人生命與社會文化、國族政治的延展牽連。

　　較觀許文榮教授針對一九六〇、七〇年代黃春明小說的身體書寫所進行的統整歸納，他認為黃春明在六〇年代或許擔憂鄉村在都市化、工商化、現代化的衝擊下，失去作為烏托邦鄉土的特徵，故企圖通過身體書寫表徵對鄉土的眷戀與拯救。就此本論文再補述六〇年代文本〈城仔落車〉，對於關注兒童教育的黃春明而言，這篇小說別具意義。文中佝僂症的阿松，由於駝背身體、缺乏母愛和別人注目，以致產生自卑情結；「小駝背」已凝練成為黃春明筆下的兒童類型，有如作者個人童年心理的投射。其次，許教授認為七〇年代黃春明小說的身體書寫，主要針對導致鄉村遭遇現代化／資本化衝擊的兩大源頭國，即日本與美國，嘲諷與消解這兩國所帶來的經濟與文化霸權。[68]就此本論文再補述七〇年代文本〈甘庚伯的黃昏〉（阿興為日本帝國出征而發瘋）、〈戰士，乾杯！〉（杜氏家族四代為異族而戰亡），還有〈鮮紅蝦——「下消」樂仔這個掌故〉（黃頂樂因陽痿症被貼上標籤）。〈甘庚伯的黃昏〉、〈戰士，乾杯！〉無疑可視為黃春明七〇年代典型的後殖民書寫，關注被殖民者邊緣身分的困境；〈鮮紅蝦——「下消」樂仔這個掌故〉陽痿症的標籤化，可說是性別文化的荒謬顯影。至於黃春明近年的長篇小說《跟著寶貝兒走》、《秀琴，這個愛笑的女孩》，則採嬉笑怒罵的諧謔筆法，貼近怪

67　劉春城：〈黃春明前傳〉，《新書月刊》（1984年），頁41。

68　許文榮：〈論黃春明小說的身體書寫〉，李瑞騰主編：《聽說讀寫黃春明：黃春明及其文學國際學術研討會論文集》，頁133。

誕、粗野、豪放、嘲笑的敘事特徵。《跟著寶貝兒走》企圖以「主體中心」替代「陽具中心」的創作意識，沿襲〈鮮紅蝦——「下消」樂仔這個掌故〉有意解構傳統陽具崇拜的性別文化。《秀琴，這個愛笑的女孩》與〈甘庚伯的黃昏〉皆以發瘋形象訴說臺灣歷史的創傷印記，既是無言的妥協，也是仿擬戲弄的反抗。

　　歸結黃春明小說中的身體敘事，不僅能使文本在故事情節、人物塑造、主題意涵具有更多元的探索視角；最重要的是，身體隱藏於故事背後所生發的強大敘事動力，形成廣泛且複雜的象徵符號。其小說中的身體隱喻，指向個人心理的投射、社會文化的病症、政治霸權的毒瘤等意涵，符應傅柯、透納「身心一元」的論點，身體是社會建構、權力操控的產物。黃春明小說的身體符號，不僅體現人道關懷的核心精神，同時印證身體意象作為意義輻射的中心點，具備豐富的能動性意義。

參考文獻

一 黃春明作品

（一）小說

《放生》，臺北：聯合文學出版公司，1999年。

〈看海的日子〉，臺北：聯合文學出版公司，2009年。

〈兒子的大玩偶〉，臺北：聯合文學出版公司，2009年。

〈莎喲娜啦‧再見〉，臺北：聯合文學出版公司，2009年。

《跟著寶貝兒走》，臺北：聯合文學出版公司，2019年。

《秀琴，這個愛笑的女孩》，臺北：聯合文學出版公司，2020年。

〈戰士，乾杯！〉，收錄於吳錦發：《1988台灣小說選》，臺北：前衛出版社，
　　　　1989年。

（二）童話繪本、散文

《小駝背》，臺北：皇冠文化出版公司，1993年。

《等待一朵花的名字》，臺北：聯合文學出版公司，2009年。

《大便老師》，臺北：聯合文學出版公司，2010年。

二 專書

李瑞騰、梁竣瓘編選：《臺灣現當代作家研究資料彙編42：黃春明》，臺南：
　　　　臺灣文學館，2013年。

汪民安主編：《身體的文化政治學》，開封：河南大學出版社，2004年。

林秀蓉：《眾身顯影：臺灣小說疾病敘事意涵之探究（1929-2000）》，高雄：
　　　　春暉出版社，2013年。

陳定家選編：《身體寫作與文化症候》，北京：中國社會科學社，2011年。

陳芳明：《典範的追求》，臺北：聯合文學出版公司，1994年。

陳芳明：《臺灣新文學史》，臺北：聯經出版事業公司，2011年。

陳芳明：《後殖民臺灣——文學史論及其周邊》，臺北：麥田出版社，2017年。

黃金麟：《歷史、身體、國家：近代中國的身體形成1895-1937》，臺北：聯
　　　經出版事業公司，1997年。

黃　作：《不思之說——拉康主體理論研究》，北京：人民出版社，2005年。

劉春城：《黃春明前傳》，臺北：圓神出版公司，1987年。

三　譯著

安德魯・斯特拉桑（Andrew J. Strathem）著，王業傳、趙國新譯：《身體思
　　　想》，瀋陽：春風文藝出版社，1999年。

安東尼・紀登斯（Anthony Giddens）著，趙旭東、方文譯：《現代性與自我
　　　認同》，臺北：左岸文化事業公司，2002年。

阿德勒（Alfred Adler）著，黃光國譯：《自卑與超越》，臺北：志文出版公
　　　司，2015年。

阿雷恩・鮑爾德溫（Baldwin・E）等著，陶東風等譯：《文化研究導論》，北
　　　京：高等教育出版社，2004年。

透　納（Bryan Turner）著，謝明珊譯：《身體與社會理論》，臺北：韋伯文
　　　化國際出版公司，2010年。

約翰・奧尼爾（John O'neill）著，張旭春譯：《身體形態——現代社會的五
　　　種身體》，瀋陽：春風文藝出版社，1999年。

珍妮佛・哈汀（Jennifer Harding）著，林秀麗譯：《性與身體的解構》，臺
　　　北：韋伯文化國際出版公司，2000年。

Kathryn Woodward著，林文琪譯：〈認同與差異的概念〉，《認同與差異》，臺
　　　北：韋伯文化國際出版公司，2006年。

傅　柯（Michel Foucault）著，沈力、謝石譯：《性史》，臺北：結構群文化
　　　公司，1980年。

傅　柯（Michel Foucault）著，劉北成、楊遠嬰譯：《瘋癲與文明》，臺北：
　　　桂冠圖書公司，1992年。

傅柯（Michel Foucault）著，劉北成、楊遠嬰譯：《規訓與懲罰——監獄的誕生》，臺北：桂冠圖書公司，1998年。

梅洛·龐蒂（Maurice Merleau-Ponty）著，姜志輝譯：《知覺現象學》，北京：商務印書館，2001年。

尼　采（Nietzsche）著，林建國譯：《查拉圖斯特拉如是說》，臺北：遠流出版事業公司，1989年。

桑塔格（Susan Sontag）著，刁筱華譯：《疾病的隱喻》，臺北：大田出版公司，2000年。

佛洛伊德（Sigmund Freud）著，葉頌壽譯：《精神分析引論，精神分析新論》，臺北：志文出版公司，1999年。

四　期刊、研討會論文

許德金、王蓮香：〈身體、身分與敘事——身體敘事學芻議〉，《江西社會科學》第4期，2008年4月，頁28-34。

許文榮：〈論黃春明小說的身體書寫〉，《華文文學》總第132期，2016年1月，頁115-122。

中華民國兒童文學學會編：《資深作家黃春明、鄭清文童話研討會手冊》，臺北：臺北市立圖書館，2008年。

林鎮山、江寶釵編：《泥土的滋味：黃春明文學論集》，臺北：聯合文學出版公司，2009年。

李瑞騰主編：《聽說讀寫黃春明：黃春明及其文學國際學術研討會論文集》，宜蘭：宜蘭縣政府文化局，2016年。

五　網路資料

林奇伯：〈何凡、林海音之女夏祖麗：我家客廳是半個臺灣文壇〉，《遠見》雜誌，網站：https://www.gvm.com.tw/article/11596，檢索時間：2021年8月2日。

記憶與傷痕

——從六、七〇年代黃春明小說人物的語言 使用與語碼混合所見的臺灣社會

林素卉[*]

摘要

　　二戰以後的臺灣不但承受著日本殖民所遺留的傷害，又肩負國共內戰的歷史包袱。另一方面，在經濟重度崩塌的情況下不得不接受了美國的援助，隨後的經濟依賴卻又讓臺灣人民成為資本主義下的犧牲品。在這段內外交煎的歷史下，黃春明通過自己眼見和耳聞，從真實人物中取材，以鮮活的語言去表現臺灣社會人民的遭遇，及對日本和美國的愛恨情仇。

　　六、七〇年代是臺灣動盪與轉型的時代，從舊的傳統農業社會轉型為新的工業社會，此時臺灣農村人口不斷地湧入都市謀生，與城市的外國資本家、本地的「知識分子」中產階級有了各種連結，而語言也隨之產生了位階。

　　黃春明為了體現真實的臺灣社會，在形塑人物樣貌時，刻意地讓人物語言最大程度貼近原貌，其作品常見來自鄉下的小人物用方言罵髒話、崇洋媚外的漢人講話穿插外語，及個性低俗的日本侵略者粗言穢語等；這些適時的語碼混合能突顯人物的性格，讓讀者身歷其境的同時，也展現了當時臺灣的社會氛圍。

關鍵詞：黃春明、語碼混合、人物角色、臺灣社會

---

[*]　馬來西亞新紀元大學學院中國語言文學系高級講師。

一 前言

　　一直以來黃春明的文學被冠上「鄉土文學」之名，其實來自於鄉土文學論戰中陳映真點名黃春明、王禎和的作品為鄉土文學的代表：「這一時期的文學作家，全面地檢視了在外來的經濟、文化全面支配下，臺灣的鄉村和人的困境。」[1]而黃春明於七〇年代所發表的〈鑼〉、〈莎喲娜啦‧再見〉、〈小寡婦〉等現實主義系列作品也被認為是表達臺灣鄉土的代表。在這兩派文學論戰的氛圍下，黃春明澄清說：

> 今晚我就鄉土文學所遭到的壓力和錯解，提出我的兩意見和一點說明：
> 第一、我們要愛護這土生土長的文學。第二、「鄉土文學」這土生土長的文學，是採用關係著現實人生題材，我們要能肯定這取材於現實環境的寫實文學。第三點所要說明的是，土生土長的鄉土文學，這種對語言文字的運用並不是地域性的，這類被誤解情形應作一個澄清。[2]

黃春明的說明主要在於其「土生土長」的文學是對社會現實的寫實，以及語言文字的運用並不侷限於地域性，同時也是回應當時對方言文學和侷限於地方性狹隘鄉土的誤解。

　　關於黃春明的作品，是否需要扣上「鄉土」之名並不重要，在徐秀慧訪談黃春明為何不願被標舉為鄉土文學作家時，他解釋道：「我覺得界定作家是研究者的事，我拿筆攤開稿子寫作的時候，不會去想說我要寫一篇鄉土小說。」[3]接著在接受朱玉芳訪談時，黃春明再次強調自己不喜歡被定義為鄉

1　陳映真：〈文學來自社會反映社會〉，目前收錄於《陳映真文集：文論卷》，（北京：中國友誼出版社，1998年），頁407。

2　楊選堂主持：〈當前中國的文學問題〉論壇，刊於《中國論壇》，第5卷第1期（1977年8月），頁62。

3　徐秀慧：《黃春明小說研究》（臺北：淡江大學中國文學研究所碩士論文，1998年6月），頁164。

土作家，他表示：「其實，你感受到什麼在同一個世代，你感受到什麼就去寫，就好了！」[4]黃春明的書寫並不執著於任何一個主題或「事實」的鄉土，只是要表達自己所見的「真實」而已。

> 我在宜蘭長大，當然我寫出來的都是宜蘭，但是我寫出來的宜蘭並不是要讓人家去做考究，例如我書中說的那一條溪是哪一條？或你寫的那一個人是誰？是不是住在你家後面的溪木的爸爸？都是在找這種考究。如果這樣的話，他是在寫一件事實，而不是在寫一件真實的東西，「事實」和「真實」在文學上是很有趣的一個主題。[5]

簡單來說，黃春明作品取材於他所見到的事實，再以事實為素材寫出真實的故事。除了真實以外，他也琢磨於語言的表現。黃春明是一個喜歡與陌生人攀談的作家，從聊天中觀察對方的語言以及生活型態，從而成為小說中人物形象的靈感來源。

> 我後來覺得小說中的人物相當重要，人物的成功，不僅在於外形的描寫而已，要讓人物活起來，他的語言很重要！小說裡的對話是人物的成功與否的關鍵，什麼人說什麼話，包括他的個性、職業，都可藉對話來突顯得恰如其分。我經常跟人聊天，有意的觀察也好，無意中留下來的印象也好，都會提供寫小說時的參考。[6]

在黃春明的談話中，強調了語言對於人物的重要性，而這種重要性就是為了

4　朱玉芳：《黃春明與閻連科苦難書寫之比較》（桃園：國立中央大學中國文學研究所博士論文，2010年6月），頁263。

5　黃春明：〈鄉土小說的文化背景〉，收錄於宋隆全總編：《文學對話錄──與蘭陽作家有約》（下）（宜蘭：宜蘭縣文化局圖書資訊課，2005年），頁391。

6　徐秀慧：《黃春明小說研究》（臺北：淡江大學中國文學研究所碩士論文，1998年6月），頁159。

更貼合與反映文學世界的真實。就如林海音所說:「春明的小說,不太在文字上雕琢,但他把語言運用得特別好,他在小說中不但把當時社會現象描繪得真真實實,也把什麼人說什麼話的特點描繪出來。」[7]

雖然黃春明對於小說人物的語言刻劃是為了描繪社會真實,但在創作的呈現上,他有意識地使用國語進行書寫。

> 真正碰到小說寫作的難題是,小說中的對話語言。我的小說人物是鄉親裡面的農民和其他小人物,在經驗世界裡,這個時候的臺灣,這些人只會一種語言,即是我們的母語,並且在生活中,他們對母語的掌握都十分生動。可是用國語寫到小說中的對話語言時,不但失去生動性,有時候連語言的恰當和準確性都有問題。如果我就用我的母語閩南話來寫,縱然能找到適當的文字,而這也使許多不識閩南話的人看不懂,不要說外省人,連本省的客家人都有問題。再說,閩南話的語音和讀音,大部分分得很清楚,讀音有字即可以讀,語音有音不一定有字,有的是字還沒跟上,有的是文盲普遍的時代很長,人民把話用得很溜,而溜開文字的約束,使語音更合乎平常使用的合理性。在這樣的先天條件之下,很難貼切地處理這個問題。當然,這個時候我的個人作法是,使用翻譯的方式,將母語翻成國語,如果可能的話,必要時,保留母語,自己唸一唸,看通不通,或是部分的修改,讓懂母語的人嘗到原味,而國語也讀得懂。[8]

這裡就表現了語言在轉化為文字上的困難。黃春明所提到的語音和讀音問題,是在於漢字的閩南語讀書音以及日常會話的白讀音,閩南語有許多有音無字或母語者都未必識得本字的情況,因此若要在文字書寫上使用閩南語,必然會碰到這個問題。除了方言,黃春明小說中另外還涉及到外語,如〈我

7　林海音:《剪影話文壇》(臺北:純文學出版社,1984年),頁138。
8　黃春明:〈羅東來的文學青年〉,《大便老師》,《黃春明作品集8》(臺北:聯合文學出版社,2009年),頁94。

愛瑪莉〉當中的英語和〈莎喲娜啦・再見〉的日語，這些部分也都以國語文字書寫。這是由於小說的受眾主要是臺灣人，使用國語書寫在閱讀上才沒有隔閡。因此劉春城說「黃春明則完全遵守國語文法而業在選擇方言時極為謹慎，不但不用音譯，連有字有音，寫成國語看了不夠明白的一概捨棄不用，留下來的都是些特意挑選人人看得懂的生動詞語了。」[9]

　　雖然以國語漢字為書寫主體，黃春明卻不時參雜外文以突顯角色的個性，如〈小寡婦〉中的對話：「『你們這樣Open，這五口通商的調調兒，還不是Bar girl的老樣？』馬善行無可奈何地叫著。」[10]對於日語，則使用了日文的漢字詞彙，如〈莎喲娜啦・再見〉中的「千人斬」、「馬鹿野郎」等。這種「語碼」[11]編輯的模式突顯了黃春明所言「什麼人說什麼話」的特性，書寫中所呈現的「語碼轉換」和「語碼混合」（或稱語碼夾雜）也真實反映了當時的現實社會。

9　劉春城：《愛土地的人：黃春明前傳》（臺北：錦德圖書事業公司，1985年），頁285。

10　黃春明：〈小寡婦〉，〈看海的日子〉，《黃春明作品集1》（臺北：聯合文學出版社，2009年），頁176。

11　代碼；語碼（code）：「這個名稱的一般意思是一個信號系統轉換成另一個信號系統的一組習慣方法。代碼主要是符號學和信遞理論而不是語言學的研究對象。像『編碼』和『解碼』這類概念有時也見於語音學和語言學，但是將語言視為一種『代碼』的觀點並不占主導地位。這一術語在社會語言學很常見，主要用作指稱任何涉及語言的信遞系統的中性名稱，社會語言學家因此不必非使用方言、語言或與演變體這些在其理論中有特殊含義的術語。例如，稱作語碼轉換（code-switching）的語言行為有這樣一些：操雙語者（根據談話對象和談話地點）在英語的標準形式和地方形式之間轉換，威爾士部分地區威爾士語和英語之間的轉換，職業用語和日常用語之間的轉換，等等。代碼混合（code-mixing）指一種語言中的語言成分轉換到另外一種語言中。另一方面，有些社會學家和社會語言學家給『語碼』下一較狹窄的定義，例如按互通性來定義（如秘密團體或職業群體的語言），但是這一術語最廣泛的特殊用法見於英國社會學家巴茲爾・伯爾斯坦（1924-　）所闡述的信遞代碼理論。他提出的精制碼和有限碼的對立是其關於社會系統性質的理論的組成部分，它主要關心的是人們如何利用語言提供的各種手段來傳遞各種意義以及傳遞意義的明確程度。」戴維・克里斯特爾編，沈家煊譯：《現代語言學辭典》（第四版）（北京：商務印書館，2011年），頁62。

二 語言的位階

　　當一個社會使用超過一種語言，就有可能出現高、低階語的社會差距。以臺灣近代史來看，於臺灣內部日治時期的高階語是日語，漢語方言就是平民百姓的低階語言。二戰以後，國民政府成立了臺灣省國語推行委員會，在來臺後開始推廣國語，主要目的是消除日文，其後在教育上採用「禁止方言，獨尊國語」的政策，這使國語成了高階，而方言輪為低階。到了七〇年代，臺灣又進入一個動盪時期，由於釣魚臺事件與退出聯合國的政治局勢變動讓臺灣頓時成為國際上的孤兒；在經濟上美日資本主義入侵帶來了城市發展，但使傳統社會和農村結構被破壞。英語和日語這類具有經濟優勢的高階語言就被當時的「知識分子」所擁護，而漢語（包括國語與方言）則遭到貶值。

　　黃春明生於一九三五年，當時已進入日本統治的倒數十年。一九三七年日本對中國全面開戰，臺灣士兵以日軍身分加入戰場，而中國大陸內部則是進入「八年抗戰」。在這歷史大事件下，黃春明當時處於幼年階段，因此對於日本有關的描寫主要都在接受國民政府的教育之後，並反映在七〇年代的作品當中。

　　從黃春明的訪談資料可知，他出生宜蘭羅東，農村用語是閩南話，求學時期主要已是國民政府執政，因此在校與外省同學接觸可以學習國語；同時他也經歷過禁說方言的校園生活，這點從其作品得到了印證。

　　黃春明一九五六年所發表的第一篇小說〈清道夫的孩子〉，篇幅雖短，卻反映了職業階級落差對兒童心理所造成的影響。當中有一段為主人翁吉照被老師懲罰，「這天總算是他的楣運臨頭了。隨地吐痰，亂棄紙屑都被老師發覺了。還有，講方言不聽級長的勸告，反而打級長，罵他多管閒事。」[12]這段敘述可以知道吉照違規隨地吐痰、亂棄紙屑、講方言、打罵級長等項，

---

12 黃春明：〈清道夫的孩子〉，《兒子的大玩偶》，《黃春明小說集》（北京：北京聯合出版社，2019年），頁292。

所以吉照被罰打掃教室。小說中雖然沒有使用語碼轉換或混合的對話，但可以知道吉照是位會說方言的孩子，在學校中使用方言屬於違規行為，即使沒有用其他描述去貶低方言，但顯然在教育場合中方言不被認為是一種高尚的語言。

其處女作發表之後，六、七○年代是黃春明的創作高峰期，也是其人生歷練的最重要階段。六○年代的作品基本上場景都發生在農村鄉下，有部分作品會直接提到宜蘭，對於這樣「地域性」的書寫風格，黃春明回覆「不然，要寫哪裡？」[13]這樣幽默的答案。宜蘭地處於臺灣東部沿海，與城市化的都會相較，展現的是較為樸實無華的鄉村風貌，由於遠離都會，人民得以保存較保守的漳州腔閩南語。黃春明當時的小說人物幾乎都是閩南語掛在嘴邊的市井小民，且大多數是底層人物。這時期作品中出現很多閩南語詞彙，像〈甘庚伯的黃昏〉中「沒穿衫沒穿褲子」、「這些沒人教示的野孩子，先喝都喝不聽」，〈鑼〉中的「找日頭的位置」、「是紅瓦厝那裡」，與國語書寫對映成文字間的語碼混合；有些作品則是在題名就已有呈現，如〈城仔落車〉、〈青番公的故事〉和〈阿屘與警察〉。黃春明通過這些底層人物使用底層語言來述說底層的苦難，像〈城仔落車〉這部作品使用「落車」這一閩方言詞作為標題，但在內文中卻使用了「下車」，對於這個小說題目，黃春明顯然是特意設計的。

> 我的第一篇小說是〈城仔落車〉，當時閩南語是不准講的，文章裡寫個「落車」，誰能懂呢？我在信裡寫道：「這個『落』字不能給我改成『下』，我知道是『下』車，但是我聽到有一個祖母用生命吶喊『城仔落車、城仔落車』，很慌張，那個聲音不能改。」她沒有改。[14]

---

13 朱玉芳：《黃春明與閻連科苦難書寫之比較》（桃園：國立中央大學中國文學研究所博士論文，2010年6月），頁267。

14 江寶釵、林鎮山：〈文學路迢迢——黃春明談他的寫作歷程〉，《泥土的滋味：黃春明文學論集》（臺北：聯合文學出版公司，2009年），聯合文學網站，網址：http://city.udn.com/78/3336671，瀏覽日期：2021年3月2日。

小說中的祖母帶著有先天疾病的孫子要到城仔與女兒及女兒的新外省丈夫見面，是想要將自己與孫子託付給他們，因此在整個路途中，體現了祖母內心的焦慮和無助。另一類的弱勢與無奈，像小說中隱約透露著外省身分的退伍軍人是當時妓女想要脫離苦海的希望；在另一部〈看海的日子〉也看到妓女鶯鶯嫁給了曾是少校的外省軍人魯先生就此從良。這樣的故事也體現了苦難者與救難者、妓女與退伍軍人、本省人與外省人、閩南語與國語這種對比的差異。

黃春明六○年代作品中無處不見方言詞彙的語碼混合，但鮮少有外語的穿插，比較特別是的一九六三年〈把瓶子升上去〉這篇小說，裡頭穿插的英語單詞有「Blues」、「Romantic」和「Too Young」，內容是發生在一所中學的愛情故事。整篇小說帶著壓抑、鬱悶、頹靡的氛圍，就和出現的這幾個英文單詞一樣。五○年代至六○年代初期的美國，是一個經濟發展快速，自由意識抬頭的年代，娛樂影視上著名的瑪麗蓮‧夢露和貓王都在此時風靡年輕一代。對比之下，這時候的臺灣處於戒嚴時期，全島充斥著反共文學和黨政軍的思想教育，對於想要追求自由戀愛、藝術的青年來說，無疑是種沈重的禁錮。六○年代初期，臺灣還處於美援階段，自一九五一至一九六五年的十五年間，美國的經濟支援一方面維穩了臺灣本島通貨膨脹，同時也促進恢復與幫助了臺灣在戰後的經濟發展，逐漸地造成臺灣對美國經濟方面的依賴，也為後來「新殖民主義」埋下了伏筆。黃春明這篇小說是美援時期的作品，因此尚未有後來對西方資本主義的控訴，裡頭的英文語碼體現的是一種浪漫、自由的情調，故事雖然呈現了蒼白、無力的一面，但卻也似乎表現了年輕男女對西方自由與現代化的嚮往。

一九六五年美援時期結束以後，資本主義逐漸入侵臺灣。在國際勞動成本上漲的情況之下，日美為了降低成本，把目光轉移到低工資地區，而臺灣就成為了資本主義降低勞動成本的目標。這樣的歷史時空下，一九六五至一九七○年之間黃春明的作品所反映的是前美援時期所帶來的遺留產物，如農業現代化、工業化、經濟建設等。像〈青番公的故事〉、〈溺死一隻老貓〉、〈兒子的大玩偶〉和〈鑼〉就反映了農村社會被迫走向現代化的趨勢，這幾

部作品中基本上沒有涉及外語，但可以看出傳統社會已經因現代化而被迫需要改變。

到了七〇年代，國際局勢的變動使臺灣人民開始興起民族意識。一九七一年中華民國退出聯合國，美國將釣魚臺交給日本，隨後臺灣與日本斷交。在美國及日本資本主義經濟侵略下，臺灣「知識分子」對英語有了崇洋的心態；與日本釣魚臺主權紛爭及歷史仇恨下，日語對臺灣人而言，存在經濟利益與內在仇視的衝突。黃春明作品對於「崇洋媚外」最典型的例子當屬〈我愛瑪莉〉，而「仇視日本」的則是〈莎喲娜啦‧再見〉。

〈我愛瑪莉〉的主角大衛‧陳自認英語比國語高人一等，將自己名字改為洋名，鄙視自己不會英語的妻子，視美國老闆所給的雜種洋狗為珍寶，因此處處顯露出醜態。〈莎喲娜啦‧再見〉主角黃君是一位會講日語，受國民黨歷史教育的本省人，他對日本的印象主要來自於侵華戰爭，因此經常發表自己的民族主義及對日本的仇視，卻因為工作需要而屈服招待日本人到自己故鄉嫖妓，為了緩解自己心中的憤恨不平，在替日本人做翻譯時故意出錯來藉機調侃，最後在火車上替臺灣大學生及日本人翻譯對話時將內容完全竄改，一方面灌輸學生民族價值，一方面拿八年抗戰的歷史令日本人難堪。

從兩部小說來看，臺灣的經濟已經被美日資本家所壟斷，臺灣人不管是否願意，都需要看這些外國人的臉色；為了討好這些外國老闆，語言上就得牽就配合，使英語、日語成為產業經濟的高階語。

三　與美方的矛盾恩怨

臺灣與美國的關係始自二戰之後，主要在於經濟支援與支配，以及美軍部隊駐紮臺灣；影響層面包含工業化、都市化、農村改革、西方文化輸入等。根據段承璞將八〇年代以前的臺灣經濟分為三期，其中以一九五〇年和一九六六年為兩個轉折點。一九四五至一九五〇年，臺灣經濟與中國大陸是一個整體；一九五一至一九六五年，臺灣經濟自謀生存發展；一九六六至一

九八○年代，臺灣經濟投向了世界市場。[15]影響經濟轉向的兩個轉折點就是美援的開始與結束。

在美國經濟支援臺灣以前，臺灣因為國共內戰陷入嚴重的通貨膨脹導致經濟恐慌，而美國等西方列強與蘇聯為首的共產主義進入冷戰；四○年代國共於中國大陸內戰，失利的國民黨退守臺灣，蘇聯則承認共產黨政權的中華人民共和國並與之結盟；美國於一九四八年國會通過「1948援華法案」，這筆經濟援助主要被國民政府用來對付中國共產黨，一九四九年國民政府正式遷臺。一九五○年韓戰爆發後，美國第七艦隊協防臺灣，以阻止任何對臺的攻擊，隨後就是美軍駐紮臺灣，使臺灣成為韓戰、越戰的後勤支援，直到一九七九年臺美斷交。期間臺美在經濟關係上是一九五一至一九六五年的經濟支援，及一九六六年以後資本主義的大舉進入。

美國的經濟支援給臺灣帶來了巨大發展，改變最明顯的是六○年代中期工業生產率超越了農業生產率，因此勞動人口從農村進入城市，黃春明小說中反映此現象的作品有〈兩個油漆匠〉和〈蘋果的滋味〉。外資的進入，也意味著勞資階級的變動，原本屬於對內貿易的臺灣在勞資上都是臺灣人，但外來資本家投入後，資產階級就有了外國人，像〈我愛瑪莉〉裡高姿態的美國老闆即為典型人物；美國軍隊在臺灣的駐紮，則帶動了聲色場所、娛樂產業的興起，〈小寡婦〉就反映了當時的妓業發展。

黃春明的這四部小說基本上都反映了臺灣社會在六、七○年代受到美國經濟、文化上的衝擊，通過故事中的小人物去反映當時候的社會真實面貌。這幾部作品中都有英語詞彙的穿插，而夾雜方言與官話的使用者主要為臺灣人，外國人主要使用英語（但作品為了方便讀者閱讀都使用國語文字呈現），但也有穿插閩南語和國語的情況。

一九七一年〈兩個油漆匠〉描寫從東部到城市工作的兩名油漆工人在工作結束後爬到建築物陽臺聊天，卻被誤以為是想要自殺，意外地驚動警方和記者，最終失足釀成悲劇。小說中所出現的英語音譯詞有「吉士可樂」，直

---

15 段承璞：《臺灣戰後經濟》（臺北：人間出版社，1992年），頁119。

接使用英語的有女星名字「VV」、「Camera! Take雲梯！」、「First, Zoom in Zoom in」、「Camera! Camera! Camera!」，而裡頭的兩位油漆匠阿力和猴子主要操用閩南語。小說裡頭沒有外國人，但已經反映了美國資本主義和文化入侵，「吉士可樂」自然是外國品牌，要在十七層樓高的牆上畫目前最紅女明星VV的半裸像，小說沒有說明這位女明星是臺灣人還是外國人，不過名字反映著外來文化。阿力和猴子這一次的工作是為這個廣告上的女明星乳房油漆，油漆過程中不斷地哼著東部閩南語民謠〈蜈蚣蛤仔蛇〉，若投以畫面來看，外來文化是高與龐大，而操用閩南語的這兩個小人物則卑微渺小，顯示外資介入後村落的人口遷移到都市成為低賤的勞工階級，而兩名油漆匠的低薪突顯了資本主義的壓榨。其餘的英語詞彙都來自現場記者，他們操用著英語的行業術語，捨棄了通行的國語，反映出當時社會的外來文化事業所帶動非母語的專業思維。

一九七二年〈蘋果的滋味〉男主角江阿發帶著家人從鄉下到大都會去打工，不幸被美國人的汽車撞倒受傷入院，後來獲得美國人的保險賠償感到因禍得福而慶幸。故事裡面主要的角色有使用閩南語的主角一家、使用國語的警察、使用英語的肇事司機美國人，和使用閩南語的洋人修女護士，內容都以國語文字書寫，沒有夾雜外文。角色的語言有經過轉換的是警察和修女護士，這兩個職業屬於善的代表（人民公僕與白衣天使），原本不會閩南語的警察為了安慰受害家屬也努力的說出「莫緊啦，免驚啦」，理應說洋文的外國護士說了一口流利閩南語，並幫肇事的洋人與阿發翻譯。這兩者將語言切換成受害、弱勢一方的母語閩南語，表現的就是人性中良善的一面。其次是肇事司機的美國上校，由於只會說英語，在小說裡頭的對話不多，主要仰賴警察和護士的翻譯，這角色在小說中沒有表現為絕對的善或惡，卻也暗喻了美國和臺灣的關係，這位上校是事件的肇事者同時也是問題的解決者，就如同美國給予戰後臺灣的援助幫助了臺灣經濟起飛，但同時也讓依賴外資的臺灣社會陷入被資本家的剝削。

小說的起始，從電話交談中可看出了臺美的合作關係，不能讓一個臺灣工人的事件讓美國陷入泥淖，因此上校必須負起責任。從這方面來看，上校

對阿發的賠償並非出於純粹的善意，只是必須承擔後果，然而上校在巷間遇到啞巴小女孩，說出了「噢！上帝」，後來得知小女孩就是阿發的女兒，便希望賠償後額外將這小女孩送到美國讀書，這行為顯然自於他本身的善意。而阿發這個小人物，被美國車所撞傷卻又獲得賠償，對撞傷他的上校最後是說了「對不起」和「謝謝」，反映了在外資經濟壓力下，臺灣勞動階級小人物對於西方的施捨只能感恩戴德。

一九七七年〈我愛瑪莉〉是一篇嘲諷崇洋媚外「知識份子」的作品，黃春明本人曾說：「要我寫知識份子，我就一肚子火！要我寫那些鄉下人，他們就人浮於事地通通跑來。事實上也是這樣！我寫到〈我愛瑪莉〉就把知識份子嘲弄得很厲害。」[16]小說裡的角色性格鮮明比較沒有轉折，主要人物有崇洋媚外，認為英語和美國文化比較高尚的男主大衛·陳，不會英語而被男主看不起的妻子玉雲，只說英語趾高氣揚的洋人老闆衛門和其有些瞧不起中國文化的太太露西，最後是只會聽英語，飼主原是衛門家後來被大衛領養的雜種美國狼狗瑪莉。整篇小說中以國語撰寫，穿插的英語詞彙有「Not you」、「nice dog」、「Came」、「Go」和「Love Mary」等，全都出自大衛之口，主要對話對象是狼狗瑪莉。大衛對洋老闆的洋狗和顏悅色，對自己的中國妻子卻聲色俱厲，甚至在自己妻子問他：「你愛我？還是愛狗？」時，他不假思索回答愛狗，實際上瑪莉只是洋老闆隨便花六百塊買回來的雜種狗，如果大衛沒有要領養，就會被遺棄，顯示了中國人在拋棄自己的語言文化後，崇洋媚外的卑微姿態是如此荒謬可笑。

一九七五年〈小寡婦〉反映的是美國越戰時期駐紮臺灣，促使臺灣酒吧這類特種產業興起的現象。故事是發生在美國本土反越戰的高峰期，美國與臺灣關係逐漸疏離的一九六八年。小說中人物很多，有「小寡婦」妓女們、美國大兵嫖客、媽媽桑、日本記者、洋人測驗官……，最主要貫穿全文的是留洋過的馬善行經理。小說語言主要有國語、閩南語、英語和日文，國語和

---

16 朱玉芳：《黃春明與閻連科苦難書寫之比較》（桃園：國立中央大學中國文學研究所博士論文，2010年6月），頁267-268。

閩南語主要是故事中的臺灣人在使用，但比較特別的是吧女小青與美國黑人士官生下的混血兒小黑，在沒有父母照顧及被人辱罵為雜種的臺灣村落裡成長，一口流利的閩南話，對他人善意的打招呼：「哈囉」，憤怒而大罵「幹你老母XX！駛你老母XX！」顯示了當時臺灣妓女懷抱著美國夢，與美籍士兵交往所遺留下來的悲劇。英語則大部分出現在馬善行的說話，其表示自己留學美國，因此習慣了使用英語，不免在會話中參雜英文詞彙，但實際上他所講出的詞彙大部分也非英語的專有名詞，這樣在對話中不斷地語碼混合，是故意賣弄及突顯自己留洋身分的優越感。另外，馬善行的為人風格與名字正好背道而馳，他說話方式高調圓滑，所做只為金錢利益，不論是賺美國人或是本土臺灣人的錢財皆毫不手軟。小說末段出現了一首美國民謠〈We Shall Overcome〉，是在酒吧中播放的曲目，一位美國年輕士兵湯姆在喝醉後不斷地哼唱著，其背後原因是他在戰爭中開槍打死了反對戰爭的逃兵朋友荷西，從此需要用迷幻藥麻醉自己，最後自己也死在戰場上。

　　黃春明的這幾部小說都在七○年以後，也就是臺美關係惡化之後，臺灣因為美國的經濟支援而經濟起飛，但同時資本主義入侵也導致勞動力廉價，因為工業化和農業轉型，農村人口為了生計湧向城市，成為城市低收入的低端人口。洋化的「知識份子」展現的不是崇洋媚外、看不起自身文化的醜惡面目，就是眼裡只有金錢的現實主義者。而出場的美國人角色有趾高氣揚的資本家，也有具憐憫之心的白衣天使或軍人。從這些人物和他們的話語看來，臺灣對美國的經濟支援心存感恩，對資本家的剝削深惡痛恨，對於戰爭的傷痕流露出悲憫之情。

四　對日本的國仇家恨

　　臺灣與日本的關係比美國更早，清末中日甲午戰爭慘敗以後，一八九五年清廷與日本簽訂《馬關條約》，將臺灣全島及所有附屬各島嶼和澎湖列島割讓給日本。其中條約內容第五款記載：

> 本約批准互換之後限二年之內，日本準中國讓與地方人民願遷居讓與
> 地方之外者，任便變賣所有產業，退去界外。但限滿之後尚未遷徙
> 者，酌宜視為日本臣民。又，臺灣一省應於本約批准互換後，兩國立
> 即各派大員至臺灣限於本約批准後兩個月內交接清楚。[17]

　　條約內容雖然允許臺灣人民在兩年內遷移離開，但明清時代就已經定居於臺灣島嶼的漢族人民已有好幾世代在此耕耘，突如其來的變化要叫其何去何從，遑論是土生土長的臺灣原住民。自此，臺灣的漢人和原住民就被迫成為日本臣民，歷經了五十年的日本統治時代。統治之初，在不同語言的異族統治之下，流血、反抗、衝突、鎮壓的情況屢見不鮮，漢族人民最後一次的武裝抗日是一九一五年「西來庵事件」，原住民則是一九三〇年霧社事件。[18]

　　另一部分，在中國大陸的土地上，日本自甲午戰爭後不斷地對中國進行侵略行動，一戰後的《凡爾賽條約》引發了中國「五四運動」，後來日本與國民政府在東北地區陸續爆發軍事衝突，到了一九三七年「七七盧溝橋事變」正式開啟了漫長的「八年抗戰」；對中國人而言，始終難以放下日軍對南京人民大屠殺慘絕人寰的國仇。

　　在中國抗戰時期，臺灣由於歸屬日本統治，因此臺灣本省人和原住民並未經歷在中國山河破碎的八年抗戰，臺灣島嶼更免於淪為戰場的噩運。然而，部分臺灣人仍舊成為日本野心的侵略擴張下的犧牲品，臺灣籍青年也被日軍徵召入伍，成為太平洋戰爭的日軍侵略部隊。

　　二戰以後，國民黨接收臺灣，同時也把對日本的國仇帶來臺灣，如將日本在臺的統治期間從「日治」改為「日據」，解嚴以後才改回「日治」一

17　《馬關條約》內容原文參見維基文庫，網址：https://web.archive.org/web/201604221514
　　15/https://zh.wikisource.org/wiki/%E9%A6%AC%E9%97%9C%E6%A2%9D%E7%B4%84
　　，瀏覽日期：2021年3月11日。

18　實際上延續更晚的是高雄桃源布農族的大分事件，自一九一五年始至一九三三年，臺
　　灣總督府命令日警放軟身段，委曲求全，於四月二十二日雙方達成和解。長達十八年
　　的抗日過程，史稱「大分事件」。但霧社事件較廣為人知。

詞。一九五二年，中華民國與日本簽訂《中日和平友好條約》，直到一九七二年日本與中華人民共和國建交，就與臺灣終止合約斷交，期間還發生了釣魚臺主權的爭端。黃春明有提到日本或有關日本的小說不多，最早的有一九七一年〈甘庚伯的黃昏〉，接著是一九七三年〈莎喲娜啦·再見〉和一九七五年〈小寡婦〉，當中特別專門寫到日本人就屬〈莎喲娜啦·再見〉而已。

　　一九七一年〈甘庚伯的黃昏〉寫的是日本太平洋戰爭對臺灣人民所遺留的傷害，主角甘庚伯是六、七十歲的老農民，兒子阿興隨日軍到南洋參與作戰，臺灣光復後的第二年從南洋回到臺灣時就成了瘋子，使甘庚伯無奈感嘆：「嗯——我們把一個好好的人交給他們，他們卻把一個人，折磨成這個模樣才還給我們！」[19]在甘庚伯的回憶中，阿興是一個優秀的孩子，與鄰家孩童阿輝的對話中，表示阿興在小時候作業都拿「三個紅圈」，現在作業不畫紅圈，變成是「甲乙丙」，顯示了日本時代和光復後的教育已經不同。距離二戰已經過了二十五年，但瘋了的阿興怎麼樣也沒有辦法恢復過來，在小說最後一段：

> ……老庚伯掄動鐵鎚，將長長的五寸釘一下一下深深地搥入刺竹筒，牢牢釘住關禁阿興的欄柵的橫梗上。時而還可以聽到日本兵吼著喊「立正」和「稍息」的口令，夾在重重搥擊的聲音裡面，叫這晚的晚風，吹進村子裡的人的心坎，特別覺得帶有一點寒勁。[20]

日本兵的口令應是日語的，在光復後的二十多年當然已經不會再有聽到日本兵的吼叫，然而卻像鬼魅一般地在晚風中迴盪，淒厲地顯示日本對臺灣家庭所造成的傷無法抹滅。

　　〈莎喲娜啦·再見〉是一部具有強烈批判的作品。蔡詩萍的專訪中，黃

19　黃春明：〈甘庚伯的黃昏〉，《兒子的大玩偶》，《黃春明小說集》，頁204。
20　黃春明：〈甘庚伯的黃昏〉，《兒子的大玩偶》，《黃春明小說集》，頁220。

春明說：「在創作〈莎喲娜啦‧再見〉時，就有強烈的社會意識出現。」[21]
他提出具民族意識的批判：

> 容格的心理學提到，人有三種認同是不必經由學習即可產生的，一是
> 對於出生地的認同，人對土地的愛在童年時期就已著床；二是對族群
> 的認同；再擴大就是對民族的認同；最後才有對國家民族的認同，這
> 些都是不必學習的。所以當時無論從歷史課本中或現實生活的經驗
> 裡，對日本民族在心態上都產生了批判。[22]

黃春明所讀的歷史課本自然是國民政府來臺後的教科書，他的生活經驗包含
了自身的本省族群、國民政府來臺後所接觸到的外省人以及生長在東部地區
的原住民，這幾個族群都不同程度的被日軍傷害過。

　　〈莎喲娜啦‧再見〉的主角黃君是一位來自礁溪的本省人，祖父曾被日
本人打斷腿，求學時代聽來自南京的外省老師說起八年抗戰的故事，因此對
日本人極度地憎恨，因為自己一口流利的日語，因此被委派到礁溪給七位日
本商人拉皮條。黃君對日本人的痛恨反映在言語中，如他將帶日本人去嫖自
己的女同胞，就將嫖字改為「殺」，而且在與日本人的對話過程中，不時想
辦法批評日本，就如「你們日本話和你們的包裝設計一樣，看起來好看。可
是你們日本話說起來覺得好聽，做起來就不是那麼回事兒。」[23]而對於日本
與臺灣的關係，將之前的統治稱之為殖民，對於現代則是經濟殖民和經濟侵
略，並把之前日本統治期間的教育稱為愚民教育。與黃君對比的就是七位日
本商人，在小說中處處盡顯其醜陋面貌。黃春明在小節中以「七武士」作為
他們出場的標題，七人組成「千人斬俱樂部」。「千人斬」原是古日本武士期

---

21 黃春明：〈空氣中的哀愁〉，《放生》，《黃春明作品集4》（臺北：聯合文學出版社，2009
　年），頁252。

22 黃春明：〈空氣中的哀愁〉，《放生》，《黃春明作品集4》，頁256。

23 黃春明：〈莎喲娜啦‧再見〉，《莎喲娜啦‧再見》，《黃春明作品集3》（臺北：聯合文學
　出版社，2009年），頁41。

許自己能斬殺千人的理想,但這裡的「七武士」則是希望與一千個不同的女人睡覺,這也就合理的解釋小說中把「嫖」與「殺」畫作等號。

除了名稱,這七位的言語也是各種醜態,從一入境就罵「馬鹿野郎」以及各種情色發言,路程中途停車隨地小便——使黃君聯想到中國人貶低日本人作狗。這些日本人在話語中不忘展現自我的民族優越感,像「還是我們日本話最好聽。尤其是女人說日本話,嗨,最美妙啦!」[24]

除了黃君帶「七武士」嫖妓的情節,故事裡另一個高潮是他們在火車上與一個中文系大四學生的相遇,由於學生不會日語,與七名日本人的對話全靠黃君翻譯。黃君對於學生崇尚日本,想要到日本留學的想法感到氣憤,因此故意做了假翻譯欺騙雙方:一方面對日本人提起八年抗戰的日軍屠殺事件;一方面教訓學生不該崇洋媚外,讓彼此感到難堪。接著,日本人回憶到紀錄片所播放南京大屠殺的畫面,也感到沉重難過,而學生才意識到自己對於本身中國文化歷史觀念的匱乏而感到慚愧。最後雙方在道別時,學生以日語說出了「莎喲娜啦」,日本人以國語說出了「再見」成為句點。

五　結語

六、七○年代是黃春明的創作高峰期,同時也是臺灣最動盪的時代,國民政府來臺填補了日本政府離去的真空狀態,卻也讓臺灣捲入國共內戰,使臺灣政治經濟陷入混亂。為了穩固政權,臺灣進入戒嚴,政治思想、歷史、語言都列入控管,原本以方言為母語的臺灣人,遇上以國語主體的政治社會,頓時成了弱勢。

二戰之後,列強為了爭奪世界霸主,進入冷戰狀態,美國與蘇聯共產勢力敵對,國民黨與中國共產黨內戰,美國自然就與國民黨互為盟友,提供經濟支援。臺灣在太平洋上是極佳的戰略要地,成為美軍駐紮的據點。這樣的歷史背景下,臺灣經濟獲得發展而起飛,農業社會轉向為工業社會,農村人

---

24 黃春明:〈莎喲娜啦‧再見〉,《莎喲娜啦‧再見》,《黃春明作品集3》,頁41。

口轉移到大都會,而美國的西洋文化也感染了臺灣。經濟的依賴拉開了資本主義剝削的序幕,這種國際化造成以外國文化為高尚,重挫本土文化而日趨低落的情況下,語言反映了高、低,崇洋媚外的本國人因使用外語而沾沾自喜。但因為美國與臺灣的關係既有之前的救助,又有後來的剝削,因此黃春明小說一方面透露著對美國人資本家的有厭惡感,另一方面對同樣受難的美國士兵展現人性上的良善和憐憫之情。

日本殖民的歷史對臺灣本省人民留下不可磨滅的傷痕,而受國民黨教育的臺灣人對日本軍事屠殺更是充滿憎恨,將日本人視為卑劣、色情、粗俗的民族,投射在黃春明小說,穿插的日語詞彙一般都是帶有軍事、汙穢、色情的話語,體現他以民族主義意識對日本侵略的控訴與批判。黃春明小說為日軍對本省人的傷害、欺侮中華民族的國仇鮮明地留下傷痕的扉頁。

參考文獻

一　專書

林海音：《剪影話文壇》，臺北：純文學出版社，1984年。

劉春城：《愛土地的人：黃春明前傳》，臺北：錦德圖書事業公司，1985年。

段承璞：《臺灣戰後經濟》，臺北：人間出版社，1992年。

宋隆全總編：《文學對話錄——與蘭陽作家有約》（下冊），宜蘭：宜蘭縣文
　　　　化局圖書資訊課，2005年。

黃春明：〈看海的日子〉，《黃春明作品集1》，臺北：聯合文學出版社，2009
　　　　年。

黃春明：〈莎喲娜啦‧再見〉，《黃春明作品集3》，臺北：聯合文學出版社，
　　　　2009年。

黃春明：《放生》，《黃春明作品集4》，臺北：聯合文學出版社，2009年。

黃春明：《大便老師》，《黃春明作品集8》，臺北：聯合文學出版社，2009年。

戴維‧克里斯特爾編，沈家煊譯：《現代語言學辭典》（第四版），北京：商
　　　　務印書館，2011年。

黃春明：〈兒子的大玩偶〉，《黃春明小說集》，北京：北京聯合出版社，2019
　　　　年。

二　論文

（一）學位論文

徐秀慧：《黃春明小說研究》，臺北：淡江大學中國文學研究所碩士論文，
　　　　1998年。

朱玉芳：《黃春明與閻連科苦難書寫之比較》，桃園：國立中央大學中國文學
　　　　研究所博士論文，2010年。

（二）期刊論文

陳映真：〈文學來自社會反映社會〉，《仙人掌雜誌》第5期，1977年。

楊選堂主持：〈當前中國的文學問題〉論壇，刊於《中國論壇》第5卷第1
期，1977年。

陳映真：〈七十年代黃春明小說中的新殖民主義批判意識 —— 以〈莎喲娜
啦・再見〉、〈小寡婦〉和〈我愛瑪莉〉為中心〉，《海峽論壇》，
1999年。

鄧小冬：〈美援與戰後臺灣的經濟發展研究〉，《廣州社會主義學院學報》第4
期，2014年。

（三）網路資源

江寶釵、林鎮山：〈文學路迢迢 —— 黃春明談他的寫作歷程〉，《泥土的滋
味：黃春明文學論集》，臺北：聯合文學出版社，2009年，聯合文
學網站，網址：http://city.udn.com/78/3336671，瀏覽日期：2021年
3月2日。

追憶逝去的過往
——《等待一朵花的名字》裡的感覺結構[*]

郭澤寬^{**}

摘要

　　《等待一朵花的名字》是黃春明少數散文作品之一，主要寫作於一九七〇、八〇年代間。雖是散文作品，然卻與黃春明小說作品有著共同的特色，亦即在以鄉土事物為主要題材外，且表現對底層小人物關懷，對於社會變遷對人們的衝擊等有著精準的記述，也因是散文作品，更多了來自作者本身第一人稱的抒發。然這種抒發，並非黃春明獨有，事實上，這部作品所呈現的現象，可說是保留那個歷經激烈現代化變遷後的臺灣人們所共有的感知，或說是「時代感」——一種「感覺結構」

　　本文即以《等待一朵花的名字》為主要分析對象，並兼採其它作品為例，說明在這部作品中所呈現，在現代化變遷後的臺灣，人們對逝去過往的追憶與感懷，這種感覺結構被描述，從而保留在這部作品中。

關鍵詞：等待一朵花的名字、感覺結構、現代化變遷、八〇年代、散文

---

* 本文經審閱，審查者並提供具體審查意見，唯文責全仍在本人，在此申明亦申謝。
** 國立東華大學臺灣文化學系教授。

一　前言：做為感覺結構的一部分

　　《等待一朵花的名字》出版於八○年代末的一九八九年，收錄黃春明一九六七至一九八八年間二十五篇散文作品而成書，是黃春明眾多出版作品中，少數的散文作品之一。雖是散文作品，然卻與黃春明小說作品有著共同的特色，亦即在以鄉土事物為主要題材外，且表現對底層小人物關懷，對社會變遷給人們的衝擊等有著精準的記述，也因是散文作品，更多了來自作者本身第一人稱的抒發。

　　散文做為一種文類，可抒情、可記事更可議論，其自由多變的形式與多元的承載內容，在中文語境裡，自古至今，不論是文言與白話，與帶有韻律的詩詞，或小說、戲曲等虛構性質的敘事文體相比，自成一類，並佔有獨特性重要地位。尤其是散文所時有第一人稱自我抒發的特性，或也可說散文審美特性在求美之外的求真，不僅是作家藉以表達自我——獨抒性靈的最好工具，事實上或也成讀者觀察作者當時心境的最好管道之一。

　　文學作品有著作者自身明顯的獨特性，這當無庸置疑，與此同時，任何文學作品（或者說是所有藝術作品），也是某種社會語境下的產物，亦讓人無法反駁。本文看待《等待一朵花的名字》即採取如此的角度，亦是本文援引理論「感覺結構」之重心所在。

　　「感覺結構」（structure of feeling）乃英國文論家雷蒙・威廉斯（Raymond Henry Williams, 1921-1988）所提出，也是他文化研究理論裡重要的概念與方法。此概念時而出現並貫穿其相關著作中，以其出版於一九六一年《漫長的革命》（*Long revolution*）對「感覺結構」即有所闡述。在其中的〈文化分析〉一章，就其文化研究理念方法說明時，威廉斯對「文化」的定義提出幾種意義之第三類即言：

> 第三類是文化的「社會的」定義，此種意義上的文化是對一種特殊的生活方式的描述，它不僅通過藝術和學習，而且也通過各種建制和日常行為，來表現某些意義和價值。根據這種定義，文化分析就是要闡

明一種特殊的生活方式——即一種特殊文化——所隱含、所展現的意義和價值。[1]

從此文字，即可看到其上述將文學或藝術，視為整體社會關係下的一種產物，這當然與其做為馬克思主義思想者，下層經濟基礎與上層建築之間聯繫關係的思想脈絡有關，然這種關係並非單純「下層決定上層」的機械式對應，有時作品和社會之間，其關係看似並不直接，但就如其所說：「卻運作於我們的活動中那個最微妙而不可觸摸的」，這也是威廉斯以「感覺」（feeling）一詞做為術語，並以「結構」（structure）做為與整體社會其中關係的演繹。就如其所說：

> 我想用感覺結構這個詞來描述它，就像「結構」這個詞所暗示的那樣，它穩固而明確，卻運作於我們的活動中那個最微妙而不可觸摸的部分。在某種意義上說，這種感覺結構就是一個時代的文化：它是一般組織中所有因素所產生的特殊的活生生的結果。正是在這方面，一個時代的藝術——包括其獨特的論辨方式和語調——有著重大的意義。[2]

這樣的闡述，也一舉突破單純「下層決定上層」機械對應的框架，也是其做為「文化唯物主義」（cultural materialism）重要論述者之一的方法、理論來源。

而做為主要以文學、藝術為文化研究材料的威廉斯，更高舉藝術作品在此結構中的重要性與獨特性，就如其所言，這種結構特性無所不在，藝術同樣能看出其表現，而且：

---

1 雷蒙・威廉斯（Raymond Williams）：〈文化分析〉，收錄於薛毅主編：《西方都市文化研究讀本（第一卷）》（桂林：廣西師範大學出版社，2008年），頁200-201。

2 雷蒙・威廉斯：〈文化分析〉，《西方都市文化研究讀本》，頁206。

儘管它常常不是被有意識地表現出來的，但事實上藝術卻是唯一的一
個例子，能用來證明我們所記錄的信息比其發送者活得更長，現實中
活生生的感知，以及使交流得以實現的潛藏在深處的共同性，在藝術
這裡，都一一被自然地加以利用。[3]

然就如威廉斯在諸多著作中所強調的在流動的下層、上層關係的變化中，加
上文化非凝固「在場的」、「即時的」的特性，感覺結構隨著時間的轉變與流
動，當也是必然。雖然有所謂的「文化傳承」，亦即上一代人透過教育、傳
播、規訓，甚或無意識等手段，將所謂的「價值」、「習慣」、「風俗」、「信
仰」等傳遞給下一代，然就如其所說：

然而新一代人總會有他們自己的感覺結構，這種感覺結構似乎不像是
從哪兒「得來」的。這在兒，最清楚的是，變化中的組織就好比是一
個有機體：新的一代以自己的方式對他們所繼承的獨一無二的世界做
出反應，既仰承前人之遺緒，又對組織多加改造，[4]

而此，即是其及諸多後續研究者所謂之「世代感」意義所在——一種文學、
藝術作品，做為結構下的一部分，自然保留了那個時空環境下，某個世代對
其當下的社會總體的反應——一種感覺結構。

　　而在威廉斯的其他著作裡，即時而使用此概念與方法，分析諸多英國文
學作品中感覺結構的實例，就如在《文化與社會》（*Culture and Society*）
（1958）即分析析諸多十九世紀的小說，說明英國社會在經歷工業革命後對
這樣一個時代的反應，就如其所說：

如果不參考一組有趣的小說，我們對工業主義所引起的反應的瞭解，

3　雷蒙・威廉斯：〈文化分析〉，《西方都市文化研究讀本》，頁206。
4　雷蒙・威廉斯：〈文化分析〉，《西方都市文化研究讀本》，頁207。

將會是不完整的。這些創作於十九世紀中葉的小說，不僅提供了對動盪不安的工業社會一些最為生動的描寫，而且也闡明了當時人們的直接反應中的某些共同假定。[5]

並以其分析《瑪麗‧巴頓》、《北方與南方》等小說，說明在工業主義時的人們，對於底層勞工生活的苦狀，及工廠主之間的思維，透過作者情節的設計、人物性格的塑造，乃至人物的直接語言的分析，指出這些作品共同的感覺結構：

> 對以上的幾部小說的分析，不但可以清晰地論證對工業主義批評傳統的共同之處，也可以論證那個具有同等決定性的普遍感覺結構。認識到邪惡，卻又害怕介入。同情未能轉化為行動，而是退避三舍。[6]

而在其威廉斯另一重要的著作《馬克思主義與文學》（*Marxism and Literature*）（1977）不僅專節再次探討感覺結構的意涵，並更進一步說明感覺結構的形成，甚或其流動與階級之間的關係，就如其連結語言使用與感覺結構的關係，並認為這是新的感覺結構形成的首要標誌：

> 感覺結構的觀念可以同形式和慣例的種種例證——語義形象——發生特殊關係，而在藝術和文學中這種語義形象又常常是這種新的結構正在形成的首要標誌。[7]

而在此書第一章對於所謂「文化」、「民主」等語彙的解釋，即是此一方法的

---

5 雷蒙德‧威廉斯（Raymond Williams）著，吳松江、張文定譯：《文化與社會》（北京：北京大學出版社，1991年），頁127。

6 雷蒙德‧威廉斯著，吳松江、張文定譯：《文化與社會》，頁153。

7 雷蒙德‧威廉斯（Raymond Williams）著，王爾勃、周莉譯：《馬克思主義與文學》（開封：河南大學出版社，2008年），頁143。

展現。（如今在現實上，諸如「火星文」、「網路用語」等諸多例子，也再次驗證此一結構的存在。）同時也藉此概念，分析了維多利亞時代的文學作品其中所有的感覺結構：

> 維多利亞時代的意識形態往往有意識地對貧窮、罪孽以及造成社會衰敗和偏差的種種不合理現象進行揭露。而與此同時，這一時代的感覺結構則通過狄更斯、艾米麗‧勃朗特及其他作家的新的語義形象，專門顯示這種揭露，顯示已成為普遍狀況的人際隔閡，顯示作為這種狀況的相關例證的貧困、罪孽或種種不合理現象。[8]

本文即是採取這樣的概念，做為分析《等待一朵花的名字》這部充滿黃春明第一人稱視角觀察記錄與感情抒發的散文作品的方法。

這本書出版於臺灣社會已歷強烈的現代化經濟變遷，政治的變遷亦急速進行，被政治力壓抑的各種社會力更是隨著各種出口而四處勃發的一九八〇年代末，做為臺灣鄉土文學時期代表作家的黃春明，集結出版了此散文集，是否只是其鄉土書寫的衍伸？回看當時，顯然不是如此簡單看待。

本文也試將此作品回置其產生的一九八〇年代前後的臺灣社會，除了以本書為主要標的，並兼採其他文學、藝術作品為例，輔以當時社會發展記錄，藉以說明這部作品中所帶有感覺結構為主要目標。

二　狂飆年代中的返（反）視（思）

略觀《等待一朵花的名字》，第一部〈隨想〉前的幾篇，創作時間較早，也的確以諸多鄉土人物、事物為主要描述對象，已經帶有過往事物懷戀的感受，然而後的諸多篇章，這種氛圍卻愈發明顯，然其創作的時間，已不在一般所認知的鄉土文學興盛的七〇年代，而是臺灣諸多文學史論者所稱，

8　雷蒙德‧威廉斯著，王爾勃、周莉譯：《馬克思主義與文學》，頁143-144。

各種議題、多種風格、多種流派並行的「多元化文學」的一九八〇年代，難道黃春明這些書寫獨樹一幟與人不同？或有什麼樣的社會經驗流動於其中？

臺灣八〇年代的確是個特殊的年代。

一九七〇年代展開，以「十大建設」為代表的大型基礎建設，至一九八〇年代初，業已全部完成投入運作，此時臺灣的底層建築已全然改變。一九五二年，國內生產淨額（Net Domestic Product，NDP），[9]農業生產所占的百分比為35.70，工業為17.90，工業所佔的比例低於農業近一倍。一九六三年工業（27.97）首次超越農業（26.63），而到了一九七三年農業所占的比例已降至14.1，工業則已高達43.8，在這十年間已超越兩倍而有餘，至一九八〇年，農業所佔百分比僅9.31，而含製造、營造業等工業部門，已達41.50（製造業則佔34.03），差距已四倍有餘。[10]臺灣做為工商業社會形態全然確立，這趨勢在一九八〇年代發展更為迅猛，農、漁等一級產業也迅速成為弱勢產業。一九八七年財政部依行政院會議決議，函釋土地稅法二十七之一條，停徵田賦，從今天的角度來看，看似小事，田賦收入在一九七〇年代後，與其他部門稅收早已不成比例，停徵對國家整體稅收而言損失不大，但如果從文化史來看，田賦自古以來乃以農立國的我們國家稅收的絕對大宗，歷朝歷代的稅制改革，基本上也是以此為中心，此時停徵，更象徵整個國家、社會徹底告別農業時代。

同時，一九八〇年代的經濟成長率，雖然沒有一九七〇年代時有二位數字亮眼表現，但七〇年代屬於國家政策主導投入基礎建設的經濟高度成長期，同時當時整體經濟基期較低，但在八〇年代，能在七〇年代高度成長基期之下，且繼續保有每年近10%的成長，[11]環顧此時東亞或整個國際實甚屬

9　國內生產淨額（NDP）乃指國內生產毛額（GDP）扣除資本折舊準備所得之數字，因扣除機器、設備等折舊，可反映各產業部門生產實質增減情形。

10　相關資料見：主計處編：《中華民國國民所得‧1981年》，頁27：「表9　國內生產淨額各業所占百分比」。

11　見主計總網頁之各項統計資料，網址：https://www.dgbas.gov.tw/point.asp？index=1，瀏覽日期：2021年10月22日。

難得，亦是今日所謂「臺灣經濟奇蹟」之來源。同時在此經濟高度成長之下，以當時價格來計，國民所得平均從一九八〇年的二千一百八十九美元，至一九九〇年已達七千五百五十六美元，成長三倍有餘，[12]民間儲蓄大增，或也是「藏富於民」，一般民眾的確也分享到此經濟成長果實，但這也種下八〇年後半至九〇年代，民間遊資流竄，金錢遊戲橫行的因，這且是另話。

而在高度經濟成長之下，政治變遷亦讓人目不暇給，「民主」此時從文獻上的名詞，逐漸成為可以想像的形容詞，甚或成為衝破體制的動詞。

一九八〇年代始於對於醞釀中的反對運動的大逮捕，但卻衍成八〇年代後反對勢力的整合集結，強人依舊在，但時不我予，諸多政治事件衝撞這看似嚴密的威權堡壘，一九八六年民進黨創立、一九八七年解嚴、一九八八年強人逝去，八〇年代的結束，竟是開啟了一九九〇年轟轟烈烈衝撞政治的學運。短短十年之間，竟有如此變化，應是在一九八〇年代初的人們所意想不到的。

伴隨著經濟、政治激烈的變遷，被壓抑許久的社會力在各種出口中勃發，各種不同的聲音齊鳴，勞工、環境、女性、老兵、原住民等等議題一一出現，並外化為行動力，佔據各種版面，以一九八七年為例，臺灣全年大小群眾事件據稱有一千八百件之多，[13]甚而一九八八年的五二〇農民運動，更衍成解嚴後首次激烈的警民衝突，此後伴隨各種群眾運動下，警民對峙、鎮暴車出動、灑水車驅離等，竟成街頭常景之一。

無怪乎，諸多論述中均將八〇年代以「狂飆」名之，這種狂飆，表現如上的快速經濟變遷、政治變革，同樣也表現在文學、藝術面。

一九八〇年代，鄉土依舊在，但上述所謂「多元化」的文學表現，架構在激烈變遷時空下與社會脈動接近的都市、眷村、女性、環境、政治等等議題表現在文學場域更令人注目；一九八〇年蘭陵劇坊《荷珠新配》演出，衝

---

12 行政院主計處編：中華臺灣地區國民所得統計摘要，網址：https://ebook.dgbas.gov.tw/public/Data/352913302353.pdf，瀏覽日期：2021年10月22日。

13 楊澤編：《狂飆八〇——記錄一個集體發聲的年代》（臺北：時報文化出版企業公司，1991年），頁28。

撞臺灣自戰後以來舊有的「擬寫實」話劇體系，隨著對此「傳統」的批判，藉此開啟了多元、繽紛也可說喧鬧的小劇場運動時代；承繼自「校園民歌」時期高度創作性，隨著諸多創作者、演唱者走出校園、踏入社會，「校園民歌」的成果進一步商業化，開啟新一代華語流行歌創作風潮，臺灣自此成為華語流行歌曲的重心，並影響至今；一九八八年臺語流行歌曲〈愛拼才會贏〉出版，以正面、激勵的詞曲形式，不僅宣告臺語流行歌曲告別之前給人苦悶、悲情的小調氛圍，同時這首歌曲跨語群的流行現象，亦成為當時臺灣社會的代表之一。

這種多層面「狂飆」的確是一九八〇年代臺灣社會之景。然，我們亦當思考，這種「狂飆」當下是建立在何種基礎之下？或是何種代價之下？

「傳統」——包括物質與非物質形式——隨著變遷迅速丟失，雖還不至於是所謂「昨是今非」，但這種激切變化無疑最能觸動人們，尤其是如黃春明等出生於一九三〇、四〇年代或五〇年代初期，青年時期成長於一九五〇、六〇年代的這一世代，他們青年時期現代化變遷尚未深刻改變臺灣上下層結構，他們首先親歷臺灣的現代化變遷，而又經歷七〇至八〇年代的這種「狂飆」，臺灣在現代化變遷所經歷的改變，這一世代是感受最深的一群。

事實上，諸多鄉土文學時期重要的作家，即多數出生於此一時間區段，在他們的鄉土文學作品中，現代化變遷對於傳統農漁村的影響與侵逼，與對人地關係改變的衝擊，往往是他們作品中的主題，也是這種變遷激起他們返視自己曾經生長過的土地與環境，所面臨的問題。

雖然八〇年代鄉土文學熱潮已過，然這種從鄉土文學時期所建立對自身土地、環境的省視卻也承繼下來，在狂飆的八〇年代背後，一切看似往前衝的當下，同時也有一股深切返視／反思當下臺灣面臨現實問題共同現象，並且有別於七〇年代，以一種外化的行動呈現，諸如上述對臺灣政治、威權的反抗／反思，諸多社會問題衍成的社會運動，全也是架構在這樣狂飆中的返視／反思中，也可以說是那個時代共有的感覺結構。

一九八四年於《中國時報》〈人間副刊〉刊載龍應台〈中國人，你為什麼不生氣〉，次年開始連載專欄《野火集》，並於一九八五年由圓神出版社集

結成書出版,連載時即已引起諸多反響,出版後快速再版的記錄至今亦讓人印象深刻,這《野火集》所帶起的現象,或也是那個狂飆年代之下,返視自身處境與反思所處問題這種經驗下的典型表現之一。就如日後龍應台自身對當年這股「野火」現象時所說:

> 不敢發出的聲音、無處傾吐的痛苦,大量地湧向一個看起來代表正義的作家案頭。……「野火」的系列文章,是許多人生平第一次在主流媒體上看見不轉彎抹角的批判文字。文字雖然注滿感染力與煽動性,但是它超越黨派、不涉權力的性格又使人「放心」。感性文字中蘊藏著最直接的批判,人心為之沸騰。[14]

其中,諸如以「生了梅毒的母親」來形容當年臺灣環境的現況,及「幼稚園大學」、「不會『鬧事』的一代」,對於當時教育體制的批判等犀利的文字,至今仍讓人記憶猶新,而其中直接觸及在激烈的變遷後之臺灣,自身內部重重之問題,這無疑是《野火集》能迅速燒出一把野火的主要原因——它切中了當下,觸及那時代一種共同的社會經驗——一種感覺結構。

三 追憶逝去的過往

(一)前現代人地關係——「鄉土」的憶往

《等待一朵花的名字》,共分〈隨想〉、〈鄉土組曲〉兩部分,就如其中〈鄉土組曲〉主要以許多民歌起興,但所帶起的,卻與〈隨想〉一樣,顯然帶著對於逝去過往——一前未經激烈現代化變遷前的臺灣,亦即所謂「鄉土」——的追憶,透過黃春明時有的,對於人物掌握的細描,與對事物深刻的觀察呈現出來。

---

14 龍應台:〈八〇年代這樣走過〉,收錄於楊澤編:《狂飆八〇——記錄一個集體發聲的年代》(臺北:時報文化出版企業公司,1991年),頁37。

〈相像〉對比本書其他篇章，寫作時間較早，以描述在黃春明生活中數位人物，其彼此之間，與人甚或與動物，有著相似性的臉龐、行為為主要題材。就如寫他的一位妻舅因從小喜歡看馬，日後竟也長得「人中的部位長得又寬且長的蓋著下唇的模樣，真像是從某一匹馬那裡移植過來的」[15]；自己的小妹所養的狗，除了形影不離，小狗越長越像他的小妹；在市場擺臭豆腐攤的阿蕊，面對時而酗酒對其暴力相向的丈夫時，「唯一辦法就是躲在牆角，盡力的使自己的身體縮成最不佔空間的一團」[16]，而她所養的雜種哈巴「來旺」，行為像她，竟有人看過「他們」同時呵欠、噴嚏，而上述面對家暴時的樣貌，竟可能是來旺來後，阿蕊學著來旺被她丈夫揍畏縮一角的樣子而來；還有在臺北郵局補鞋匠與他的狗；一對如今已是成功的企業家，卻像到讓人懷疑是兄妹的夫妻，就如黃春明寫著這對夫妻的歷史：

> 這位大企業家的成功是很典型的由農業社會跨入工業社會背景裡的吃苦而得來的那一類型。他們剛結婚時，兩人空無一物，每天一道揀破爛過日子。那時三條內褲兩人輪流替換；……。這般貧窮的日子，並沒拆散他們。[17]

這些過往人們的形像且〈相像〉一文的主題。

這些人物形象，與黃春明小說中的人物亦能有所呼應，或者是諸多鄉土小說中的人物，往往也有類似形象。然本篇收入本書並做為第一篇，卻有值得說的地方。

現代化變遷對產業與人們的影響自不在話下，但也因此種變化，類似上述的這些人物卻跟著消失，取而待之的，乃受過良好教育，西裝筆挺、套裝優雅，出入辦公大樓，在一個強調個性主義的時代，卻有著幾乎難以被辨認，被現代化規訓的面容與形象，人們在「相像」中消融了自己。

---

15 黃春明：《等待一朵花的名字》（臺北：皇冠文化出版公司，1989年），頁15。
16 黃春明：《等待一朵花的名字》，頁19。
17 黃春明：《等待一朵花的名字》，頁21。

〈相像〉中過往的人物或許是所謂「土俗」，但在如今相像的現實世界中，卻格外突出，而就在這本書中，一開始即點燃了這種對於追憶逝去的過往──包括人、事、物的氛圍。

就如在這部以黃春明兒時幾件記憶為敘述主題的〈屋頂上的番茄樹〉，他說出他自己寫作時，並非不想寫些知識分子：

> 我曾經也試問這樣去做。但是，一旦望著天花板開始構思的時候，一個一個活生生的浮現在腦海的，並不是穿西裝打領帶，載眼鏡喝咖啡之類的學人、醫生，或是企業機構裡的幹部，正如我所認識的幾個知識份子。他們竟然來的又是，整個夏天打赤膊的祖母，喜歡吃死雞炒麻油的姨婆，福蘭社子弟班的鼓手紅獅仔。[18]

這些處於變遷前，如作品名〈屋頂上的蕃茄樹〉這些具有強烈生命意志的人們，永遠是他敬佩、感動的對象：

> 所謂小人物的他們，為什麼在我的印象中，這就有生命力呢？想一想他們的生活環境，想一想他們生存的條件，再看看他們的生命的意志力，就令我由衷的敬佩和感動。[19]

事實上，他面對現代的知識分子，卻常是另一種態度：

> 對知識份子我不是不認識，十多年來，一直都在知識份子的圈子中打滾，遇見的人可不少。有許多人給我的印象也很深刻，我就不相信我寫不出知識份子的小說。但是每當我想起知識份子的時候，令我失望的較多，甚至於有的想起來就令人洩氣。[20]

---

18 黃春明：《等待一朵花的名字》，頁32。
19 黃春明：《等待一朵花的名字》，頁41。
20 黃春明：《等待一朵花的名字》，頁41。

這當時是建立在他感懷過往這些相對於現代知識分子，在那樣顯然物質不豐沛的年代，卻有強烈的生命意志，這事實上也是黃春明諸多小說中人物形象特色。

而透過〈往事只能回味〉這首歌起興，並帶有雙重隱喻性的作品，其對於逝去的過往的追憶更是明顯，但並不是單純的懷舊，更帶有對現代化變遷改變人地關係後的反思。

〈往事只能回味〉乃黃春明當年在南部住了一段時日，看到了他久違了的一個行業「牽豬哥」之後所引起的感嘆，雖然他在南部看到的，與他家鄉原始人工驅趕的方式更「現代化」了，乃用小卡車一次載著六隻不同品種的豬哥，播放著音樂，藉以招攬生意。但就如作品在描述過往牽豬哥的情景，以及「牽豬哥」在常民語彙中的意義及所產生的各種熟語，與所牽涉過往男女交往、婚姻觀的聯結後，也直指這一行業在現代化變遷後沒落的現實：

> 時代的巨輪固定無情的，只要在前面礙路，管它前面趕豬哥的老伯伯是血苦伶叮的，照輾壓不誤。當臺灣發展工業，經濟起飛的同時，牽豬哥的老伯伯，差一些就被農復會斬斷生機。[21]

現代科學取代的物種自然，養豬已不再是家庭副業，乃是一種規模化、工業化的產業，人工授精與其可自由選種的高效，取代了低效率的牽豬哥，黃春明記錄了與人工授精競爭，那位牽豬哥的老伯的話語：

> 人工授精，這是天壽短命幹的事！天地萬物什麼都是以生具來的，豈可背天理種做事？做人好歹且不說，我們就事論事，豬仔牽庚配種，就是要精水趁熱灌到母豬的肚子，這才作用啊。不然豬哥長那麼長的鞭幹什麼用！要小便，母豬沒有鞭子還不是也可以。什麼都是天造地設的，人，人有多能幹？他們那種天壽人工授精啊，是把熱精水裝在

---

21 黃春明：《等待一朵花的名字》，頁29。

> 冷罐裡變冷了，熱氣散了，用肚臍想也知道，這種冷精怎麼可以和我
> 的豬哥的熱精比呢？[22]

雖看似只是這位老伯不願被「現代化」擊敗之下的回擊，然這段看似土俗的
話語，卻也讓人思考，現代化的確改變人們的生活，但同樣改變人與自然的
關係，人真的可以取代「天」去主宰所有事，包括這來自自然的繁衍之事？
這種過多人為所建立的人地關係，果真合宜？事實上，就如黃春明所描述
的，人工授精放至今日時空已不算什麼先進技術，不過如此可以，那基因轉
植，不僅在人的食物，就連人自身是不是也可以？

　　就如威廉斯在討論感覺結構時，特別指出語彙的形成、使用、變化，正
代表此種結構的形成與變化。黃春明即在在本書的〈小三字經，老三字
經〉、〈我愛你〉展現不同感覺結構之下（依然是現代化變遷下不同時空環境
下的臺灣），語彙所產生不同的意義，且在〈牽豬哥〉也為讀者揭示此番意
義，也讓人反思，現代化變遷對人們所產生的衝擊：

> 那些跟牽豬哥有關的俗語、歇後語和謎語也離開了現在的生活。這些
> 曾經讓語言豐富，讓語言生動的語彙，再過後也就沒人知道後。當
> 然，今天自然會有今天的語彙產生，但是，目前除了製造許多怵目驚
> 心的語彙，例如環境汙染、核子戰、能源危機之類的新名詞之外，在
> 我們生活的語言中，又為我們增加幾個生動的語彙？[23]

事實上，本部散文集，或者說黃春明的所有作品中，作品背景環境的描述，
並不會是那種被過度美化田園牧歌式的樣貌，在此作品裡追憶那些或處於前
現代的過往，更多是對現代化變遷對於人地關係的反思。

　　當然這不會是單例。

22　黃春明：《等待一朵花的名字》，頁29-30。
23　黃春明：《等待一朵花的名字》，頁31。

羅大佑創作發表於一九八二年，除了做為暢銷的商品外，也被高度評價的專輯《之乎者也》中的諸多歌曲，也可覓得類似的感覺結構之存在。在〈童年〉、〈光陰的故事〉裡，已有這種氛圍，或許羅大佑年少於黃春明十數歲，對現代化變遷對臺灣人地景觀的衝擊感，不似黃春明強烈，兩部作品還僅是展現對兒時記憶的懷戀與青年年少流逝的感懷。然在同張專輯後的〈鹿港小鎮〉所引起的文化效應，更遠大於前兩者。

〈鹿港小鎮〉成功的運用諸多鄉土景觀符號，諸如：「媽祖廟」、「賣香火的雜貨店」、與鹿港自身古鎮形象，成功召喚許多人對這些前現代化人地景觀的記憶，又加上「我的爹娘」、象徵單純有著「一卷長髮」的愛人等親情、愛情元素，最終在「臺北不是我的家，我的家鄉沒有霓虹燈」副歌反覆的嘶吼下，吐出諸多在現代化變遷下，離鄉至城市工作人們的共同心聲，也給他們在此壓力之下一個出口。最重要的是末尾激昂快速唱唸的片段，其歌詞：

> 聽說他們挖走了家鄉的紅磚砌上了水泥牆
> 家鄉的人們得到他們想要的
> 卻又失去他們擁有的
> 門上的一塊斑駁的木板刻著這麼幾句話
> 子子孫孫永寶用
> 世世代代傳香火
> 鹿港的小鎮[24]

這一部作品出現於一九八二年，又引起諸多共鳴，並不是一種巧合，同樣是在如上所述，在那種經歷激烈現代化變遷後狂飆的年代，對於自身處境的返視、反思，尤其是「家鄉的紅磚砌上了水泥牆／家鄉的人們得到他們想要的／卻又失去他們擁有的」這種對於變遷對於流逝、獲得間的反思。

然或許是世代差異，在若干的細節上，羅大佑與黃春明對於過往的反

---

24 羅大佑詞曲：〈鹿港小鎮〉，《之乎者也》（臺北：滾石有聲出版社，1982年）。

思,是有著許多的不同。〈鹿港小鎮〉在這些追懷的歌詞中,所使用的音樂卻顯然是來自西方搖滾的音樂語彙,一開頭激越的電吉它獨奏即已宣示這部作品形式本不是「鄉土」、「古典」,而是在身處都市中的現代人,對於過往的想像式的追憶與感懷。事實上,就羅大佑自己所說,他當然不是鹿港人,在創作〈鹿港小鎮〉前也未曾到過鹿港,[25]會創作此歌曲,乃看到一則有關鹿港紅磚古牆拆除的新聞報導有感而寫。但即使如此,這部作品之所以成功,也正是其成功召喚當時身處那樣的年代,對於自身處境的反思──那個時代感覺結構的某一部分。

　　而本書在第二部〈鄉土組曲〉裡,從〈一個可愛的農村歌手〉介紹蘭陽平原一位老歌手「阿來」為始,諸多篇章,均以過往的民歌,及以所代表的意義為主題,且就如黃春明在〈產生民謠的時代〉一開頭就直接指明:

> 昨天以前的不提,從今天開始算,我敢打賭,以後再也不會有新的民謠產生了。[26]

同樣也是上述反思的一部分。

　　在官方支持下,一九六七年由許常惠、史惟亮領導「民歌採集運動」,分南北兩路開始進行,原先此活動針對原住民民歌為搜集、錄音為主要目標,但隨著調查對象的擴大,開始觸及臺灣本地各種民歌、樂種甚而是劇種及藝人。此調查活動,除了留下豐富的錄音成果,更培養出新一代民族音樂學工作者,奠定戰後臺灣民族音樂學術基礎,影響深遠。不過,此項調查運動,一開始僅被視為音樂學術活動看待,參與者也都是受西方音樂學訓練的學者,學術性目的比較多。然隨著對於此項活動的報導,及相關成果的發表,逐漸引起大眾的注意,尤其這些原在臺灣民間盛行的民歌、劇種與其相

---

25 羅大佑不只一次說明此歌曲創作源由與鹿港之真正關係,或可參閱此一報導:陽昕翰:〈誤會大了!羅大佑不是鹿港人　天后宮親解40年秘密〉,自由時報新聞網,網址:https://ent.ltn.com.tw/news/breakingnews/3254242,瀏覽日期:2021年10月23日。

26 黃春明:《等待一朵花的名字》,頁152。

關從業的藝術工作者，在現代化變遷下也成弱勢，幾將成逝去的過往，或因此機會，又漸漸重新得到關注，也奠定今日對於這些過往音樂傳統相關研究的基礎，也讓他們「民間藝人」的稱謂，轉變成今日的「國寶」，其影響性不可謂不大。

其中，屏東說唱演唱家陳達的被發掘，與其產生的現象，即是其中代表性一例。在這個採集運動被發掘的他，隨後進入文化人的視野，曾錄音發行黑膠唱片——《民族歌手——陳達和他的歌》（臺北：洪健全文教基金會，1977年）、《陳達與恆春調說唱》（臺北：書評書目出版，1978年）等；一九七八年受「雲門舞集」邀請，以「唐山過臺灣」為題錄音，且成雲門日後經典舞碼《薪傳》的配樂之一；一九七六到一九七七年被引介，駐唱於以西洋音樂演唱為主的「稻草人」西餐廳，成為當時一景，並也曾在各大專院校演唱，但或許大眾新鮮感降低，隨著其身心狀況變差，此熱潮並未持續多久，直至老人於一九八一年車禍去世，又再次登上報紙版面引起討論，而由蘇來作曲、賴西安作詞、鄭怡演唱，以感懷陳達為主題的〈月琴〉歌曲專輯亦於同年由新格唱片出版，像是為這段現象點下高潮的驚嘆號，此歌曲至今仍是華人流行歌曲中，時而被翻唱的一首經典歌曲。

黃春明會在〈鄉土組曲〉中，描述那位農村歌手、敘寫「丟丟銅仔」，在〈走！我們回去〉展現民歌強大感人的力量；〈使我想起來〉，藉對「思想起」歌詞起興，以及其親身訪問陳達的經驗，說明過往民歌其真摯的感情表露及語言之美；實用的數鴨子、虱目魚苗的〈算術民謠〉，以及在農業時代，勞動號子〈嗨呵！嗨呵！嗨嗽呵！〉等既實用又強大的生命力；甚或在〈一支令人忌諱的民謠〉描述過往喪葬時的曲調與歌詞等等，這既是對於這些接近逝去過往的懷戀，卻也是立足於當下的反思，就如在〈老調和新聲〉批判這些新聲，脫離了人民的生活後，成為真正所謂靡靡之音，就如其所說：「一個四歲大的小女孩子，學著女歌星搔首弄姿，大搖屁股，唱『今夜不讓你走』，朋友，這是一件好笑的事嗎？這是新的聲音嗎？」[27]

---

27 黃春明：《等待一朵花的名字》，頁170。

這些從民歌起興的篇章，可以看到如上述的感覺結構存在，同時也看到黃春明的美學傾向，就如同他喜歡這些民歌，非存然是音樂，他就以「民歌採集運動」所產生的成果影響為例，在〈產生民謠的時代〉中即認為「那一次的工作就偏重於音樂方面。時至今日，還有很多以為民謠是音樂範疇裡面的東西。」[28]但他更視歌詞所呈現的，表現當年人們生活的樣狀、感情的內容：

> 因此，民謠的採集，應該是廣泛的採集被套入曲子裡的歌詞。在這方面搜集的愈廣，歌詞所反映的社會和生活，將更廣更深和更具體的展現在我們的面前才對。[29]

亦即這些民歌，是認識我們先人生活的一個窗口，正如他分析了〈補破網〉這首創作歌曲時，對這首歌曲內所描寫了剛光復後的臺灣困頓的現實生活狀態，「網」是魚網，也是閩南語「望」的同音，網、望雙破這種無奈的心情，全被這首歌曲表現出來了，除了這樣，也指出這首歌曲不是只有悲情，歌曲最後，依然鼓舞著人，要把網補回，找回希望，面對生活繼續奮鬥下去。黃春明高度肯定此曲後，他也寫出自己的文藝美學判斷：

> 藝術一脫離現實就開始墮落。這是托爾斯泰的話，它一直被全世界有良心的藝術工作者，拿來做追求藝術岔路口的指路牌。因此，一些深沉的、有深刻思想性的寫實作品，仍然成為藝術的主流，其原因也在此。[30]

也可顯見，黃春明以如此多的篇幅來描述民歌，並非只是單純的憶往，而是

28　黃春明：《等待一朵花的名字》，頁154。
29　黃春明：《等待一朵花的名字》，頁155。
30　黃春明：《等待一朵花的名字》，頁173。

高度讚揚它們表現當時人們生活樣狀、感情，並藉以批判時下諸多以流行歌曲為代表，脫離人們生活的墮落。而這也是這些篇章重要的精神。

（二）前現代人際關係的懷戀

現代化變遷當然也改變人與人之間關係，原本在鄉村間，由血緣、姻親、鄰里或其他社會關係所構成的綿密人際網絡，生活在同鄉里，即使彼此不認識，總是互相見過；即使彼此真未見過，但依然總能找到彼此之間人際的聯繫，從而在態度上，並不會把一個不認識，卻可能有彼此某種聯繫的人識為完全的陌生人，從而在交往、語言上自有其該有的分寸，或許可說是一情儀、禮節，或言人情味。現代化變遷後，卻也隨之消解，由龐大人口形成的都市中，構成的卻是一個一個陌生沒有聯繫的個體，就如黃春明在本書所說：「現代人的每一個個體都是孤立的，即使被生產線，或是工作吸在一起，那已經不是人際的關係，是效率上所需要的，被管理在一起」[31]，且隨著人口遷移頻繁，教育、文化、產業的落差與改變，即使在鄉村，這種綿密的網路亦漸次崩解，彼此待人的方式當然也不同了。

〈等待一朵花的名字〉即展示這種改變。這部作品題名，就如黃春明所說，並非故意賣弄浪漫，他真的是為路邊一朵不知名的花，尋找、等待路人的回答。但就如作品所描述的，問了年輕的學生，他們都是這裡出身的農家子弟：「他們還是回答不出與他們生活在同一地區的草名。」[32]黃春明描述他的心情有如黃昏時的惆悵，不無是感嘆這群年輕人，雖住鄉村，但早已游離於這塊土地；問了一個公務員模樣的年青本地人，他也不認識，說好像看過，但黃春明描述其樣狀：

> 他不想我跟他多搭訕，他一邊走一邊回我的話。最後我還向他說謝謝。他走遠了，還不解回頭看我。

---

31 黃春明：《等待一朵花的名字》，頁77。
32 黃春明：《等待一朵花的名字》，頁47。

這種不解，即是兩者處於不同世代、不同感覺結構下的反應。這種冷陌、防備的反應，在黃春明所遇到下一位年輕、穿著入時，騎著腳踏車經過的小姐時，更為明顯。黃春明攔住她，她僅放慢車速沒下車，但聽清楚黃春明的問題時，反而一蹬，用力衝出，口中還拋下：「無聊，XXX」。就如黃春明自己反思，或許天將暗，附近也無什麼行人，可能：「因為她把我想成一個心理病態的人，她受到這樣的人的性騷擾吧！」[33]

這要等到一個老婦帶著孫子走過時，才有改變。這位老婦，面對黃春明這位陌生人，反而是老婦先開口，要她孫子別任性，有人（黃春明）在看，乖乖自己走路，不要想人背，其後有對話：

> 「阿婆，是妳的孫子？」
> 「是啊。是我第三的。一頭像牛咧，牛孫啦。」
> 她停下來，一方跟我說話。「你來找人？」
> 「不是，阿婆請問……」
> 「不早了，到我們家坐吧，就在堤坊下面。」……。[34]

這種待人心態顯然與前面三組年輕人有所不同。兩人閒聊，從老婦口中知道這花名叫「垃圾花」時，且看其描述：

> 「我的孫子在叫了。來，到我家吃飯吧。就在那裡。」
> 說者她就走了。
> 「阿婆——，妳以前就住在這裡？」
> 「是啊。我一直就是東港嘴的人。來啦，來厝的呷飯啦——。」
> 她很有誠意的停下來回話。[35]

---

33 黃春明：《等待一朵花的名字》，頁47-48。
34 黃春明：《等待一朵花的名字》，頁48。
35 黃春明：《等待一朵花的名字》，頁50。

短短的幾句對話，就重覆了「來家裡坐」、「來吃飯」數次。當然，在這篇散文裡，對於「垃圾花」的名字、源由有所感觸，也感觸那位小姐罵的XXX，就是「垃圾人」。黃春明就在等待一朵花的名字的這個時間內，就展示這種待人的差異，從其字裡行間，也顯然可看出他的心裡的傾向與感懷所在。

現代化變遷導致人際關係的乖離，人與人之間訊息的傳遞亦同樣改變。〈從「子曰」到「報紙說」〉這一篇由演講記錄而成的篇章，即以現代媒體取代了過往人際間面對面的交流後，所產生的現象為主題。就如，他以「現此時先生」這位臺灣北部小山城，以唸報紙給當地人聽──以老人為主──為興趣、休閒的老先生的故事為例。有一天這位「現此時先生」唸出一段「福谷村」山頂有一隻母牛生小象的新聞，就當大家為這件事感到新奇之時，又突然發覺「福谷村」這個現代化的地名：「不就是我們（蚊仔坑）這裡嗎？」這引起聽眾的騷動，並責怪「現此時先生」亂說，然他對此委曲的說這不是他說的，是「報紙說的」。這使得這群老人決定爬到山頂一探究竟，就如文中所說，這個村子的事，絕對沒有其他人比他們更清楚，但一蹚到「報紙說」，他們也開始懷疑自己起來了，也如黃春明為這件事所寫的註腳，這件事聽來或許好笑：「但是不要忽略這個導致荒謬化的力量，那就是『報紙說』的力量。」[36]

他進而分析起這些現代化媒體的力量，同時也究因於因現代化變遷，導致人際關係的乖離，是這種現象產生的主因，就如他所說：「過去，在『子曰』的時代，一個人學習一樣東西之前，早已耳濡目染，甚至於也摸過了。」[37]然異化下的人際關係、勞動之後，現代人早已沒有時間、能力，再如過往的人們親身經歷、面對面交流取得相關訊息、知識，從而也只能依賴這些媒介。媒體如能按照「理想」的方式，扮演好自己的角色，或真能成為一個既具娛樂、知性等有著充分社會教育功能的現代工具，但黃春明當年的悲觀的感嘆現實（即使多年後的今天，何嘗有所改善，或許更惡化？）：「我

---

36 黃春明：《等待一朵花的名字》，頁62。
37 黃春明：《等待一朵花的名字》，頁75。

們可以利用大眾傳播,相反的大眾傳播在少數人控制之下,更可以利用消費
大眾」[38],就在文章最後,黃春明以:「各位,當心『報紙說』。」[39]也給這
樣的時代人際、訊息關係,寫下深刻的註腳。當然「報紙」是可換成任何現
存的任何媒介,更讓人深思。

(三)歷史的反思

〈戰士,乾杯!〉和〈琉球的印象〉則展現了對於歷史過往的反思,尤
其是臺灣近百年來政權多次交替下,對於這塊土地的人們,尤其是處於更弱
勢的原住民的不公。

在〈戰士,乾杯!〉中,黃春明透過他在屏東魯凱族原民住民朋友家裡
牆上的四張身著軍服的照片,展現了既荒謬又現實不已之事,一個家族內四
代人,除了為自己戰鬥外:「不是當了侵略者異族的士兵去為敵人打另外一
個敵人的敵人,就是每一代──甚至於不到一代之間,又換了侵略者,當了
別人的戰士。」[40]第一張照片是那位朋友媽媽的前夫,當了日本兵死在菲律
賓;第二張是自己的老爸,他當了共匪──戰後第一批被徵去大陸作戰的臺
灣原住民老兵,被俘後轉而當了解放軍,也沒有了消息;第三張照片是自己
的大哥,他是蛙人,有一次到大陸出任務時為國犧牲,聽說被共匪打死的;
第四張軍服是他二哥,他沒死,退役前還被選上莒光連隊,事實上就如黃春
明那位原住民朋友接著說的,打過仗的,不只照片上的四個,就他的曾祖父
也打過仗,和「你們」平地人。

這位原住民朋友看似輕鬆的說,如果他的曾祖父有照片,「和日本兵、
共匪,還有我們中國國軍掛在一排,嘿,那真熱鬧。」[41]感慨不已的黃春明
問起這位朋友,難道你不覺得難過和憤怒?他的回答,既簡潔又有力:「向

---

38 黃春明:《等待一朵花的名字》,頁77。

39 黃春明:《等待一朵花的名字》,頁77。

40 黃春明:《等待一朵花的名字》,頁96。

41 黃春明:《等待一朵花的名字》,頁107。

誰憤怒？」黃春明所有的，只是做為一位強勢族群——在思考歷史、反思歷史後的難堪。

有關於老兵問題，也曾在七〇、八〇年代引起許多波瀾。一九七四年，日名「中村輝夫」的臺灣阿美族原住民Attun Palalin（又名Suniuo，漢名：李光輝）做為二戰臺籍日本兵，於一九七四年被發現於印尼叢林，成為二戰最後一位被發現的「日本兵」，他竟在不知日本戰敗投降的狀態下，在叢林獨自生活近三十年。他被發現，從而讓當時已有臺籍日本兵向日本政府追討權益的運動，再次獲得矚目，除了社會運動的集結，也與日方展開法律行動，終使在臺日無邦交的狀態之下，日本於一九八七年通過相關法案，以弔慰金的形態，支付臺籍日本兵陣亡者遺屬。這也是當年蓬勃的社會運動中的一支。

事實上，在國共內戰且酣時，國軍在臺徵兵赴大陸參戰的第一波對象也包含許多臺灣原住民同胞，尤其是花東、屏東的原住民數量最多。這批赴大陸參戰的原住民士兵，隨著國軍頹勢，除了戰歿者外，更有不少數量的原住民士兵被俘，改穿制服轉成解放軍，並隨著兩岸分治從而滯留大陸。與臺籍日本兵不同，這批原國軍的原住民老兵，更因兩岸的對抗，成為不能提起禁忌，甚而被刻意遺忘。

一九八〇年代後，除了上述臺籍日本兵相關運動外，一九四九年後來臺的大陸老兵，亦展開以返鄉為訴求的社會運動，這從而在一九八七年正式開放大陸探親，這也是當年重要的社會事件。同時在此事件之下，上述幾被遺忘的臺籍國軍問題，也終被提起，從而展開起滯留大陸臺籍老兵回家的請願活動。黃春明這作品，顯然也是呼應了那個時代，同時，他也是少數在此作品中，呈現、關懷此現象的作家之一。二〇〇七年，作家巴代以卑南族滯留大陸的臺籍原國軍老兵陳清山為背景的長篇小說《走過：一個原住民臺籍老兵的故事》出版，接續了黃春明，從而補上了臺灣文學在對待這段歷史的空白。

〈琉球的印象〉因觀察到琉球人待外人之格外親切，而從認為並感嘆琉球人在其不斷被外來勢力壓迫的歷史中，因抵抗力不斷被弱化，致使這種形成壓力的外來勢力，在琉球人的心理化成權威，讓他們懼怕，終成集體無

意識般，一代傳一代，從而外化為討好進貢的生活方式，形成琉球人對外人過分親切的情結——媚外情結，黃春明有感而寫成本篇章。黃春明一方面是對琉球人媚外的感嘆，但更反思臺灣人何嘗不是如此？自己也不搞出許多糗事：

> 例如把不關緊要的的洋人，當作貴賓過份的招待，向他們揭揚自己國家的家醜告洋狀。還有應一趟美國方面的邀請，回來後，洋洋得意好幾年；寫一點東西，不問讀者看得懂不懂？愛不愛看？有沒有意義？一味只關心外國會不會來翻讀等等。[42]

這不讓人不想起黃春明的小說作品〈我愛瑪莉〉、〈莎喲娜啦‧再見〉，事實上在本書其他篇章如〈感傷的腳步走向黑暗〉等，亦有同樣的思維。這是黃春明自我的反思，這不僅是他自己，或許也是整個當時臺灣，在現代化變遷後，面對自身及自身文化，一個深刻的議題。

四　結論

　　一九八三至一九八四年，陳冠學的《田園之秋》出版，這部以屏東平原地景為背景的日記體散文之作，其中所呈現秋日下屏東平原之美，博物學般對於蟲、草、鳥、木的描述，人與大自然合諧共處的「諧順」人地關係，無疑是最讓人印象深刻之處。然，回歸現實來看，這部作品誕生的年代，臺灣也已經激烈的現代化變遷，人地關係早已驟變，即使是位處於島之「極南」。

　　現代工業不甚發達的屏東，亦不能免於其外，這樣的《田園之秋》果真是現實地景的重現？潮州的蕃薯市、牛車為主的農業運輸，以近似葛天氏之民形容山腳下平埔族同胞聚落，甚或在描述不無對於「小國寡民」人與自然合諧相處這種理想下的人地關係呈現，這等等或又是代表什麼的意義？

---

42 黃春明：《等待一朵花的名字》，頁126。

就在《田園之秋》出版後數年，陳冠學的另作《訪草》（1988）出版，就如黃春明在〈等待一朵花的名字〉說的，看似浪漫的題名，等到是人際關係已變下，現代人的冷漠回應；而《訪草》訪到的，更是田園已變，是個有人會偷狗，不是草香花香，而滿是農藥味，農業已工業化的田園地景。同時《訪草》也一改《田園之秋》對土地充滿崇敬的文字、恬適的態度，尤其在〈田園今昔〉[43]中，既是憶往，更是批判，轉以張厲語調，激越痛陳這一切的改變。

陳冠學的這些作品，與《等待一朵花的名字》創作、出版年代接近，事實上也可看出其中隱含相同的感覺結構，全是在那樣狂飆的年代，回看這塊土地，在追憶的逝去的過往中，反思身處現實狀態的表現，也是那樣年代的結構下的反應，本文上舉的各種文學、藝術作品，同樣亦是。

當然，這種「感覺結構」有其時空下的特殊性，尤其這種追憶與現今所謂「懷舊」更不能等同視。就如當年感懷陳達的逝世，從而有〈月琴〉這首歌，然就如今諸多未曾經歷那個傳統民歌還有著強大生命力年代的人們，對於「思想起」的認識、接受，可能更多是從〈月琴〉，而不是陳達彈奏的月琴；同時〈月琴〉早已是暢銷商品，現有或許在KTV、其他媒體還可以聽到被翻唱，但陳達存世的錄音唱片，早已絕版多年。[44]

當年羅大佑〈鹿港小鎮〉裡，所批判的拆去舊紅磚牆迎來現代化水泥牆，然如今觀光產業發達的鹿港，諸多古街整建，也把早已鋪設多年的柏油路面刨除，重鋪成紅磚道；本是泥灰的斑駁牆面，有的突兀的被貼上紅磁磚，紅豔豔的視覺印象充滿古街區，傳統、現代的能指與所指完全錯亂。

在這樣的年代，這種「懷舊」，如同當今市面上種種「古早味的XXX」、「阿嬤的XXX」般，乃是一種地景觀光體制下商業行銷的手段，消費者所接受的，並不是對這些逝去過往的反思與追憶，而是享受這種這些商品所形成的氛圍——一種「過往美好的年代」的想像。這當然不能與《等待一朵花的

---

43 陳冠學：〈田園今昔〉，《訪草》（臺北：三民書局，1994年），頁11-30。另有前衛版（臺北：前衛出版社，1988年）。

44 現拜網路科技之賜，又能在Youtube上得其蹤。

名字》中有的,在那一個經強烈經濟變遷,上層建築同樣也快速變化下的年代,立身當下、追憶逝的過往的同時,反思所處環境所有的種種現象、問題,兩者的感覺結構並不一樣。

　　《等待一朵花的名字》做為一部散文作品集,是黃春明個人感懷呈現,但同時也是那樣激越的年代下產物,是那個時代感覺結構的一部分,本文藉此理論做為分析手段,目的亦在說明此。

參考文獻

巴　代：《走過：一個原住民臺籍老兵的故事》，臺北：印刻文學生活雜誌出版公司，2010年。

主計處編：《中華民國國民所得・1981年》，臺北：行政院主計總處，1982年。

行政院主計處編：〈中華民國臺灣地區國民所得統計摘要〉，網站：https://ebook.dgbas.gov.tw/public/Data/352913302353.pdf，瀏覽日期：2021年10月22日。

陳　達詞曲：《民族歌手──陳達和他的歌》，臺北：洪健全文教基金會，1977年。

陳　達詞曲：《陳達與恆春調說唱》，臺北：書評書目出版，1978年。

陳冠學：《訪草》，臺北：三民書局，1994年。

陽昕翰：〈誤會大了！羅大佑不是鹿港人　天后宮親解40年秘密〉，自由時報新聞網，網址：https://ent.ltn.com.tw/news/breakingnews/3254242，瀏覽日期：2021年10月23日；https://www.dgbas.gov.tw/point.asp？index=1，瀏覽日期：2021年10月22日。

黃春明：《等待一朵花的名字》，臺北：皇冠出版社，1989年。

楊　澤編：《狂飆八〇──記錄一個集體發聲的年代》，臺北：時報文化出版企業公司，1991年。

雷蒙德・威廉斯著，王爾勃、周莉譯：《馬克思主義與文學》，開封：河南大學出版社，2008年。

雷蒙德・威廉斯著，吳松江、張文定譯：《文化與社會》，北京：北京大學出版社，1991年。

龍應台：《野火集》，臺北：圓神出版社，1985年。

薛　毅主編：《西方都市文化研究讀本（第一卷）》，桂林：廣西師範大學出版社，2008年。

羅大佑詞曲：〈鹿港小鎮〉，《之乎者也》，臺北：滾石有聲出版社，1982年。

老人書寫的「魔幻現實」
——以黃春明和王禎和的小說為例[*]

陳正芳[**]

摘要

以黃春明小說中的老人形象進行老人議題研究，一直深受學術圈青睞，尤其他那每一篇都是以老年人為主角的小說集——《放生》。《放生》收錄了十篇短篇小說，其中寫於一九九八年的〈死去活來〉、〈銀鬚上的春天〉和〈呷鬼的來了〉因具鄉野傳奇特色，放在主調為社會寫實的系列小說特別顯眼，也引人好奇如此異趣之作只是寫作技法的多元嘗試，抑或更為深刻的反思？

事實上，三篇小說的神秘經驗，似乎延續了上個世紀八〇年代在臺灣勃興的魔幻現實主義（Realismo Mágico），只是小說以九〇年代後農村的老人議題為主，這就讓人不能不參照王禎和寫於一九八三年的《老鼠捧茶請人客》。王禎和的小說被視為有南美魔幻寫實風格，但與其他八〇年代同類作品不同，小說並未涉及政治或歷史議題，而是關注鄉村老人在都市的處境。

---

* 此篇論文先宣讀於二〇二一年屏東大學主辦「第九屆近現代中國語文國際學術研討會：黃春明的文學與藝術」，後刊登於期刊《台灣文學學報》第四十期（2022年）。

** 國立暨南國際大學中文系副教授，著有《魔幻現實主義在台灣》（臺北：生活人文出版社出版社，2007年）；〈以「瘋」的自白探究現代主義小說之跨文化比較研究〉，《文與哲》（2014年）；〈白蛇故事的港台改編：以林懷民、李碧華、徐克為討論中心〉，《淡江中文學報》（2013年）；〈陳黎詩作的「拉美」：翻譯的跨文化與互文研究〉，《文化研究》（2012年）；〈淡化「歷史」的尋根熱——重探大陸新時期小說的魔幻現實主義〉，《中外文學》（2009年）等論著。

有趣的是「獨居老人」在拉美魔幻現實書寫中佔有重要地位，本文將藉由兩位臺灣作家作品中的魔幻現（寫）實，重新思考老人議題的同時，也將借鑑拉美相關小說，進行跨域對話，再探魔幻現實主義在台灣的本土化。

關鍵詞：魔幻現實主義、黃春明、王禎和、老人

一 前言

　　這篇論文的發想，源自〈銀鬚上的春天〉的閱讀。小說結尾的魔幻場景，令人思及上個世紀六○年代盛行於拉美，且在八○年代延燒至臺灣的魔幻現實主義（Realismo Mágico）。[1]

　　多年來，評論家視黃春明類此的魔幻書寫為神秘經驗，李瑞騰的評論應為濫觴。他在黃春明甫寫出〈死去活來〉、〈銀鬚上的春天〉和〈呷鬼的來了〉三篇小說[2]之際，即以「帶有一些神秘經驗」、「臺灣式的鄉野傳奇」[3]為其魔幻書寫定位，後繼者有從宗教的角度分析，如潘君茂、李海燕等；有從鄉土文學開展論點，如：陳建忠、陳惠齡等，儘管探索的面向不同，都不脫鄉野、神鬼、老人三元素的交相思辨，其中最引我興趣的是陳建忠的〈神秘經驗的啟示與鄉土倫理的復歸──論黃春明小說中的人間、神鬼與自然〉一文。

　　陳建忠的論文試圖解決李瑞騰在評述前面三篇小說最終的疑惑：「然而說這些故事，除了持續關懷鄉土人物（特別是老人），記錄一些神秘性的鄉野經驗，是否有更深刻更嚴肅的意義」。[4]他視黃春明六○年代小說〈青番公的故事〉中的神秘經驗，是將人物、自然和神鬼交融的鄉土對比機械文明的現代社會，點出理性和功利消蝕了鄉土中人性的美善，不過，此時的鄉土「對神秘經驗與民間傳統的作用，尚未被刻意強調」，只是藉由小人物的活

---

[1] Realismo Mágico的翻譯，筆者已在〈魔幻現實主義導讀〉一文討論過，此處的名詞使用原則為：就文學理論來看，採「魔幻現實主義」翻譯；若就寫作技法，則為「魔幻寫實」；而在對應現實環境上，則如題目所設定的「魔幻現實」。

[2] 這三篇小說是黃春明寫完〈放生〉、〈戰士‧乾杯〉後十年的作品，分別於一九九八年的六月二十六日、七月十三日和十月八至十日依〈死去活來〉、〈銀鬚上的春天〉和〈呷鬼的來了〉次序刊登於《聯合報》副刊，次年收錄於《放生》這本小說集。

[3] 李瑞騰：〈鄉野的神秘經驗：略論黃春明最近的三個短篇〉，《聯合報》第37版，1998年12月6日。

[4] 李瑞騰：〈鄉野的神秘經驗：略論黃春明最近的三個短篇〉。

動展露完整世界[5]的人間性與人情美。[6]到了〈銀鬚上的春天〉則是傳奇化的鄉野，亦即山川草木皆有靈，「人間則是一個帶有敬神畏鬼傳統的人間。」[7]基於此，他認為黃春明是「透過神奇的經驗來彰顯土地倫理與人情之美的筆法」[8]換言之，後期小說的神奇經驗，則有「企圖幫我們贖回那美好的世界」。[9]毫無疑問地，陳建忠的論述為黃春明一反過去鄉土寫實的傳奇書寫提供深度的詮解，但其論文卻有若干文句，如「神奇的土地」、「傳奇化的鄉土經驗」等極為貼近魔幻現實主義的理念，甚至結論處說道：「黃春明以更大的憂慮，把人間、神鬼與自然融合為一的世界……以神秘經驗的方式喻示人們」，讓人不禁想到旅美智利作家阿言德（Isabel Allende）的言論：

> 文學上的魔幻現實主義在整個低度開發的世界，以各種表達的方式呈現。當此地的人們生活總是與各種形式的暴力和貧窮相連結，就必須在其超自然上找尋解釋和發現希望。現實是如此殘酷，以致於我們需

5　此一「完整世界」原是黃春明對《鑼》這本小說集所描述的場域定義，後有徐秀慧評為黃春明塑造的「烏托邦」，因為這「不是一個客觀的表象世界」，而是黃春明「主觀意識所投射的意念世界」。陳建忠依循這個脈絡，認為黃春明早期的鄉土世界已有完整世界所需的元素：人間、神鬼和自然。引文見陳建忠：〈神秘經驗的啟示與鄉土倫理的復歸：論黃春明小說中的人間、神鬼與自然〉，《台灣文學研究學報》第7期（2008年10月），頁152-153。黃春明的定義另見〈自序〉，《鑼》（臺北：遠景出版事業公司，1983年8月），頁2。徐秀慧文字見〈說故事的黃春明〉，「黃春明作品研討會」論文（北京：中國作家協會、中華全國台灣同胞聯誼會、中國人民大學華人文化研究所，1998年10月），頁8。

6　陳建忠：〈神秘經驗的啟示與鄉土倫理的復歸：論黃春明小說中的人間、神鬼與自然〉，《台灣文學研究學報》第7期（2008年10月），頁152-153。

7　陳建忠：〈神秘經驗的啟示與鄉土倫理的復歸：論黃春明小說中的人間、神鬼與自然〉，頁164。

8　陳建忠：〈神秘經驗的啟示與鄉土倫理的復歸：論黃春明小說中的人間、神鬼與自然〉，頁165。

9　陳建忠：〈神秘經驗的啟示與鄉土倫理的復歸：論黃春明小說中的人間、神鬼與自然〉，頁172。

要一個魔幻和精靈世界的避難所。[10]

黃春明寫作〈死去活來〉等三篇小說的年代，臺灣早已脫離政治暴力（戒嚴）和貧窮，但是從鄉下老人的眼光來看，面臨孤老的現實仍是殘酷的，或許可以從超自然上找尋解釋和發現希望，不過，本文將不會如陳建忠僅以救贖的角度作解，因為這裡尚包括寫作技法的開發。正如葉石濤對馬奎斯（Gabriel García Márquez）獲獎，進而觀察到南美小說得到國際聲譽，最關鍵之處在「小說藝術上刷新了技巧，開拓了更廣更深的性靈領域」。[11]黃春明在技法上的嘗試實與拉美魔幻現實主義大家——馬奎斯息息相關。根據劉春城撰述的《黃春明前傳》，黃春明讀了馬奎斯的《百年孤寂》，「心胸開闊起來」，覺得「小說本來就應該這樣子寫」。甚至他寫「呷鬼的來了」是受到馬奎斯的提醒。[12]而後這篇劉春城於一九八七年所提及的「呷鬼的來了」就是後來刊登於《聯合報》，並被收錄在《放生》中的同名小說，無疑地，黃春明不可能自外於當時席捲文壇的魔幻現實主義風潮。[13]

魔幻現實主義引介入臺灣的重要契機，首推馬奎斯獲取一九八二年的諾貝爾文學獎，報刊雜誌大幅報導，帶有魔幻寫實手法的拉美小說順勢譯介到臺灣[14]。繼而能在臺灣受到廣大的迴響，除了洪範書局出版了一系列大陸八〇年代小說，其中包括受魔幻現實主義影響的大陸作家莫言、韓少功、鄭萬

---

10 轉引自固蒂也列斯（Bautista Gutierrez）："El realismo mágico en *La casa de los espíritus*"（〈《精靈之屋》中的魔幻現實主義〉），頁308。（中文為筆者所譯）

11 葉石濤：〈再論台灣小說的提升與淨化〉，《文學界》第5期（1983年1月），頁2。

12 劉春城：《黃春明前傳》（臺北：圓神出版社，1987年），頁232-233。

13 筆者於本次屏東大學所主辦的「黃春明的文學與藝術」國際學術研討會上，親身就教黃春明的閱讀經驗，黃春明表示非常喜歡馬奎斯的《百年孤寂》，也閱讀了《馬奎斯短篇小說選》，自承非常喜愛閱讀，拉美作品自然不會錯過。〈呷鬼的來了〉從來就只有一篇，在八〇年代開始動筆，當然與拉美小說的閱讀有關。

14 例如：《馬奎斯短篇小說選》、《百年孤寂》、《青樓》、《魯佛》、《當代拉丁美洲小說集》、《拉丁美洲短篇小說精選》等。見陳正芳：〈魔幻現實主義在台灣小說的本土建構〉，《中外文學》第31卷5期，（2002年10月），頁136。

隆、賈平凹等人的作品[15]外，整個政治、經濟、社會的狀態，就如同紀大偉
所言：「當時離奇情境畢竟提供沃土」[16]。順應這股熱潮在八○年代出現不
少魔幻寫實的小說[17]，多數被歸類為後現代風潮下的寫作模式，可說是在技
巧上挑戰了七○年代蔚為主流的鄉土寫實，但仍有少部分依違鄉土寫實的
氛圍，加入魔幻寫實手法。因此，夾雜藝術革新或擴大本土文化面相的寫
作，均顯示了「拉美的魔幻現實主義為前衛派和鄉土寫實派兩相對立的文學
主張提供新的創作趨力」。[18]不過，王禎和寫於一九八三年的《老鼠捧茶請
人客》[19]在分類上算是特例，因為被許俊雅評為「融合了現代主義的意識流
和南美魔幻寫實小說的技巧」的鄉土小說[20]，描述的卻是臺北都會的一樁意
外，也就是住進都會幫忙顧孫的主角阿嬤，面對自己死亡卻無力安撫孫子的
一段過程。[21]小說內容未展現八○年代臺灣魔幻寫實小說的主要特質，亦即

---

15 另可見這一系列小說主編之一鄭樹森在小說集《八月驕陽》內的〈前言〉，亦有提到韓
　少功、莫言、李杭育的作品，均有嘗試拉美魔幻現實主義的手法。

16 紀大偉：〈都市化的文學風景〉，收於楊澤主編：《狂飆八○——記錄一個集體發聲的年
　代》（臺北：時報文化出版公司，1999年），頁161。除了紀大偉的說法，還可以從第三
　世界文學、拉美反獨裁小說（許多都帶有魔幻現實手法）對應臺灣資本社會有很大部分
　是與統治者利益結合，所以魔幻現實主義受到青睞，是因應現實環境的需求。詳細論
　述可參見陳正芳：《魔幻現實主義在台灣》（臺北：生活人文出版社，2007年），第5章，
　頁190-240。

17 這些作品可以分成三類，一是探索個人心靈的意識，採取荒誕與現實共生的技巧，達
　到反映社會現實體質的荒謬。二是採取魔幻現實的技法，從個人的歷史出發，投射一
　個在戒嚴時期無法言說的家國歷史記憶。三是透過對環境、政治、人權的關懷，將魔
　幻現實視為對臺灣社會現實的反省。陳正芳：《魔幻現實主義在台灣》，頁148-149。

18 陳正芳：《魔幻現實主義在台灣》，頁147。

19 《老鼠捧茶請人客》最早刊登於民國七十二年四月的《文季》第一期，後收錄於《人
　生歌王》，本文稍後引用的小說內文出自遠流出版的小說單行本，因此以書名之符碼
　標示。

20 許俊雅：〈戰後臺灣小說的階段性變化〉，收於封德屏主編：《台灣文學發展現象：五十
　年來臺灣文學研討會論文集（二）》（臺北：行政院文化建設委員會，1996年），頁102。

21 鄉土若是對立於城市，那麼，這篇小說就不該歸類為鄉土小說。然而王禎和對鄉土文
　學較為寬放，他認為：「廣義的寫自己的國家，自己的社會，我想就很貼切，鄉土這兩
　個字這樣來解釋才有意義。」見劉春城，〈我愛‧我思‧我寫——探訪小說家王禎
　和〉，《新書月刊》第7期（1984年4月），頁13。

涉及對政治、歷史記憶的質疑和嘲諷等，而是延續如〈小林來台北〉指陳鄉下人在都市生活的困境，《老鼠捧茶請人客》的鄉下人是老人，故呈現的是老人議題，而此關注點正可以銜接到黃春明以魔幻寫實完成的老人系列小說。

　　如上文指稱黃春明亦曾經受八〇年代拉美魔幻風，他也嘗試了相應的寫作技法，只是沒有刊登或出版，而是遲至九〇年代的尾端，在四個月內如雨後春筍連續三篇冒生於《聯合報》副刊版面。一如九〇年代以後嘗試魔幻現實主義技法的新世代作家，[22]對於歷史記憶不以耙梳政治傷痕為寫作意圖，而是企圖回歸鄉土及童年記憶，找尋漸為人所忽視的本土現實，作家摻雜民間信仰、習俗，建構魔幻現實營造後鄉土文學，增加敘事的異趣。黃春明的三篇小說也可歸屬同類，只是乏人以此類別探究。[23]其實這三篇小說收錄在《放生》這個主調為社會寫實的系列小說集中，特別顯眼，也引人好奇。上文曾引臺灣文學大老葉石濤對拉美魔幻寫實寫作的推崇，既是刷新了技巧，也是開拓深廣的性靈領域，以之解讀王禎和或是黃春明的魔幻寫實嘗試，都有了更深廣的探究空間，並且這些異趣之作的焦點都朝向老人，而老人問題一直以來都是最為社會寫實的層面，這裡卻呈現了不一樣的視角，很值得我們深思。此外，拉美魔幻現實主義小說亦不乏「獨居老人」，藉此本文將以魔幻現實主義為方法，藉由兩人作品中的魔幻現（寫）實，重新思考老人議

22　九〇年代新世代作家的魔幻現實寫作已有一些成績，目前的討論多集中在童偉格的《王考》或甘耀明的《殺鬼》這類新鄉土或後鄉土文學，其他諸如：袁哲生的〈秀才的手錶〉和甘耀明的〈尿桶伯母要出嫁〉，以及以鬼魅為主的魔幻寫實小說，如：袁哲生的〈天頂的父〉、〈計時鬼〉，以及甘耀明的〈魍神之夜〉也都值得從魔幻現實手法進行探究。此外，也有更貼近新世紀的關懷主題，譬如：經受後現代解構風潮後，面對拆解老屋、看向未來的都市生活，感到迷惘，而只能化做魔幻現實的作品──張蕙菁的〈蛾〉，或者專擅自然書寫的吳明益，將自然環境視為一個生命體，非常應和魔幻現實主義的理念，他的小說《睡眠的航線》及《複眼人》最具代表，既承接了拉美和臺灣前行者的魔幻現實手法和形式，卻又另闢蹊徑，挑戰創新的可能。

23　廖淑芳在論文〈鬼魅、消費與往來──試析黃春明小說中的鬼敘事〉一文中，將〈銀鬚上的春天〉視為「魔幻寫實式的手法」，是難得的一篇，然全文偏重在奇幻敘事的角度。

題的同時，也將借鑑拉美相關小說，進行跨域對話，再探魔幻現實主義在臺灣的本土化。

二 重探魔幻現實主義

魔幻現實主義一詞的緣起、定義、發展及理論已有諸多討論[24]，在此僅就二十世紀初繪畫的魔幻現實主義定義，連線霍夫曼的「現實童話」，再回返拉美文學對魔幻現實主義的定義及敘事特徵，以便切合本文對黃春明和王禎和相關小說的分析及申論。

法國藝術史學家克來爾（Jean Clair）在〈有關魔幻現實主義〉（"Sobre el realismo mágico"）一文指出一九一九年義大利畫家奇里訶（Giorgio De Chirico）已有文章使用魔幻現實主義這個概念，亦即在現實主義的現代形式中，用以表達繪畫符號中的「憂鬱」（melancolía），而非形而上（metafísica）繪畫的本質。[25]他認為「每件事都有它的兩面性，一是日常的，為人熟悉；另一是幽幻、形而上的，暗藏在現實背後。」[26]。這個概念為德國藝評家侯荷（Franz Roh）所吸收，他在一九二三年於《嚮導》（*Der Cicerone*）雜誌將魔幻現實主義的概念應用在剛誕生的二十世紀，認為「它意味著新的、拒絕延續的思想。」[27]直到一九二五年他著書探討當時歐洲繪畫，書名標示了

---

24 早期學界中對魔幻現實主義的研究大抵有回返在歐洲繪畫時的定義，藉以檢視文學和不同藝術的呈現（Weisgerber 1987, Menton 1993）、連結幻象的概念，檢視在拉美的發展（Chanady 1985, 1986）、視為批評術語的應用（Scheffel 1990）、結合後現代主義的理論建構（Jameson 1986, D'haen 1990, Volek 1990）、等同後殖民論述的討論（Slemon 1988, Baker 1991）以及將之視為後現代和後殖民的過渡（Hutcheon 1991）等。這些也是轉化魔幻現實主義評論的先鋒，見陳正芳：〈台灣魔幻現實現象之「本土化」〉（臺北：輔仁大學比較文學研究所博士論文，2002年）第二章的分析，見頁11-23。

25 本文在此重申魔幻現實主義的概念於一九一九年出現，並於一九二三年為侯荷所用，是為了修正臺灣學術論文至今仍依從魔幻現實主義於一九二五年由侯荷所創的說法。引文請見Realismo Mágico: *Franz Roh y la Pintura Europea* 1917-1936, p. 28.

26 葉曉芬：〈巴爾蒂斯和魔幻寫實風格〉，《雄師美術》第294期（1995年8月），頁72。

27 陳正芳：《魔幻現實主義在台灣》，頁17。

魔幻現實主義（magischer Realismus）一詞，並在書內更明確地定義為：
「『魔幻』這個詞是對立於『神秘主義』，我要說神秘並非源自再現的世界，
而是隱藏、搏動於事物背後。」[28]這個定義，運用在繪畫上就是「現實與幻
想、入夢與清醒、人類與動物等等的對立物皆可天衣無縫地相互過渡」。[29]
此外，這種求新的繪畫思維，另有被啟迪的社會背景：

> 繪畫史上狂亂的十年（1905-1915），面對的是不景氣與失控的新世紀
> 的紛擾，於是包含奇里訶在內的許多義、德、法等畫家便提出「重返
> 秩序」（retorno al orden），也就是將畫筆指向傳統，或企圖重新找尋
> 新法則，此一現象因而激發出魔幻現實繪畫風格的作品。[30]

由上所述，魔幻現實主義不僅是藝術的表現方式，還是一種對於所處世界的
解釋，或者說「重返秩序」其實是一種對現世的重構，採行的不是桃花源的
逃避精神，而是探索事物背後的神秘。之後，歐洲畫家為逃避戰爭及政治極
權，遠走他鄉，其畫作和上述之理念輾轉進入拉美的文藝沙龍，促動藝術、
人文的思辨，當然，其力道不若文學影響文學。比方卡夫卡的作品，讓哥倫
比亞作家馬奎斯驚艷，並助其解鎖創作的桎梏，甚而在獲得諾貝爾文學獎
後，使得魔幻寫實一躍成為國際熱議的創作語彙。一直以來，大部分的學者

---

28 德文版本書名為：*Nach-Expressionismus, magischer Realismus. Probleme der neuesten
  europäischen Malerei*，筆者參照一九二七年在馬德里出版，貝拉（Fernando Vela）所譯
  的西文版，書名為：*Realismo Mágico: Post expresionismo （Problemas de la pintura
  europea más reciente）*，頁11。中譯見陳正芳：《魔幻現實主義在台灣》，頁20。另外，
  在林倩君的論文從德文版譯出的這段文字：「這種於存在中……所展現出的魔幻，會令
  人在平淡無奇的生活中產生驚嘆。這種驚嘆，宛若是一片再生的、以新的方式徹底耕
  耘了的土地。我們會看到，人們將在它上面重新栽種各種不同的人生理念。」可視為
  理解定義的參考。引文見林倩君：〈找回失去的亞特蘭提斯：從德國晚期浪漫主義小說
  《金罐》溯源「魔幻寫實」書寫〉，《師大學報》（2018年9月），頁53。
29 Lutchmansingh, Larry D.著，王祥芸譯：〈陳福善的魔幻寫實主義〉，《雄師美術》第268
  期（1993年6月），頁81。
30 陳正芳：《魔幻現實主義在台灣》，頁20。

即是順沿此一路徑解讀魔幻現實主義。近幾年，林倩君從德國的脈絡重探文學上的魔幻寫實，是另一種開展，或者說，卡夫卡固然影響了拉美作家的魔幻現實主義小說，那麼又是誰影響卡夫卡呢？

　　溯源指向十九世紀初德國晚期浪漫主義代表人物霍夫曼（Ernst T. A. Hoffmann），此即林倩君論文的前提。林文探究了霍夫曼的小說《金罐》（Der golden topf），從中分析小說敘事情節，「真實與夢幻錯綜交織，主要是經由人物自身的主觀感覺將它們的交替並存表達出來。……小說中的現實世界與想像世界的場景轉換，經常是一種似自然流動的交替狀態下完成。」霍夫曼在此使用的手法異於早期浪漫主義作家偏愛幻想、內心建構神奇的意境，而是將超自然的建構與現實生活書寫並重。[31]如同陳建忠等人評論黃春明小說的鄉野傳奇，是理想世界的投射，林倩君也從霍夫曼仕途受挫的際遇，解讀他「想以文學作品營建出一個新的、他所希冀與追求的美好世界」，小說涉及的雅特蘭提斯，即是他小說創造的「新神話」中所讚頌的理想國度。論文最後將《金罐》定位成「充滿神奇與魔幻元素的『現實童話』的魔幻寫實類作品」[32]，這雖然與拉丁美洲的魔幻現實主義仍有些區別[33]，但在對應黃春明或王禎和相關小說，仍有參考價值，稍後將於文本分析中再論。

---

31 林倩君：〈找回失去的亞特蘭提斯：從德國晚期浪漫主義小說《金罐》溯源「魔幻寫實」書寫〉，《師大學報》（2018年9月），頁55-59。

32 林倩君：〈找回失去的亞特蘭提斯：從德國晚期浪漫主義小說《金罐》溯源「魔幻寫實」書寫〉，《師大學報》頁63-68。

33 林倩君認為拉美的魔幻現實主義文學可視為是以霍夫曼為代表的德國晚期浪漫主義文學，在二十世紀的另一種、新的發展形式，就是用傳統民族文化的奇幻元素置換了浪漫主義傳統中的想像。姑且不論文中沒有任何研究拉美魔幻現實主義的書目，不知作者何以可以認定他們皆是對歐洲啟蒙運動及工業革命導致的壓抑個體性和片面強調理性思維的社會形態存有疑慮？甚而主觀認為拉美魔幻現實主義承續的是德國的浪漫主義，殊不知拉美作家阿斯圖里亞斯等人，即便與超現實主義者有過密切交往，都堅持拉美的魔幻現實主義有別於超現實主義，此外，拉美長期被西、葡、法殖民，十九世紀接收西方的浪漫主義文學，是無庸置疑的，若僅以德國的浪漫主義作解，恐怕是歐洲中心的觀點，有趣的是，魔幻現實主義之所以會在拉美產生，且受到後殖民論者青睞的重要原因之一，就是解消歐洲中心。

　　霍夫曼的小說《金罐》或可視為魔幻寫實之先聲，但在拉美文學研究者的眼中，這位德國浪漫主義大師的作品被歸類在幻象文學（lo fantástico）[34]。筆者曾於重探大陸新時期小說時，透過檢視「誤讀」波赫士（Jorge Luis Borge），釐清魔幻現實主義文學和幻象文學的差異。從拉美古文明的地理分布和殖民時期黑奴引進的世界地圖分析，可得出「魔幻現實主義是有古文明的拉美國家之文學符碼」，而幻象文學則是「以白人後裔為主的阿根廷文學」。[35]對應文學形式，則幻象屬於形而上、知識論、後設；魔幻現實則是「觸及拉美歷史、鄉土、神話、傳奇，並勾勒拉美風情民俗者」。[36]幻象和魔幻現實之辨／辯肇始於一九六七年雷昂（Luis Leal）針對一九五四年福羅列斯（Ángel Flores）的文章提出異議。福羅列斯將幻象文學作家波赫士的《世界丑事》（*La Historia Universal de la Iinfamia*）視為魔幻現實小說，雷昂採用侯荷的定義認為魔幻現實主義應當：「不使用幻象文學或科幻小說善用的夢的主題、不扭曲現實或是創造想像世界……是表達現實的一種態度，透過通俗或文化的形式、詳盡或粗糙的風格、封閉或開放的構造」[37]其後，第十六屆的伊比利美洲文學國際研討（1975年）即以「在伊比利美洲的奇幻和魔幻現實主義」[38]為主題進行討論，共有六十五篇之多的文章發表，多認

---

34 lo fantástico的中文翻譯有幻象、奇幻、虛幻等，本文採幻象，但若是引文則從原作者之中譯。拉美幻象文學以阿根廷文學為代表，其影響源有歐美這個脈絡，霍夫曼則是重要的一員，尤其是他的〈沙人〉（*Der Sandmann*）「提供了阿根廷作家在虛幻文學方面不少的題材及深遠的影響」。見李素卿：〈阿根廷虛幻文學的遞嬗〉，《中外文學》31卷第5期（2002年10月），頁37。

35 陳正芳：〈淡化「歷史」的尋根熱——重探大陸新時期小說的魔幻現實主義〉，《中外文學》38卷第3期（2009年9月），頁128-129。

36 張淑英：〈專輯弁言——死生如來去，夢幻映真實〉，《中外文學》31卷第5期（2002年10月），頁13。

37 Leal, Luis. "Magical realism in Spanish American Literature." (Zamora and Faris (ed.) *Magical Realism: Theory, History, Community*. Durham & London: Duke University Press. 1995.p.121. 此處須要釐清的是魔幻現實主義的作品亦有夢，但不若幻象文學中夢是成就情節重要的元素，因涉及繁複，亦非本文範疇，有待他文再述。

38 此次研討會的成果結集成*Otros Mundos Otros Fuegos: Fantasía y realismo mágico en Iberoamérica*一書。

同雷昂的區隔，幻象和魔幻現實之辯大抵有了共識。

　　筆者雖曾質疑雷昂將魔幻現實主義歸為現實主義，恐有「折損了原意是要揭露現實虛假層面的企圖」[39]，但參照美國學者詹明信認同拉美的「現實主義」即是「魔幻現實主義」，這裡不僅是學理上的，更是現實的樣態，這可以是一種打破框架的思維，就如同有學者將魔幻現實主義文學的表現方式視為「變現實為神話」或者「變現實為夢幻」[40]一般，是以現實為基底的求新求變，如此便應和了文學技巧的定義，亦即「讓不可能發生的不可思議事件出現在聲稱是寫實的故事中」[41]。更重要的，魔幻現實主義之所以會在國際間引起極大迴響，都與其之於拉美的特殊本土意義有關。譬如大陸的尋根文學、奈及利亞作家本‧奧克瑞（Ben Okri）的《飢餓之路》（*The Famished Road*），以及印度作家薩爾曼‧魯西迪（Salman Rushdie）的《午夜之子》（*Midnight's Children*）等，都是不以保守、落後、荒涼或者貧窮的原鄉為恥，反而大力挖掘，讓一樁樁俗民日常的鮮事浮出地表。詹明信在訪臺期間，也指出他所感興趣的是「能夠掌握新的現實，創新意、立新言的那種」，而不是蘇聯或十九世紀當道的寫實主義，他認為臺灣有本地古老的文化、後現代嶄新的科技、自己的古典傳統，若將之匯合，一定存有各種「未被名狀或描述過的現實待寫」[42]。實際上，在本文所要探究的文本，充分契合了詹明信的期待。因此，進入文本分析時，將從「魔幻現實擷取現實產生的變異」[43]為主要的角度，將魔幻現實和幻象視為有奇幻元素交集的關係，而非魔幻現實附屬幻象文學的關係[44]。

---

39 陳正芳：《魔幻現實主義在台灣》，頁64。

40 丁文林：〈魔幻現實主義與超現實主義〉收於柳鳴九主編：《未來主義、超現實主義、魔幻現實主義》（臺北：淑馨出版社，1990年），頁377-378。

41 大衛‧洛吉著，李維拉譯：《小說的五十堂課》（臺北：木馬文化事業公司，2006年），頁156。

42 蔡源煌：《從浪漫主義到後現代主義：文學術語新詮》（臺北：書林出版公司，2009年），頁300。另外，他又言及馬奎斯和尤薩就是用小說展示自己國度的文化現實風貌。

43 陳正芳：《魔幻現實主義在台灣》，頁64。

44 在拙作《魔幻現實主義在台灣》一書中，有將魔幻現實和幻象以幾何圖形畫成兩種情

　　參看拙作《魔幻現實主義在台灣》一書，當中梳理了拉美文學中的魔幻現實主義發展脈絡：先是從征服者對「新大陸」的神奇現實驚嘆連連，定名為前魔幻現實主義，繼而進入四〇年代，也就是魔幻現實主義在拉美的成形，最後是拉美文學的高峰，在此階段誕生了諸如馬奎斯、尤薩（Vargas Llosa）等臺灣作家最熟悉、也最受影響的六〇年代的小說家。[45]然而，四〇年代小說家的定義對於本文所要討論的文本最有解釋力，或者說四〇年代拉美小說家受到歐美超現實主義、現代主義等現代思潮滋養，長出富含在地元素的魔幻現實主義，如同臺灣從拉美文學汲取魔幻現實手法的同時，找到本土特色諸如：華人傳統的超自然故事、民間神話和宗教故事，將它們轉化並寫出臺灣的魔幻現實一樣，並以之為橋樑得以與前衛的反現實主義和本土主義、現實主義相聯繫，讓對立的寫作模式得以相互對話。

　　拉美六〇年代的小說是魔幻現實主義表現的高峰期，亦即這些作品除保有前一世代的印地安人或黑人傳奇、神話的鄉土色調，更加添了其他魔幻現實的寫作元素，大致可概分為四點：一是如同魔幻現實繪畫中，「對立物皆可天衣無縫地相互過渡」般調和對立的人物、事件和場景。比方：人與鬼、文明與野蠻的界線消解，尚有仙術與宗教界線的模糊化。二是認同「非現實」存在的可能。這裡的「非現實」強調其引發的「驚異」感，且源於合理的邏輯推衍，並非外力（如科技、魔術、魔法）介入所成。三是後設小說與後設式語言的應用。四是重新定位時間和空間。[46]這些技法，尤其是與本文相關的前兩者，既是過往視為魔幻現實主義作品的特徵，應當不隨時代、地域而改變，只是我們要如何善用這些論述？並且在推衍這些論述的同時，又可觸發出何種當代思維？下文將深入文本的分析與比較，期待藉由拉美的文化經驗，更有討論臺灣文化、歷史與社會互動的張力。

　　況，一是大圓中有小圓，大圓為幻象文學，小圓為魔幻現實文學，亦即為附屬性質；另一個圖是兩個同樣大小的圓，中間有交集。頁68-71。

45　陳正芳：《魔幻現實主義在台灣》，頁31-60。

46　陳正芳：《魔幻現實主義在台灣》，頁76-84。

三 老人書寫與魔幻現實

（一）如何魔幻？怎樣現實？

縮結上文論述，〈死去活來〉、〈銀鬚上的春天〉和〈呷鬼的來了〉三篇小說中最能呼應拉美小說的當推〈銀鬚上的春天〉，這也是何以廖淑芳談黃春明小說的鬼魅敘事，僅提及〈銀鬚上的春天〉這一篇是「以魔幻寫實式的手法讓故事徘徊在似真又似幻氛圍中」，不過廖文僅點出小說的「魔幻寫實」性讓「每個人物都有具體人格與行動」[47]，之後，並未再加以深究。實際上，這篇小說透過臺灣本土的自然現象投射的生活和身心的狀態，其筆觸恰可與委內瑞拉烏斯拉‧皮耶特里（Uslar Pietri）[48]的小說〈雨〉（"La lluvia"）和馬奎斯的〈巨翅老人〉（"Un señor muy viejo con alas enormes"）對讀。

黃春明的小說一開始描述落不盡的雨，導致棉被濕冷、霉出了菌菇，以及榮伯疼痛的關節，這些本是熱帶海島型氣候該有的景況，但是從首句「今年的春天一直落雨」到第三段末句：「落這麼久了，我就不相信你還能落多久。」中間又插入「雨還是一直落個不停」、「雨仍然沒停」[49]，在短短的段落中，經由重複的天氣描述，堆疊出現實中無可控制的晦暗，正是拉美魔幻現實小說慣常的敘述手法[50]，並且這樣的天氣往往伴隨災禍或苦難，譬如榮

---

[47] 廖淑芳：〈鬼魅、消費與往來——試析黃春明小說中的鬼敘事〉，頁290-291。

[48] 皮耶特里是第一位對魔幻現實主義定義的拉美作家，他認為：「在故事中支配，並且標示恆久的痕跡，正是人類的思考，一如存在現實當中的神秘。那是個富有詩意的否定和揣測的現實，因為無字可以形容，就稱之為魔幻現實主義。」原文出自 *Letrasy Hombres de Venezuela*（《委內瑞拉的文學與作家》）一書，頁254-255。此為筆者自譯。

[49] 黃春明：《放生》（臺北：聯合文學出版公司，2009年），頁147-148。

[50] 就雨的極端表現，黃春明的參照應該來自《百年孤寂》，該小說中多次以雨爬梳，最經典的就是第十六章寫到：「雨一連下了四年十一個月零兩天。霏霏細雨的時候，人們穿著整齊，以恢復的目光等著慶祝晴天的來臨，但雨的暫停只是雨勢增強的徵兆，……暴風雨把屋頂弄得七零八落，牆壁倒塌，香蕉林的殘株也連根拔起了。」接著馬奎斯寫雨後放晴的段落：「災難的倖存者，……都坐在街上曬太陽。……他們的心底卻似乎在慶幸自己的小城鎮已恢復了原狀。」也可對應黃春明的寫法：下雨→災難→放晴，

伯關節的疼痛。一旦天氣放晴，世界將回歸原初的運行，所以「孩子們的天
地又回來了」[51]，可是小說在此置入一名外型特殊（滿臉白鬚）的陌生長
者，又彷彿是揭開現實背後的神秘，因為在小說裡無法明確看出老人來自何
方，又去往何處，結尾的消失，再一轉鏡似乎暗示老人是土地公的化身。讀
者可以推論的線索先是「恍惚間老人家的背影被小土地公廟擋了之後，像是
一閃就不見了」，同時小孩「來回地找都找不到老人的影子」。[52]接著榮伯到
廟裡「看到土地公神像前面的小石案上，掉了不少酢醬草粉紅色的花，稍抬
頭，也看到土地公的鬍鬚上，綴了一些花。」[53]此間榮伯看到的景象正是一
種魔幻現實的表現，因為小說的現實場景中，鬍鬚上綴著花的是陌生老人，
這是他在樹底裝睡時，小孩發明的遊戲，他們「把粉紅色的小花結綴在銀亮
的長鬚上」[54]。之後，老人醒來朝村口走去時，「銀鬚上綴了許多粉紅色的
小花，由老人的走動，由微風的吹動，有光影的閃動，好像也帶動了就近的
風景生動起來了。」[55]「老人走動」、「微風吹動」、「光影閃動」可以讓人聯
想到小石案上何以掉了不少粉紅色的花，以及土地公又何以鬍鬚上綴了花。
也因為這裡的曖昧手法，讓我們看到小說的魔幻現實主義有著認同非現實的
可能，一如固蒂也列斯的解釋：「接受熟悉事物的反常、使真假事物都有效
發生，就如將神奇和魔幻的事物視同日常生活正常的一部分。」[56]

　　〈雨〉和〈巨翅老人〉的故事也是從氣候的極端表現開始。〈雨〉的背
景是三〇年代的委內瑞拉，描述一個乾旱之地對雨的渴望，小說女主人翁聽
到風聲掠過乾枯的玉米葉和樹葉，竟以為是下雨聲，因為一年沒下雨，「土

　　一切回到日常。兩段引文見馬奎斯著，楊耐冬譯：《百年孤寂》（臺北：志文出版公
　　司，1984年），頁298、311。但就小說以雨開篇的用法，本文以為援引〈雨〉和〈巨翅
　　老人〉更具參照性。

51 馬奎斯著，楊耐冬譯：《百年孤寂》，頁298、311。

52 馬奎斯著，楊耐冬譯：《百年孤寂》，頁155。

53 馬奎斯著，楊耐冬譯：《百年孤寂》，頁156。

54 馬奎斯著，楊耐冬譯：《百年孤寂》，頁153。

55 馬奎斯著，楊耐冬譯：《百年孤寂》，頁155。

56 "El realismo mágico en *La casa de los espíritus*", p.39.

地乾烈得就同粗糙的皮膚一般，植物的根部乾得像骨頭一樣」[57]。而去年卻是「整個雨季下個沒完了」[58]。這一對面臨旱災束手無策的老夫婦，住家附近突然出現一個孩子，孩子不多話，卻能勾起老夫婦過往美好的回憶，一天，老先生四處找著小孩，邊喊著小孩的名字，雨水開始降下，小孩莫名的來到，現在又莫名的離去，無怪乎皮耶特里認為拉美人的世界充滿神奇，有著非比尋常，不可置信的意義。〈巨翅老人〉的神奇概念大致相同，小說的第一句：「大雨連續下了三天，貝拉約夫婦在房子裡打死了許許多多的螃蟹。」[59]這是藉由失控的天氣呈現失控的生活場域，合理化巨翅老人在這戶人家的出現。由於鄰居認為這是天使，誘發眾人的獵奇心態，絡繹的人潮觸發貝拉約夫婦收取門票的點子，不到一星期，屋子就裝滿銀錢，直到一個不聽父母話而變成蜘蛛的女孩流動展帶走人潮。之後，囚禁老人的雞籠隨著時日既久，漸漸損毀，於是，他可以到處爬動，在最後一個冬天，瀕臨死亡。然而當天氣變暖，他竟然飛起來，飛離貝拉約的家。一樣是莫名的來到莫名的離去，兩篇小說中的外來者皆是個不可置信、神奇的存在，但他們不是奇幻文學中的天使，只是貌似平凡家庭的普通小孩和老人，雖然老人有翅膀，但小說中描述「翅膀的背面滿是寄生的藻類和被颱風傷害的巨大羽毛，他那可悲的模樣同天使的崇高得尊嚴毫無共同之處」[60]，或者是在奄奄一息的冬天，當貝拉約夫婦將老人帶到暖屋過夜，才發現整夜呻吟的老人，「毫無挪威老人的天趣可言」[61]，都顯示老人非神級的凡夫特質，可以說作者「設計謎樣的人物並非創造一則童話，而是在否定和揣測中加深現實的寫實度。」[62]

---

57 皮耶特里：〈雨〉，收於柳鳴九主編：《魔幻現實主義經典小說選》（太原：北岳文藝出版社，1995年），頁352。

58 皮耶特里：〈雨〉，收於柳鳴九主編：《魔幻現實主義經典小說選》，頁355。

59 馬奎斯：〈巨翅老人〉，收於柳鳴九主編：《魔幻現實主義經典小說選》（太原：北岳文藝出版社，1995年），頁369。

60 馬奎斯：〈巨翅老人〉，收於柳鳴九主編：《魔幻現實主義經典小說選》，頁371。

61 馬奎斯：〈巨翅老人〉，收於柳鳴九主編：《魔幻現實主義經典小說選》，頁375。

62 陳正芳：〈魔幻現實主義導讀〉，《意識流‧魔幻現實主義》（臺北：行政院文化建設委員會，2010年），頁220。當然由此還可見，拉美的魔幻現實和林倩君所論證的「『現實童話』的魔幻寫實」是有本質上的差異。

換言之，不管是忍受漫漫乾季的窮困生活，或者是苦惱打不完的螃蟹，保有神話思維的拉美民族需要這樣的神秘小孩和老人，讓他們得以在困境中，依然樂觀以對，這種精神即是得力於拉美的魔幻現實或者神奇現實。[63]將此思維回扣到黃春明的作品，仍然可以切合陳建忠所以為的，「以神秘經驗的演繹，企圖幫我們贖回那美好的世界」，更何況黃春明看了《百年孤寂》，亦說：「小說本來就應該這樣子寫」，如今看來，他的書寫風格足以跨越國界與拉美對話。

此外，皮耶特里的〈雨〉，若是將老夫婦視為拉美現實，那麼小孩即是虛幻，並且充滿譬喻性，一則是作為老夫婦貧困生活和衰老生命的盼望，另則是作者呼應了拉美現實神奇的解讀。[64]以此再解〈巨翅老人〉和〈銀鬚上的春天〉，都可以有現實和虛幻的對照，只是兩作都以老人為「虛幻」，老人不僅不是希望，還可能是問題。〈巨翅老人〉中的女主角埃麗森達在房子的每個房間都看到老人身影時，她不禁生氣大叫：「自己是這個充滿天使的地獄裡的一個最倒楣的人」[65]到了小說結尾，她看見老人飛過房子的上空，放心地舒了一口氣，「為了她自己，也是為了他。」她切完洋蔥繼續看著老人飛離視線時，馬奎斯寫到：「他已不再是她生活中的障礙物，而是水天相交處的虛點。」[66]如果將之對應到老人問題，這個小說的角度顯然凸顯了傳統公婆和媳婦，或者兩代相處的難題。〈銀鬚上的春天〉中，如果銀髮老人對應的是土地公，就是神級化的人物，但黃春明刻意寫實這個角色，例如讓「這個人穿的衣服和我家阿公的是一樣」、或者假睡是怕「對小孩掃興，對自己嘛，膝下無孫，目前的情形何嘗不是天倫？」甚至「被內心的感動蒸餾出來的兩顆眼淚」，終於忍耐不住大打的噴嚏。廖淑芳利用小說中「平行對

---

63 在此以多明尼加歌手格拉（Juan Luis Guerra）在一九八九年唱紅的歌曲"Ojalá que llueva café"（〈願天降咖啡雨〉）為例，整首歌期望的不只天降咖啡，還有木薯、茶、乳酪片、蜂蜜等食材，從中可以看見拉美魔幻現實的強烈在地性，以及面對窮困採取逆向思維的幽默感。

64 陳正芳：〈魔幻現實主義導讀〉，《意識流・魔幻現實主義》，頁220。

65 柳鳴九主編：《魔幻現實主義經典小說選》，頁374。

66 柳鳴九主編：《魔幻現實主義經典小說選》，頁375。

照」的描述，認為榮伯、銀髮老人和土地公「三者具有『交互指涉』的『疊映』效果」[67]，或者說三個角色可能就只是一個角色——老人，如此一來，更可以證成黃春明轉化民間傳說的奇幻色彩，達至本土化的魔幻現實。至於這裡的「老人」議題，待下節再處理。

由於劉春城記載了〈呷鬼的來了〉受到馬奎斯的提醒，讓我們可以將之置放在拉美魔幻現實主義的脈絡下討論。如同前面三篇小說，小說正文[68]也是以天氣開啟敘事。我們知道西方小說關注天氣是從十九世紀開始，一則是浪漫派詩作與畫作對大自然高度的崇拜，另一則是文學中的自我意識越來越強，天氣往往會影響自己對外在世界的觀感，所以在小說技法上，天氣是觸媒，人的情感可以投射在自然現象上。[69]雖然這四篇小說的人物，多透過天氣表現了情緒，但是下不停的雨和始終不下雨的乾燥，更是神奇現實的展露，誠如秘魯學者安東尼歐‧布拉博（José Fernando Bravo）所言：「這塊大陸是神話般的，自然景觀是豐富或者至少是誇張的，巨大的雨水，巨大的乾旱，所有都是巨大的，雲啊、天空、海、沙漠、原始森林、大草原乃至貧窮都是特大的。」[70]〈呷鬼的來了〉將故事設定在梅雨季節，梅雨是臺灣氣候的日常，陰陰綿綿，從五月下到六月，習慣或許讓我們不曾換個角度來看，不過，黃春明用「過了六月上旬還不見它收尾不打緊……雨越落越粗大」，帶出北宜公路的山區路段，「在這陰濕晦暗的淫雨中，才活顯出它的生命，顯得詭秘多端」[71]，恰恰呼應了布拉博將拉美自然視為神話般的視角。延續「詭秘

---

67 廖淑芳：〈鬼魅、消費與往來——試析黃春明小說中的鬼敘事〉，汪寶釵、林鎮山主編：《泥土的滋味：黃春明文學論集》（臺北：聯合文學出版公司，2009年），頁292。
68 這篇小說的開始是一首詩，我所指的正文，是小說敘事的首段。
69 大衛‧洛吉：《小說的五十堂課》，頁118。
70 這是針對卡本提爾提出的拉美神奇現實（lo real maravilloso）所寫的，布拉博還寫到：「如同世界上其他的農夫一般仰望天空，但是拉美的農夫卻害怕，數星期的雨水會帶走一切，或是數年的乾旱使村落荒涼。」〈雨〉這篇小說也處理了主角相同的情緒。José Fernando Bravo：*Lo Real Maravilloso: en la Narrativa Latinoamericana Actual*，pp.20-21.
71 黃春明：《放生》，頁162。

多端」的神奇現實，一是北宜公路沿途拋灑冥紙，另一是鬼故事的敘說，或者說，這篇小說既不在書寫技巧上，「讓不可能發生的不可思議事件出現在聲稱是寫實的故事中」，又沒有在故事結構中「變現實為神話」或者「變現實為夢幻」。而是在描寫的技法和鬼魅的元素，可以勾連魔幻現實主義。

在北宜公路拋灑冥紙的段落，黃春明用黃蝴蝶比喻漫飛的冥紙，這是臺灣某些崎嶇險路特有的景觀，路過其上，鬼靈的氛圍頓時湧現，因此，冥紙也有了靈氣：

> 那迎風起起落落飄飄紛飛的冥紙，在光影間化成黃蝴蝶飛舞得更為生動栩栩。要是有一段路靜，這些黃蝴蝶即停息在草地上，瞬息間又回到冥紙的原形，微微顫動著等待，下一陣旋風的來臨。[72]

這一段描述讓人思及拙作採用卡夫卡的《變形記》來比較魔幻現實與幻象之差異，《變形記》中，人變甲蟲是不可逆的，因為「是從人（可知）的空間進入動物（想像）的空間」，而魔幻現實是基於現實而產生的變形，「來去自如，即為同一空間的無限延展」。[73]黃春明的描述是藉助風讓冥紙變成黃蝴蝶，一旦無風又化為原形，頗有來去自如之意，而在北宜公路的翻飛和飄落遂形成了一個無限延展的空間。另一處有現實魔幻化效果的段落，是小羊一群人走訪老廟祝，老廟祝所看到的景象：

> 他看到成千上萬的白鷺，映著夕陽的紅光，在不知受到什麼驚擾，一下子紛紛騰空飛起來的樣子，卻變成熊熊的火焰，然後一隻一隻尋找枝頭停息下來的白鷺，又變得像尚未燒盡的紙錢，被氣流衝上天，然後又慢慢飄下來。[74]

72　黃春明：《放生》，頁163。

73　陳正芳：《魔幻現實主義在台灣》，頁65。

74　黃春明：《放生》，頁171。

成千上萬的白鷺彷彿巨大的雨水、巨大的乾旱，形構自然風土的神奇，接著變成熊熊的火焰，再變為白鷺，又變成紙錢飄下來，這樣的描述既可視作魔幻現實的筆法，又可連結到變形所延展的空間，包含了現在以及歷史記憶，而現在已經沒有白翎鷥。不過在白翎鷥剛消失時，廟祝說道，若是深夜走到白翎鷥城，「還會聽到上萬隻的白翎鷥，受到驚擾時，一起鼓動翅膀飛起來的聲音，還會看到每一根竹枝被起飛時蹬跳而彈了一陣子的樣子」[75]廟祝說得信誓旦旦，是因為這些是白翎鷥的鬼魂，就如同侯荷、詹明信等人提出用新的眼光看世界，並非逸離現實主義，「而是隱藏、搏動於事物背後」的神秘，「鬼」是最有代表性的，其多樣稱謂如：幽靈、妖怪、鬼魅、撒旦、魔神仔、魍神等，一般或指心靈上罪惡的啟動者，或從宗教上判定的陰間權勢，我們都不可否認確實有體質敏感者（陰陽眼）的靈體視見，如此一來，魔幻現實就不只是文字創生的文學，而是另類現實的切身理解，或者說，我們看不見不表示它不存在，魔幻現實的鬼魅不是奇幻的元素[76]，而是現實的再現。因之，廟祝可以如此相信白翎鷥鬼的存在。或者小說中，另一位說鬼的石虎伯，面對越來越大的雨勢，擔憂濁水溪旁的瓜田會遭做大水之殃，開始後悔說了刣豬炎呼鬼的故事，甚至在小說結尾聽到小羊一行人喊著「石虎伯」時，他會驚懼是「呼鬼的來了」。然而在全篇小說的敘事中，鬼魅只是前文界定魔幻現實和幻象交界中的奇幻元素，可以是用來給臺北人「觀賞」和「消費」的[77]，對於讀者又何嘗不是呢？不過對於作者，可能還有另一層意義，正如黃春明讀完《百年孤寂》受到提醒之處，就是「我們也有許多可怕、可愛、善良、邪惡各種鬼靈精怪可寫」，這是找到不再重複傳統神怪故事而能寫鬼的理由，所以有白翎鷥鬼，有水鬼，實際上代表的都是大自然的

---

75 黃春明：《放生》，頁172。

76 若以前文提及的幻象文學代表波赫士的作品，確實較少以超自然的「鬼」將世界一分為二，但在志怪或哥特等奇幻小說，鬼是異類的存在，是生物的對立面，實與魔幻現實的鬼魅不同。

77 廖淑芳：〈鬼魅、消費與往來──試析黃春明小說中的鬼敘事〉，汪寶釵、林鎮山主編：《泥土的滋味：黃春明文學論集》頁308。

力量，據此可見其幽微的批判，因為小說中的鬼都沒了，源於人類對自然的
迫害嗎？小說不曾明答，但黃春明曾說：「小孩怕鬼也沒有什麼不好，起碼
可以叫他們對自然生出敬意，刺激一下他們學校教育封死了的想像力。」[78]
或可是一解。

　　鬼的生成與死息息相關，本文尚未討論的〈死去活來〉有一個段落觸及
死後世界，這也是這篇小說中唯一可視為魔幻現實手法之處。林鎮山認為
〈死去活來〉是黃春明最重要、最細緻的短篇小說之一，「敘述結構至為緊
密、協調統合相當一致完整」[79]，乍看確實無法聯想成魔幻寫實的作品。小
說故事是八十九歲的粉娘被醫生宣告「老樹敗根」，生命正走向終點，於是
兒孫達四十八人匆匆回老家奔喪，可是粉娘又活過來了，如此兩次確認死亡
又活過來，讓兒孫疲於奔波，粉娘只好抱愧說：「下一次，下一次我真的就
走了。下一次。」[80]如同無法一眼讀到內文的魔幻現實般，我們很容易一下
就斷定小說是在批判親情倫理的疏遠[81]，但正如林鎮山的分析，「黃春明勉
力為我們勾勒了一幅豐富生動的臺灣歷史、社會、文化的變遷圖，也透過粉
娘這個先行者，樹立了他一向所倡議的愛心與責任的典範。」[82]此處觀點，
正是本文以魔幻現實的角度討論老人命題的企圖，下個段落就從這個從陰府
兜一圈回來的粉娘談起。

（二）在魔幻現實中探究生死永恆的生命課題

　　以二元論來看生和死、神（人）和鬼、貴與賤、少與老，總是前面的
生、神（人）、貴、少為正面詞，死、鬼、賤、老為負面詞，因此，即便

78　劉春城：《黃春明前傳》，頁232-233。

79　林鎮山：〈榕樹與竹圍──再會黃春明的原鄉婦老〉，收錄於汪寶釵、林鎮山主編：《泥
　　土的滋味：黃春明文學論集》，頁242。

80　黃春明：《放生》，頁143。

81　探究黃春明老人書寫的碩士論文多採此觀點，或者羅際芳等人之單篇論文亦同。

82　林鎮山：〈榕樹與竹圍──再會黃春明的原鄉婦老〉，收錄於汪寶釵、林鎮山主編：《泥
　　土的滋味：黃春明文學論集》，頁250。

〈死去活來〉中的粉娘已是高壽，若是離世也是喜喪，但在第一次活過來時，粉娘「兩隻手平放在藤椅的扶手上，舒舒服服地坐在那裡，露出咪咪的笑臉，望著觀音佛祖媽祖婆土地公群像的掛圖。」[83] 還是透顯著活著真好，而第二次粉娘進入彌留狀態，負責照顧老母的炎坤打電話給親戚時，大家都想確認是否舊事重演，炎坤總說：「我做兒子的當然希望和上一次一樣……」意思是希望母親可以醒轉過來，繼續活著。這種生強過死的概念，是華人諺語：「好死不如歹活」的潛存意識，事實上，生死命題若採行拉美魔幻現實主義小說來看，可如張淑英評魯佛（Juan Rulfo）的小說《佩德羅‧巴拉莫》（Pedro Páramo）所言：「就是這種生死永恆的回歸力量讓魯佛塑造出人鬼共遊共處、游移陰陽兩界的小說，死是宿命，也是永生。」[84] 那麼，對於黃春明的〈死去活來〉，我們應當可以進入更深層次的討論。

先就小說涉及魔幻現實手法的層面而言，在於粉娘第二次的「死去活來」。該次因為撞期鬼月，早已過世的丈夫，對來到陰府的粉娘說：「歹月，你來幹什麼？」那是傳統大男人對太太父權式的說話語氣；她還碰到故舊阿蕊婆跟她抱怨，屋漏得厲害，小孫子怎麼不兔唇？意思應該是後人不知維修祖墳，祖先沒辦法庇蔭子孫。這裡完全解消臺灣民間宗教上的死人為大、死後成神（仙）的意義，而是如同拉美魔幻現實的鬼魅，亦即同類的存在，就是活著的人換成死亡的身分，最具代表性的拉美小說《佩德羅‧巴拉莫》，視死者如常人，或是移居另一個世界，有時回返人間，如同回娘家一樣，並非鬼怪的存在。比照粉娘和先夫故舊的對話，可見相同質性，亦即陰陽並非兩隔，對老人或死者僅只是換個空間交流意見。[85] 如此一來，死並非

---

83 黃春明：《放生》，頁141。

84 張淑英：〈生死永恆的回歸〉，收於魯佛著，張淑英譯：《佩德羅‧巴拉莫》（臺北：麥田出版社，2012年），頁10。

85 如果雷蒙‧穆迪（Raymond A. Moody）所著的《死後的世界》（Life after life）可以視為理性的研究，他在瀕死經驗的個案中，整理出「他驚訝地發現自己居然離開了原來的肉體，以旁觀者的態度，從某種距離之外看自己遺蛻（屍體）」（頁27），又或者羅伯茲‧李亞敦所著的《我去過天堂》，以見證人口吻描述具體看見死後世界，亦即〈啟示錄〉所揭示的天堂，都是魔幻現實意欲表彰神秘是隱藏和搏動於現實背後。

結束，甚至有了馬奎斯所以為的：「沒有人能夠確切知道，死後的年限究竟有多長」，因此在《佩德羅‧巴拉莫》中，「無法確切找到一個分界點可以明確區分生者和死者的界線」。[86]粉娘一再「死去活來」，或許是一種模糊生死分界的可能，然而，常在學術討論被相提並論的王禎和，他在八〇年代所寫的小說《老鼠捧茶請人客》，可能更具有說明性。

《老鼠捧茶請人客》的寫作形式，雖被許俊雅宣稱「融合了現代主義的意識流和南美魔幻寫實小說的技巧」，但她並未詮解，因此，更多被認同的說法來自白先勇所言：「全篇用的都是意識流」。白先勇認定這篇小說是意識流，他是從王禎和在《現代文學》譯介泡特（Katherine Anne Porter）的短篇小說〈棄婦吟〉（"The Jilting of Granny Weatheral"）推論而得，因為泡特的小說內文主述一個在彌留期間的老婦人，以半醒半昏迷的意識流追述她年輕被愛人拋棄的痛苦經驗，因此王禎和的〈永遠不再〉是從中得到啟發，到了《老鼠捧茶請人客》終於全盤掌握〈永遠不再〉還沒有達到的境界，白先勇從意識流的觀點以為《老鼠捧茶請人客》寫的「是一位彌留老婦，靈魂出竅的故事。」[87]但細就王禎和當時的寫作背景，他人已經罹癌，雖然這是一則他從太太那裡聽到的真實故事之改寫[88]，他其實更想提出的是對死亡的另一種思考：「人死後還能與這個世界相通；死，並不是離開這個世界，而是能與親人更親近；死，並不是一切的終點，而是一切更好的開始。」[89]王禎和的思考，或許從其罹癌，又或許從其自幼喪父而得，這種將小說與自我生命經驗聯繫的提案，實可對應魯佛的《佩德羅‧巴拉莫》，一則是魯佛自幼父母雙亡，一則是《佩德羅‧巴拉莫》的小說精神——「死是宿命，也是永生」，或如墨西哥諾貝爾文學獎得主帕斯（Octavio Paz）詮釋：「透過死亡才能回到最原始的伊甸園。」[90]伊甸園即是最好的開始。除此之外，兩篇小說

---

86 馬奎斯：〈憶魯佛〉，收於魯佛著，張淑英譯：《佩德羅‧巴拉莫》，頁19。

87 白先勇：〈花蓮風土人物誌——代序〉，收於高全之著：《王禎和的小說世界》（臺北：三民書局，1997年），頁19-20。

88 王禎和：《人生歌王》（臺北：聯合文學出版公司，2005年），頁5。

89 王禎和：《人生歌王》，頁12。

90 轉引自張淑英：〈生死永恆的回歸〉，收於魯佛著，張淑英譯：《佩德羅‧巴拉莫》，頁10。

尚有內在親緣關係，在於王禎和閱讀過一九六九年發行的英文版《佩德羅·巴拉莫》。[91] 綜上所述，當他採取了異於過往的小說技法，寫下一個老太太死後意圖和孫媳交流的故事，我們就不能不從魔幻現實的手法來看小說的敘事。[92]

《老鼠捧茶請人客》全篇敘事由亡靈主述，也是小說的主角阿嬤，她原不知道自己死亡，一直到看見自己的屍體，才感受到自己的異樣。然而阿嬤持續在小說設定的現實空間活動、思考、回憶，甚至在鏡中看到自己，使得她的存在已不若傳統鬼故事強調的驚悚，而是如同《佩德羅·巴拉莫》之模糊了生死的界線。王禎和曾對此表示，自己採用的是時空壓縮的方式，因為使用了鬼魂做敘事觀點：

> 時空方面忽然拉遠擴大，打破時空的侷限，死了的人回顧以前——無限地往回看，正視現在，又前瞻未來——無限的，未可知的未來。一個不存在，不可認知的世界，好像就這麼真真實實地擺在眼前了。[93]

此處王禎和的設定，就是企圖讓死後世界「真真實實地擺在眼前」，也是一

---

91 根據受贈於東華大學王禎和藏書的書庫書目，王禎和擁有多本具魔幻現實主義特色的拉美小說，其中最多的是馬奎斯的作品。而且多是六、七〇年代（早於發行中譯本的八〇年代）的中譯本。至於魯佛的小說則有兩本，一為《佩德羅·巴拉莫》，另一為《燃燒的平原及其他故事》（*The burning plain and other stories*）。其他如前文提及洪範出版的具魔幻寫實色彩的大陸小說，王禎和亦有收藏，可見王禎和確實對魔幻現（寫）實投注過心力，如此或可補充歷來對於王禎和的外國文學影響。過去多從王禎和與臺大外文系、《現代文學》的關係，以及白先勇、鄭恆雄、劉春城等人的評介，認為他的學思經歷受到歐美的現代主義、自然主義、寫實主義或超現實主義影響，只有少數點評到南美的魔幻現實主義，又僅指出《老鼠捧茶請人客》，未加論析。

92 雖然過往研究王禎和、八〇年代、和鄉土小說的論文幾乎沒有從魔幻現實主義來研究《老鼠捧茶請人客》，近幾年出現相關之碩士論文卻都為魔幻現（寫）實技法記上一筆，不過，論者均未能好好發揮，比方林增益的碩論特安排一個小節處理「魔幻寫實」的技法，不僅未曾列出定義之資料來源，也未能在《老鼠捧茶請人客》找到相關技法的證據，殊為可惜。

93 王禎和：《人生歌王》，頁9。

種模糊生死界線的刻意，如此勾連至《佩德羅‧巴拉莫》這本被評為「不僅是胡安‧魯爾福的代表作，而且也是魔幻現實主義的鑄範典模」[94]自然將王禎和所期望的世界等同於一個魔幻現實的世界。《佩德羅‧巴拉莫》的故事是一個兒子「我」回到出生地尋找父親的過程，小說一開始，主角「我」已經接近目的地可馬拉，遠遠望去的荒涼讓「我」起了疑惑，路人回答是因為時機不好，接著路人說道：「您會在這裡造成轟動，人們會為您大大慶祝一番……經過了這麼多年毫無人煙足跡造訪之後，能夠看到有人來到這兒，人們一定會興高采烈地手舞足蹈。」[95]到了村莊「我」向一位太太問路，魯佛細細描述「我」對這個女人的評語：「我發覺她的音色是一般人講話的聲音，她的嘴裡一樣有牙齒，以及說話時會隨著震動的舌頭，而且她的眼睛也和這世上活著的每一個人的眼睛一模一樣。」[96]既然就是千萬人中一樣的一個女子，何以作者要多此一舉地細加描述？因為隨著「我」接續遇到的人，「我」才知道她早已是亡魂，原來一路敘述父母過往的人，都是逝者，甚至到了小說中段，「我」發現自己已經死了。這種縈繞現實日常而把死人活寫的作法，在魔幻現實手法的創作上，魯佛算是第一人。當然魯佛如此書寫有著墨西哥內戰等政治、民族因素，但這不是比對《老鼠捧茶請人客》的焦點，而是如前文所述，魯佛自身對生死的體會，可以讓我們對王禎和的理念產生共鳴。魯佛曾自述父親和叔叔伯伯曾在戰爭中被殺身亡，「他們都是年紀輕輕就死掉，都在三十三歲時結束了寶貴的生命」，至於母親，則在父親過世六年後也去世[97]。這種面對死亡、告別親人的深刻，即如王禎和罹癌所正在經驗的。

王禎和透過阿嬤如活人般地存在解消生死界線外，也如同黃春明抹除華人民間信仰中，人死成仙／神的想像，小說出現四次阿嬤質疑人死成仙／神

94 陳眾議：〈作家作品簡介〉，《魔幻現實主義經典小說選》（太原：北岳文藝出版社，1995年），頁175。

95 魯佛著，張淑英譯：《魯佛》（臺北：光復書局企業公司，1991年），頁3-4。

96 魯佛著，張淑英譯：《魯佛》，頁9-10。

97 張淑英：〈塵世的哀愁〉，《魯佛》，頁30-31。

的法力無邊,她只能嘀咕著:「怎會這款樣?」、「人死了後樣變鬼變神成仙成佛莫有一點能力莫有一點用處?」、「什麼死後成仙成佛變鬼變神!全是騙人的話」[98]等是落實現實的觀點和書寫,若是成仙成佛、法力無邊,那麼這樣的敘事,便是走幻象文學路線,因為奇幻塑造的是一個完全想像的空間,人們可以天馬行空,將自己縮身於另一個世界,一個完全想像的國度。魔幻現實並非超現實,超現實是超越現實,比方夢或者潛意識都是現實的超越,人們在當中找到那些隱而未現的內在意識。魔幻現實是現實的魔幻化,是現實的反面,所有不可思議的描述必須緊密貼合現實。

除此之外,阿嬤的形象跟黃春明的粉娘一樣,均有著「體恤、厚道、善良與尊重生命」[99]的特質,如果說粉娘是一個「愛心與責任的典範」,那麼阿嬤絕對是跟得上時代的老人典範。孩子本是父母的產業,為人父母有責任照養看顧,這也是一輩子的責任,阿嬤為了兒子夫妻在臺北居大不易,特地搬離老家來照顧孫子,兼管家務(例如:煮飯菜、曬棉被等),這是體恤。阿嬤為著媳婦講究衛生,不給孩子吃土豆糖、路邊攤,就把土豆糖藏起來,或者照媳婦的方法洗菜等,這是厚道。看到孫子因為阿嬤的死而驚呆,不斷想著可以幫助孫子恢復正常的方法:給土豆糖吃、唱童謠、跪下當老馬等等,甚至媳婦回來要給她急救,她急著說:「莫用管我!趕緊招呼弟弟去要緊」、「我這好媳婦,你就別哭了!」直到孫子哭倒在媽媽懷裡,她才如釋重負,獨白著:「能哭就好!這樣阿嬤就放心了!這樣阿嬤就可以放心走了!」這是善良與至死不休的愛。最後,阿嬤的新世紀思維在於她的尊重及愛惜生命。兒子擔心她的身體時,她說:「每日天未全亮就起床到外面去吹新鮮空氣,散步溜覽,大清早的景致實在乾淨,實在好!」、「你這阿娘還準備跟人家學舞劍舞紙傘」[100];突然暴斃,她也不自憐,雖然感慨沒辦法跟過去一樣過日子,但「走的這般高速這般俐落,伊想這實在是神明保庇」,

98　王禎和:《老鼠捧茶請人客》(臺北:遠流出版事業公司,2006年),頁48-51、59。

99　林鎮山:〈榕樹與竹圍──再會黃春明的原鄉婦老〉,收錄於江寶釵、林鎮山主編:《泥土的滋味:黃春明文學論集》,頁251。

100　王禎和:《老鼠捧茶請人客》,頁37。

更欣慰的是「無有連累到兒子和媳婦」，這樣的寬容源於照顧中風躺在床上的先生多日，若是換成自己，兒子肯定不懂怎麼伺候，若是讓媳婦「哪裡好意思麻煩伊給我捧屎捧尿洗身換衣服？那唔是太為難伊了嗎？」[101]如此看來阿嬤把自己照顧好，並非利己主義，而是對兒媳的尊重。如此看來，王禎和在形式上或可聯繫拉美魔幻寫實，但在老人形象的塑造，卻是本土文化的輝映。

因此，小說並非「健康寫實」的呈現，三代相處、婆媳關係、跨海思親、想念老家等問題，都是阿嬤心底唸叨的一句話：「怎麼辦才好？彷彿一生裡，伊經常講的一句言詞便是：怎麼辦才好？」[102]其實小說並沒提出解決之道，這種三代相處的人際是最為複雜的關係，沒有血緣的夫妻、婆媳，卻必須是最親密的家人，若再論及兄弟姐妹各自婚嫁成立的家庭，那簡直是巨大的魔網。儘管如此，王禎和採取了魔幻現實手法，讓婆婆或老人的生存之道不致教條式的呈現，而是在詼諧中（比方阿嬤差點踩到自己、如何呼喊鄰居、孫子都聽不見、想打電話、移動屍體都不能）顯露教化的意圖。最重要的是，解消對死亡的恐懼，讓死和生平等互惠，此處採行的方式與《佩德羅・巴拉莫》略微不同，因為阿嬤與家人的互動並非雙向，所謂的生死越界是以阿嬤為主，她（死者）就在那裡，看著「生者」的一切，並非民間傳說的陰曹地府與天人永隔，也是前文所言：看不見不表示不存在。馬奎斯在《百年孤寂》裡寫到老祖母易家蘭瀕死之際，有一段有趣的描述：

「可憐的高祖母，」小雅馬倫塔說。「她已老死了」
易家蘭很驚惶。
「我還活著！」她說。
「你瞧，」小雅馬倫塔笑說。「她連呼吸都沒有了。」
「我正在說話！」易家蘭大喊。

---

101 王禎和：《老鼠捧茶請人客》，頁42。
102 王禎和：《老鼠捧茶請人客》，頁68。

「她連話也不能說了，」小倭良諾說。「她像小蟋蟀死去了。」[103]

由於兩位孫輩完全聽不見易家蘭說話，讓她發現「原來死亡就是這個樣子」。[104]這個段落落實在王禎和的作品，就是阿嬤在親人身旁乾著急的樣態。不過，阿嬤不想與家人疏離，所以死後的阿嬤不是成為庇佑子孫高高在上的神祇，而是會陪玩的貼心阿嬤：「等阿嬤見過閻王，有了法力，阿嬤會常常回來看你，回來教你唸歌，回來變把戲給你看，回來帶你出去吃蚵仔麵線……。」[105]當然這段承諾，彰顯王禎和的期待：「死，並不是一切的終點，而是一切更好的開始」，也回應了魯佛建構的「生死永恆的回歸力量」，據此解消的生死界線，更可以重新定義黃春明已有「完整世界」的鄉土，不只是盤旋在有無人間、神鬼和自然三元素，而是泯除三者位階關係的理想世界。

儘管如此，黃春明和王禎和在老人形象的本土構成上，套用前文所引林鎮山的分析，「為我們勾勒了一幅豐富生動的臺灣歷史、社會、文化的變遷圖」，以及透過這些先行者，樹立了作者「所倡議的愛心與責任的典範。」這和拉美小說的老人不甚相同，比方馬奎斯的〈巨翅老人〉裡，老人最後成為「虛點」。或者〈雨〉中的老人，在漫無邊際的山野尋童，卻發現「看到的已不是平常那個馴服隨和的老頭的影子，而是一頭受到某種自然衝動力役使的極怪的動物」[106]。兩者的老人比較是缺乏人際的孤獨的存在，反映寫作年代的拉美早已脫離獨立，但仍有「獨裁、暴力、貧窮」嚴重問題，所以這裡的孤獨幾乎可與「獨裁」老人劃等號。比對〈銀鬚上的春天〉，明明設定的是沒有兒孫的獨居老人，黃春明投以春天、紅花、孩童、笑聲等生機勃勃的鮮明色彩，似乎沒有家累的牽絆，反而可以更加隨興，但是如同日本百

---

103 García Márquez, Gabriel. (1988). *Cien años de soledad*. Madrid: Espasa-Calpe, S. A. Primera ed. 1967. p.320.

104 García Márquez, Gabriel. (1988). *Cien años de soledad*., p.320。

105 García Márquez, Gabriel. (1988). *Cien años de soledad*., p.95。

106 皮耶特里：〈雨〉，收於柳鳴九主編：《魔幻現實主義經典小說選》（太原：北岳文藝出版社，1995年），頁365。

歲阿嬤醫生的諄諄教誨,「無論物質生活多麼豐富,若是過著『對任何人都幫不上忙』的生活,是很寂寞的」[107],銀鬚老人顧念孩童玩性正濃,忍耐著貢獻他的鬍子就是讓自己「為誰做點事」的生活,這個複製民間宗教土地公形象的人物,與〈死去活來〉、〈呷鬼的來了〉及《老鼠捧茶請人客》的老人主角一樣,都是展示了一種符合本地文化傳統及反映本土生活習性的魔幻現實的老人書寫。

四 結論

處理黃春明的三篇具神秘色彩的小說,是筆者在魔幻現實主義研究之途的空缺,尤其是析論王禎和八〇年代的小說《老鼠捧茶請人客》,又開啟了臺灣魔幻現實現象的另一扇窗。

藉著德國文藝系統的魔幻現實、拉美魔幻現實主義,以及魔幻現實與幻象的比較,本文覺得定義〈銀鬚上的春天〉、〈死去活來〉和〈呷鬼的來了〉三篇小說各自的魔幻現實手法:〈銀鬚上的春天〉是一篇典型的魔幻現實主義作品,特色在於「接受熟悉事物的反常、使真假事物都有效發生,就如將神奇和魔幻的事物視同日常生活正常的一部分。」〈死去活來〉則是在粉娘從陰府回返的段論,呈現瞭解消生和死、神(人)和鬼二元對立的界線,彷彿「真實與夢幻錯綜交織」,粉娘總覺得兒孫齊聚一堂如夢般存在,或可再加上霍夫曼式的魔幻寫實概念,亦即「經由人物自身的主觀感覺將它們的交替並存表達出來。……小說中的現實世界與想像世界的場景轉換,經常是一種似自然流動的交替狀態下完成」。如此或可解消老、病、死的負面樣態,或者解消用此負面樣態突顯子孫輩不孝的批判框架,而以天降咖啡雨的樂觀面對孤獨和死亡,重思生死永恆的意境。〈呷鬼的來了〉的奇幻元素主要在兩則鬼故事中,一是小羊仿中國志怪小說,編造廟祝及廟的消失不見,另一是石虎伯說的「呷鬼的來了」的故事,因為兩則都是故事,是獨立的存在,

---

107 高橋幸枝:《100歲的我人生不勉強》(臺北:三采文化公司,2017年),頁142。

並不是發生在小羊一行人的旅程或者石虎伯、廟祝的生活，因此，本文嘗試在描寫的技法和鬼魅的元素，勾連魔幻現實主義。換言之，小說利用敘述冥紙與蝴蝶的交相變形，白鷺→火焰→白鷺→紙錢的變形，形構了敘述語法上的魔幻寫實。而鬼故事中的鬼作為魔幻現實和幻象之間的交集，產製的最大意義，在於環境生態的批判，這也是延續自歐洲魔幻寫實繪畫對資本社會的批判，在拉丁美洲強化為反獨裁專制、反封建侵略，追求本土自主的民族精神等所具有的批判精神。[108]

　　基於本文所分析的文本都牽涉到「老人」，筆者從明顯可見魔幻現實手法的《老鼠捧茶請人客》，以體恤、厚道、善良與尊重生命為主導元素，在小說中找尋例證，並藉此建構小說主角阿嬤的形象。透過阿嬤形象以及魔幻現實手法，結論王禎和小說中可能形成的教化力量，以及「生死永恆的回歸力量」，這是解消生死界線所得。其實文學反映現實，以老人為主題的現代文學已有不少成品，只是作品多從社會學的角度浮現問題或進行批判，創作便多採寫實的手法。因此，從王禎和嘗試不一樣的手法之下，我們再回推上述三篇黃春明的小說，或許可以藉由進入魔幻現實的情境，得以對照拉美魔幻現實主義小說亦常出現的「孤獨老人」[109]，不管是本文討論的拉美文本，或者眾所周詳馬奎斯的作品，如《獨裁者的秋天》，孤獨老人折射出獨裁老人的樣貌，是「國」的觀點，這和臺灣在二十世紀老人書寫中，仍在乎家庭、鄰里的關係及互動，著重在「家」的觀點相去甚遠。如是之故，老人書寫的「魔幻現實」，讓我們看到寫作技法的挪用，也看到應用臺灣在地脈絡所突顯的本土化魔幻現實主義。

---

108 陳正芳：《魔幻現實現象主義在台灣》，頁26-28。

109 感謝匿名審查人提出「孤獨老人」之說，筆者得以重新釐清在魔幻現實的情境下，臺灣和拉美老人書寫的差異，由於本文主軸在臺灣小說，且限於篇幅，僅能蜻蜓點水式的比對，期待未來另用篇章處理拉美和臺灣小說中的老人形象。

參考文獻

丁文林：〈魔幻現實主義與超現實主義〉，《未來主義、超現實主義、魔幻現實主義》，臺北：淑馨出版社，1990年。

大衛・洛吉著，李維拉譯：《小說的五十堂課》，臺北：木馬文化事業公司，2006年。

白先勇：〈花蓮風土人物誌——代序〉，收於高全之著：《王禎和的小說世界》，臺北：三民書局，1997年。

皮耶特里：〈雨〉，收於柳鳴九主編：《魔幻現實主義經典小說選》，太原：北岳文藝出版社，1995年。

李海燕：〈宗教的異域，異域的宗教〉，《二十一世紀》（網路版）總第72號，2008年3月，網址：http://www.cuhk.edu.hk/ics/21c/supplem/essay/0801095.htm，瀏覽日期：2021年10月5日。

王禎和：《人生歌王》，臺北：聯合文學出版公司，2005年。

王禎和：《老鼠捧茶請人客》，臺北：遠流出版事業公司，2006年。

李素卿：〈阿根廷虛幻文學的遞嬗〉，《中外文學》第31卷5期，2002年10月。

李瑞騰：〈鄉野的神秘經驗：略論黃春明最近的三個短篇〉，《聯合報》〈聯合副刊〉第37版，1998年12月6日。

林倩君：〈找回失去的亞特蘭提斯：從德國晚期浪漫主義小說《金罐》溯源「魔幻寫實」書寫〉，《師大學報》，2018年9月。

林鎮山：〈榕樹與竹圍——再會黃春明的原鄉婦老〉，收錄於汪寶釵、林鎮山主編：《泥土的滋味：黃春明文學論集》，臺北：聯合文學出版公司，2009年。

柳鳴九主編：《魔幻現實主義經典小說選》，太原：北岳文藝出版社，1995年。

紀大偉：〈都市化的文學風景〉，收於楊澤主編：《狂飆八〇——記錄一個集體發聲的年代》，臺北：時報文化出版公司，1999年。

馬奎斯：〈巨翅老人〉，收於柳鳴九主編：《魔幻現實主義經典小說選》，太原：北岳文藝出版社，1995年。

馬奎斯:〈憶魯佛〉,收於魯佛著,張淑英譯:《佩德羅‧巴拉莫》,臺北:麥田出版社,2012年。

馬奎斯著,楊耐冬譯:《百年孤寂》,臺北:志文出版公司,1984年。

高全之:《王禎和的小說世界》,臺北:三民書局,1997年。

高橋幸枝:《100歲的我人生不勉強》,臺北:三采文化公司,2017。

張淑英:〈生死永恆的回歸〉,收於魯佛著,張淑英譯:《佩德羅‧巴拉莫》,臺北:麥田出版社,2012年。

張淑英:〈專輯弁言──死生如來去,夢幻映真實〉,《中外文學》31卷第5期,2002年10月。

張淑英:〈塵世的哀愁〉,《魯佛》,臺北:光復書局,1991年。

許俊雅:〈戰後台灣小說的階段性變化〉,《台灣文學發展現象:五十年來台灣文學研討會論文集(二)》,臺北:行政院文化建設委員會,1996年。

陳正芳:〈淡化「歷史」的尋根熱──重探大陸新時期小說的魔幻現實主義〉,《中外文學》38卷第3期,2009年9月。

陳正芳:〈魔幻現實主義在台灣小說的本土建構〉,《中外文學》31卷第5期,2002年10月。

陳正芳:〈魔幻現實主義導讀〉,《意識流‧魔幻現實主義》,臺北:行政院文化建設委員會,2010年。

陳正芳:《台灣魔幻現實現象之「本土化」》,臺北:輔仁大學比較文學研究所博士班,2002年。

陳正芳:《魔幻現實現象主義在台灣》,臺北:生活人文出版社,2007年。

陳建忠:〈神秘經驗的啟示與鄉土倫理的復歸:論黃春明小說中的人間、神鬼與自然〉,《台灣文學研究學報》第7期,2008年10月。

陳惠齡:〈對鄉土小說焦距的微調與校準──論黃春明《放生》與鄭清文《天燈‧母親》的後農村書寫〉,《東華人文學報》第14期,2009年1月。

黃春明:〈死去活來〉,《放生》,臺北:聯合文學出版公司,1999年。

黃春明：〈呷鬼的來了〉，《放生》，臺北：聯合文學出版公司，1999年。

黃春明：〈銀鬚上的春天〉，《放生》，臺北：聯合文學出版公司，1999年。

葉石濤：〈再論台灣小說的提升與淨化〉，《文學界》第5期，1983年。

葉曉芬：〈巴爾蒂斯和魔幻寫實風格〉，《雄師美術》294期，1995年8月。

雷蒙・穆迪著，林宏濤譯：《死後的世界》，臺北：商周文化事業公司，2012年。

魯　佛著，張淑英譯：《魯佛》，臺北：光復書局，1991年。

廖淑芳：〈鬼魅、消費與往來——試析黃春明小說中的鬼敘事〉，收錄於汪寶釵、林鎮山主編：《泥土的滋味：黃春明文學論集》，臺北：聯合文學出版公司，2009年。

劉春城：《黃春明前傳》臺北：圓神出版社，1987年。

劉春城：〈我愛・我思・我寫——探訪小說家王禎和〉，《新書月刊》第7期，1984年4月。

潘君茂：〈與神同行：黃春明小說〈銀鬚上的春天〉、〈眾神，聽著！〉中的神祕經驗啟示〉，《有鳳初鳴年刊》第16期，2020年7月。

蔡源煌：《從浪漫主義到後現代主義：文學術語新詮》，臺北：書林出版公司，2009年。

鄭樹森：〈前言〉，收於鄭樹森主編：《八月驕陽》，臺北：洪範書店公司，1988年。

羅伯茲・李亞敦（Roberts Liardon），林孝威譯：《我去過天堂》，臺北市：以琳書房，2013年。

Lutchmansingh, Larry D. 著，王祥芸譯：〈陳福善的魔幻寫實主義〉，《雄師美術》268期，1993年6月。

Bautista Gutierrez, Gloria. "El realismo mágico en La Casa de Los Espíritus". *Discurso Literario: Revista de Temas*. (Asunción, Paraguay). 6:2. Spring. 1989.

Bravo, José Fernando. (1984). *Lo Real Maravilloso: en la Narrativa Latinoamericana Actual*. Lima: Ediciones UNIFE.

García Márquez, Gabriel. (1988). *Cien años de soledad*. Madrid: Espasa-Calpc, S. A. Primera ed. 1967.

Institut Valencia d´Art Modern [etc,] D.L. (1997). *Realismo Mágico: Fraz Roh y la pintura europea 1917-1936*, Valencia: IVAM.

Leal, Luis. "Magical realism in Spanish American Literature." (Zamora and Faris (ed.) *Magical Realism: Theory, History, Community*. Durham & London: Duke University Press. 1995.

Roh, Franz. *Realismo mágico: post expresionismo: problemas de la pintura europea más reciente* (Traducción del alemán por Fernándo Vela). Madrid: Revista de Occidente. 1927

Yates, Donald A.. (ed.) *Otros mundos, otros fuegos : fantasía y realismo mágico en Iberoamérica: memoria del XVI Congreso Internacional de Literatura Iberoamericana*, Michigan State Unversity: Latin America studies center, 1975.

Uslar Pietri, Arturo. *Letras y Hombres de Venezuela*. Caracas: Monte Avila Editores. 1995)

論黃春明《毛毛有話》中兒童視角所隱含的創作意圖*

傅含章**

摘要

　　黃春明《毛毛有話》一書是借用日本小兒科醫生松田道雄所著《我是嬰兒》的構想改寫而成，內容主述一位嬰兒「毛毛」從出生到週歲期間所遭遇的種種問題。由於嬰兒無法用「語言」表達，黃春明便化身成毛毛的代言人，透過一個新生兒的眼光，來看待臺灣社會、家庭中的現實問題，並替毛毛發出不平之鳴；故而本書設定的閱讀對象實是成人，而且最好是初為人父人母者，才能透過此書瞭解嬰兒的內心世界，進而省思成人謬誤的育兒方式，可謂假嬰兒之名行批判成人世界之實。黃春明在書中採用兒童視角中的複調結構，透過兒童和成人視角交織的敘述策略，挖掘出成人世界的弊病，使成人認識自我、審視自我。本文從中分析出《毛毛有話》一書的三種創作意圖，分別是：（一）呈顯嬰兒基本的人性需求、（二）指正父母偏頗的育嬰觀念、（三）反映成人失當的言行舉止。其意旨皆在強調成人應該用心體察嬰兒所需、尊重嬰兒個別差異，進而在家庭關係、社會政策上做更多的努力，以確保孩子健全的生活環境。透過黃春明洗練的文字、幽默的筆法、寫實生動的描述，得以從一嶄新的角度來看待嬰兒，且在童趣盎然、生動詼諧的行文之外，更具有警示社會、教育成人的深層價值。

關鍵詞：黃春明、《毛毛有話》、兒童視角、創作意圖、複調詩學

* 感謝王建國教授於會議中提供寶貴的修正意見，本文部分內容已做修正，在此致上誠摯謝意。
** 國立屏東科技大學通識教育中心副教授。

一 前言

　　《毛毛有話》是黃春明於一九九三年出版的兒童小說，內容主述一位嬰兒「毛毛」從出生到週歲期間所遭遇的種種問題。黃春明在小說序言〈「有話」在先〉說道，以前曾讀過日本著名育兒醫生松田道雄[1]（1908-1998）所著《我是嬰兒》日文版的書，松田道雄因為看不慣當時日本年輕母親把育嬰指南之類的書當成育嬰聖經，所以他嘗試以一個嬰兒從出生到週歲的成長過程，對所遭遇的事的反應化成言語呈現出來。[2]黃春明認為松田道雄借助嬰兒的眼光來看世界的想法很好，於是在徵求松田道雄同意後，便借用其書的構思立意，改寫成符合臺灣環境的《毛毛有話》。由於本書主角是一位嬰兒，相較於許多兒童文學則以學齡階段的孩子為主角，其中最大的差別即在於會說話與否，畢竟幼兒在學會使用語言之前只能用哭、笑等表情或其他肢體動作來表達情緒和想法，但新手父母常因育兒經驗不足而誤解嬰兒的需求，所以黃春明便化身成毛毛的代言人，透過一個新生兒的眼光，來看待臺灣社會、家庭中的現實問題，並替毛毛發出不平之鳴；故而本書設定的閱讀對象實是成人，而且最好是初為人父人母者，才能透過此書瞭解嬰兒的內心世界，進而省思成人謬誤的育兒方式，松田道雄撰寫《我是嬰兒》一書的初衷即在於此，但經黃春明改寫後，《毛毛有話》裡更增添許多臺灣在地事件和社會現象，可謂假嬰兒之名行批判成人世界之實，此亦為黃春明多面相創作意圖之所在。目前有關《毛毛有話》的探討篇章為數不多，期刊部分僅有周聖心〈《毛毛有話》〉（1994）與黃錦珠〈說話之外──讀黃春明《毛毛有話》〉（2010）兩篇，其內容多以書評方式呈現，但皆能指出《毛毛有話》的寫作特色和目的，是本文參照的重要指標。

1　松田道雄教授，日本著名兒科專家。一九○八年生於日本茨城縣，一九三二年畢業於日本京都大學醫學部小兒科專業，卒於一九九八年六月。一生主要著作有《我是嬰兒》、《我兩歲》、《老人和孩子》、《發揮你們的天賦》、《幸運的醫生》、《日本知識分子的思想》等。

2　黃春明：《毛毛有話》（臺北：皇冠文學出版公司，1994年），頁3。

　　一般而言，所謂兒童視角是指：「小說藉助於兒童的眼光或口吻來講述故事，故事的呈現過程具有鮮明的兒童思維的特徵，小說的敘述調子、姿態、結構及心理意識因素都受制於作者所選定的兒童的敘事角度。」[3]換言之，即是用童眼去觀看世界，用童心去感受世界，用童言去講述世界。[4]但因為黃春明所設定的兒童視角是一位「無言」的嬰兒（按：本文的探討實為「嬰兒視角」或「幼兒視角」較妥當，但由於沒有這類專有名詞，故採「兒童視角」的定義為主，並根據嬰兒的情況酌以調整），以致於作者必須介入其中成為一位全知敘事者，除了擇取兒童經驗構成視角以觀察與演繹成人的現實生活之外，也會對成人世界做出是非褒貶與價值判斷，藉以達到針砭社會現況之目的，如W.C.布斯在《小說修辭學》中說：「就小說本性而言，它是作家創造的產物，純粹的不介入只是一種奢望，根本做不到。」[5]此種敘事策略更似於兒童視角中的複調詩學，[6]即在小說中顯現出兩套話語系統：成人與兒童雙重話語的交織，兒童的聲音在敘事中作為顯性構成浮在文本表面，但背後實是成人敘述者的聲音，成人在文本中摹寫的兒童觀察世界的視角，正是隱喻作者自己觀察世界的視角。[7]因此，讀者可以在《毛毛有話》中看到毛毛時而用童稚的口吻敘事，時而用成人的語氣評論，其展現的效果

3　吳曉東、倪文尖、羅崗：〈現代小說研究的詩學視域〉，《中國現代文學研究叢刊》第1期（1999年），頁67。

4　劉耀輝：〈蕭紅兒童視角創作心理分析〉，《河北廣播電視大學學報》第16卷第1期（2011年2月），頁31。

5　W.C.布斯（Booth, Wayne C.）著，華明、胡蘇曉、周憲譯：《小說修辭學》〈譯序〉（北京：北京大學出版社，1989年），頁4。

6　巴赫金（Bakhtin M.M.）：《小說理論》（石家莊市：河北教育出版社，1998年），頁354。「複調」意指有著眾多的各自獨立而互不相融的聲音和意識，由具有充分價值的不同聲音組成真正的複調。「複調小說」是一種全新的小說，多聲部、全面對話的小說，突破獨白型（單旋律）。複調意味的產生源於成人與兒童兩種生命型態的互相投射和置換，成人或在記憶中儲存了童年經驗，或以親歷的姿態力圖靠近這種經驗，並以回憶的方式進入這一詩學狀態。

7　王宜青：〈兒童視角的敘事策略及心理文化內涵〉，《浙江師大學報》（社會科學版）第25卷第4期（2000年），頁21。

誠如王黎君所說：「這種成人敘述與兒童敘述兩種話語系統交織的敘事結構，顯然使敘事文本在充滿內在敘事張力的機理中生成了超越現有文本的他種意義，從而拓寬了敘事的空間。實質上，讀者對這種成年人的聲音也並不討厭。毫無疑問，讀者在兒童敘述者的牽引下，獲得了閱讀中的審美愉悅，但讀者對世界的觀察和認知又是遠遠的超過了兒童的，成年敘述者的評論聲音使他能對兒童敘述者所展示的世界作進一步的思考，將作品的主題引向更深刻的層面。這也是兒童視角所建構的文本的複調意味的又一價值所在。」[8]明確的說，兒童視角的複調結構表達的其實是敘述者的道德立場和對現實人生的當下態度，因此，成人對現實的評論聲音與姿態總是掩飾不住地顯現在兒童敘述中，即使不直接露面，讀者也能感受到小說敘述中的成人情緒。黃春明透過這個視角交織的敘述策略，不僅免去成人說教式的窠臼，同時也達到意圖諷刺現實的藝術效果；本文即嘗試從《毛毛有話》一書中整理出三種創作意圖：（一）呈顯嬰兒基本的人性需求、（二）指正父母偏頗的育嬰觀念、（三）反映成人失當的言行舉止，希望藉由如是探討，可以呈現本書在童趣盎然、生動幽默的行文之外，更具有警示社會、教育成人的深層價值。

二　呈顯嬰兒基本的人性需求

美國心理學家亞伯拉罕‧馬斯洛（Abraham H. Maslow, 1908-1970）曾提出知名的「需求層級理論」，認為人類動機的發展和需求的滿足有密切關係，需求層次有高低的不同，低層的需求是生理需求，向上依次是安全、愛與歸屬、尊重和自我實現的需求。進一步說，人類唯有先滿足生理性的飢餓需求，才會依序出現其他較高階的需求，如若不然，人類就會被生理需求所支配，意識幾乎被飢餓佔滿，所有能力都被用於解決飢餓，其他需求儼然不

8　王黎君：〈兒童視角的敘事學意義〉，《紹興文理學院學報》第24卷第2期（2004年4月），頁54。

存在或退居幕後。[9] 而這個需求理論在嬰兒身上更能精準地體現出來，因為《毛毛有話》中的主角毛毛被設定在○至一歲的生長期程，所以即便毛毛體內裝著「黃春明」的靈魂代言者，但他的身體畢竟還是一位貨真價實的嬰兒，需要有吃飽睡好、安全感與愛的基本需求才能健全成長，否則只能採取啼哭模式來表達其不滿，本節便借用馬斯洛的「生理需求」、「安全需求」和「愛的需求」概念來加以說明。

（一）生理需求的滿足

當新生兒初來乍到這個世界，即有所謂的覓食反射、吸吮反射和吞嚥反射動作，[10] 因為他們有強烈的進食本能，所以若在飢餓時無法獲得滿足，造成嬰兒生理和情緒不佳，將會直接影響到良好作息的養成，如在〈媽媽的奶水〉一文中所述：

> 其實那樣的寶寶可能有點神經質，也許他真的是沒有吃飽奶水吧。這種寶寶通常他稍吃一些奶水，便覺得心滿意足的呼呼入睡，等肚子裡那一點點奶水消化了，肚子餓了，就難過得醒來哇哇哭叫。一開始哭叫便發脾氣，這時把奶塞進他的嘴裡，他不要了，本來肚子餓就難受，又要用力哭，那肚子餓得更厲害，肚子更難受，哭得不停，白天哭，夜裡哭。[11]

毛毛出生後和媽媽一起待在月子中心，所以常聽到左鄰右舍的「同類」

9　亞伯拉罕・馬斯洛（Abraham H. Maslow）著，梁永安譯：《動機與人格：馬斯洛的心理學講堂》（臺北：商周文化事業公司，2020年），頁38。

10　「覓食反射負責引導嬰兒把嘴轉向碰到嘴角或臉頰的奶頭（不論是媽媽的乳房或奶瓶的乳頭）。接下來的就是吸吮反射，使嬰兒立刻把奶頭放入嘴巴裡並吸吮起來，而塞滿奶水的嘴巴就會引發吞食的反射動作。」Kyra Karmiloff、Annette Karmiloff-Amith原著，黃又青譯：《聽，寶寶在說話》（臺北：信誼基金出版社，2000年），頁42。

11　黃春明：《毛毛有話》，頁14。

情況，他描述隔鄰剛出生不久的「小老弟」因為個性關係，吃奶過程不甚順利，連帶影響其他房間的安寧，並藉由成人的口吻，說明對方肚子餓兼發脾氣的「慘況」，有趣的是，現實中的成人們反而搞不清楚隔壁嬰兒哭泣的緣由，以為是母親奶水不足或孩子生性愛哭，唯有毛毛用一種全知視角來敘述實況，只可惜無法傳達給成人知曉。

　　肚子餓對嬰兒來說是頭等大事，但對成人來說，有時反而將嬰兒飢餓當作是行為改變技術的方式，例如在〈機器媽媽〉一文中，由於毛毛吸奶太用力，導致媽媽乳頭破裂得了乳腺炎，媽媽只好先用奶粉作為替代食物，但吃慣奶水的毛毛對於奶粉的味道和人工化學做的奶嘴無法適應，媽媽只好使出手段：「原來是每隔四個鐘頭餵一次奶，現在時間到了也不給，讓我一直到餓慌了，張口大哭的時候，就把奶瓶塞到我的口裡。人窮志短，什麼怪味，都沒有餓肚子來得難受，管他是奶粉泡，咕嚕咕嚕喝下肚了。有一次，奶嘴滑掉了，我還急得哭出來，媽媽把它放到我的嘴裡，我立刻繼續的吃，不一下子的工夫全給吃光了。」[12]作者的聲音接著還跳出來對此揶揄了一番：「沒想到媽媽竟然應用史金納普，這位行為主義心理學大師的理論，讓我輕易的就範。我知道媽媽壓根兒就不知道誰是史金納普，更不用談什麼行為主義心理學。利用人性弱點，人類自古就懂。……人的行為，追溯到原點，只是反應，而不是思考。太可怕了，人到了這種地步，人還算人嗎？」[13]由此可知，人類的生理需求凌駕於所有其他需求之上，只要能填飽肚子，人的自尊、喜好皆可拋，成人尚且如此，具生物本能的嬰兒更是如此。誠如馬斯洛所說：

> 對極度飢餓的人來說，除了食物沒有其他事引得起他興趣。他心心念念都是吃的，做夢夢見食物，腦袋裡也都是食物。一般來說，即使是驅動吃喝和性行為的生理驅力也會融入更細微的決定因素，但這時它

---

12 黃春明：《毛毛有話》，頁47-48。
13 黃春明：《毛毛有話》，頁48。

們全部被壓倒，我們看到了純粹的飢餓驅力和行為——唯一目標是解
除飢餓。[14]

雖說母乳哺餵是最天然、營養，又最能感受媽媽關愛的方式，[15]但在媽
媽乳頭受傷、身體不適的情況下，毛毛為了順從「活下去」的欲望，身體也
不得不做出妥協。這段內容同時也呈現了明顯的複調敘事，因為一位嬰兒自
然不懂何謂史金納普（Burrhus Frederic Skinner，常譯為史金納）、何謂行為
主義心理學，此皆出於黃春明自身的認知，但在雙重話語交織敘述下，讀者
不僅可以感受到毛毛因肚子餓被迫接受奶粉的無奈，亦可理解作者黃春明對
此事的看法和評論，就現實意義上隱含著某種諷諭功能。

（二）安全感與愛的渴望

一旦生理需求獲得相當的滿足，就會出現「安全需求」；而一旦生理需
求和安全需求獲得滿足，「愛的需求」就會接連浮現；[16]這樣的需求層次同
時也體現在嬰兒毛毛身上。所謂「安全需求」，意指「一種對安全、穩定、
可靠、保護的需求，免於恐懼、焦慮和失序的需求，對結構、秩序、規則和
限制的需求，被保護的需求。」[17]對剛出生的嬰兒來說，除了滿足口腹之欲
外，最重要的就是睡眠品質，研究顯示嬰兒最好每天睡十六至十九小時才足
夠，睡眠時間並隨著年齡漸長遞減，[18]因此，父母為嬰兒提供自在、溫暖而

---

14 亞伯拉罕・馬斯洛（Abraham H. Maslow）著，梁永安譯：《動機與人格：馬斯洛的心
　　理學講堂》，頁38。
15 黃天中：《幼兒心理學》（臺北：臺灣東華書局公司，1991年），頁95-96。
16 亞伯拉罕・馬斯洛（Abraham H. Maslow）著，梁永安譯：《動機與人格：馬斯洛的心
　　理學講堂》，頁40、43。
17 亞伯拉罕・馬斯洛（Abraham H. Maslow）著，梁永安譯：《動機與人格：馬斯洛的心
　　理學講堂》，頁40。
18 李察・伍夫森（Richard Woolfson）著，王淑玫譯：《親愛的小寶貝在想什麼？》（臺
　　北：新手父母出版社，2007年），頁43。

舒適的環境相當重要。由於嬰兒可以區分聲音模式，如大小音、高低音，[19] 導致他對環境四周的音量大小相當敏感，故事中的毛毛就不只一次抗議環境的吵雜嚴重影響他的睡眠和健康，像是〈產科醫院〉中護士沉重的腳步聲、窗外的叫賣車聲音、親朋好友來訪的祝賀聲和護士們的喋喋不休等，都讓甫出生的毛毛不堪其擾；還有〈社區公寓〉中說道由於國民住宅隔音效果不佳，所以早上是樓上樓下此起彼落的收音機聲音，晚上是左鄰右舍電視、練鋼琴、吊嗓子和打牌的聲音，弄得毛毛不得不變成「夜哭郎」，甚至還成為鄰居抗議的原因：

> 由於夜裡嘈雜，我的生活方式成了陰陽顛倒，白天睡覺，晚上睜眼聽麻將。正當我肚子覺得餓，想吃奶的時候，也是媽媽他們睡得最熟的時候。每次都要我哭個半天，才能吵醒他們換幾口奶吃吃。這樣的環境，養成夜哭的習慣。沒想到，有一天晚上樓上的太太，竟然來敲門，要媽媽好好哄小孩，免得吵醒別人睡覺。[20]

雖說嬰兒啼哭的原因不一而足，例如病痛、孤單、飢餓、無聊、疲累或身體不舒服等感受，[21] 都是透過哭泣和肢體語言來表達，但事出必有因，毛毛的夜哭即是嚴重受到外界噪音的干擾所致，對嬰兒來說，固定作息會讓他們有安全感，但穩定而持續的作息需要配合安靜的空間才做得到，毛毛埋怨鄰居們無法提供安穩睡眠的條件，反而苛責自己的哭鬧，故而藉作者之口發出委屈的抗議之聲。

安全感同時還包含對身體健康的要求，新生兒的抵抗力較弱，因此衛生清潔的細節不能忽視，過去人們對衛生習慣的要求不若現今重視，所以《毛毛有話》一書便常以醫學的角度來教育讀者，例如：

---

19 李察・伍夫森（Richard Woolfson）著，王淑玫譯：《親愛的小寶貝在想什麼？》，頁24。
20 黃春明：《毛毛有話》，頁21。
21 李察・伍夫森（Richard Woolfson）著，王淑玫譯：《親愛的小寶貝在想什麼？》，頁37。

還有一位親戚也是值得介紹，他是我的大舅子。他抱著我竟然衝著我
的臉打噴嚏。要是噴嚏帶病菌的話，叫我怎麼辦呢？剛出生的嬰兒患
感冒，是很容易得肺炎的。我家的保姆是前幾天媽媽的朋友介紹來照
顧我們母子的。她對我們真不錯，做事也勤快。但是美中不足的是，
她對於護理上該注意的清潔衛生漠不關心。在媽媽的奶水還沒脹滿之
前，她捻一團脫脂棉花，去蘸盛在杯子裡的什麼葡萄糖水，然後放在
我的口裡讓我嘰嘰地吸個飽。還不斷地稱讚我乖。可是糖水的味道固
然不錯，我喜歡多吸一些，連附著老媽子指頭上的髒東西，都給我吸
到肚子裡面去了。要是老媽子的手指頭帶有赤痢的病菌的話，那真不
堪設想。[22]

　　由於《毛毛有話》是黃春明改寫松田道雄的作品而來，而松田道雄本來
就是以小兒科醫生的身分來教導新手爸媽，以至於書中出現的醫學名稱或嬰
幼兒常見疾病，皆出於醫生的口吻，換言之，成人的敘事視角除了黃春明本
人之外，還包含松田道雄的影子，更增添了本書複調結構的豐富性。據上文
所述，其實無論是「肺炎」還是「赤痢」，皆可通過良好的衛生習慣來加以
避免，但若照顧者對此輕忽不重視，就會成為嬰兒健康的一大隱憂。

　　此外，嬰兒在身心不適的情況下也容易缺乏安全感，就像在〈當小明星
去〉一文中，由於廣告公司無意間相中毛毛外型，想讓他擔任「天使牌奶
粉」的形象大使，毛毛的爸媽懷著星爸星媽的夢想，滿心期待地帶毛毛試
鏡，但基於對陌生人的警覺心，毛毛一直不願意跟飾演他媽媽的女明星配
合，原因是：「首先是被她的香水矇騙了，後來香水的香味淡化，壓不住夜
來的狐臭，這味道叫我不安，我們嬰兒一不安，就是要媽媽。我們要媽媽抱
在懷裡，聞到媽媽的那一股體味，還要聞到媽媽的那一連串均勻的心跳，我
們才會心安。」[23]又好比〈夜哭郎〉中因為爸爸的疏忽，讓毛毛差點誤吞了

22　黃春明：《毛毛有話》，頁14。
23　黃春明：《毛毛有話》，頁123。

三個硬幣,雖然硬幣沒吞下,但媽媽當時緊張地將毛毛倒吊起來、試圖將硬幣倒出來的行為嚇壞了他,因而後續引發嚴重的夜哭:「經過這個倒吊事件之後,到了夜裡總覺得惶惶不安。在睡夢中,媽媽的那一聲驚慌的尖叫,隨即我被提起來倒吊的情形,一再重演。我害怕,所以我在睡夢中大哭。」[24]
上述事件皆為嬰兒的正常反應,前者是因為嬰兒在六個月大開始會對不熟悉的人表現出拒絕和警覺,若強迫他去接近陌生人或新環境即會感到憂慮不安;[25]後者則是因為遭受強烈驚嚇導致嬰兒做惡夢和夜哭的情形,[26]此時只要父母耐心安撫、陪伴,並嘗試找出消除嬰兒緊張焦慮的原因,才能讓嬰兒重獲安全感的滿足。

對嬰兒來說,愛的需求亦必不可少,毛毛的爸媽雖然很愛毛毛,在照顧上大抵盡心盡力,但小家庭生活難免有紛爭,毛毛即不只一次控訴被爸媽情緒波及的痛苦:

> 做為家庭的一員,特別是有嬰兒的家庭,大人的這種互為體諒是非常重要。要不然動不動就引起家庭裡的大小風暴,當事人以為只有他好幾天不愉快,其實不要以為我們嬰兒混混沌沌,什麼都不知道。我們嬰兒天生敏感;敏銳的收集著四周的訊息。當他感到不安的時候,換一隻出生的小動物,或是小蟲子,牠早就逃開或是求救。我們人類的幼小生命也一樣有這種本能,只是他是高等動物,他一出生不能馬上獨立,無法馬上逃離不安的環境,因此只好在原地,埃不安激起他焦灼,環境和條件沒改變,長久的焦灼就傷害了人格發展,性格上的形成也產生偏向。[27]

---

24 黃春明:《毛毛有話》,頁188。

25 Kyra Karmiloff、Annette Karmiloff-Amith原著,黃又青譯:《聽,寶寶在說話》,頁65。

26 李察・伍夫森(Richard Woolfson)著,王淑玫譯:《親愛的小寶貝在想什麼?》,頁48-49。

27 黃春明:《毛毛有話》,頁127-128。

　　此種說法正好符合馬斯洛的理論:「愛的需求包括付出愛和接受愛,若這種需求未獲滿足,一個人會強烈感覺自己缺少朋友、伴侶或兒女。……此刻他只強烈感受到孤單、被拒絕、沒有朋友和失根的痛苦。」[28]與人建立關係是嬰兒發展的重要部分,而父母和嬰兒所建立的第一個關係能夠使他在內心建立起這個社會的運作模式,然後反過來幫助他找到自己在環境裡的地位,[29]因此,唯有在愛的環境、與父母互動親密下成長的孩子,未來才能有健康的身心發展,反之則會導致長期的不良後果。但小說中也點出對孩子不能過度溺愛,像在〈奶奶愛我〉一文中,敘述毛毛首次回鄉下奶奶家,奶奶對他疼愛有加,時刻抱著毛毛,沒想到此舉引起四歲堂姊惠貞的醋意,時而爭寵時而「暗算」毛毛,原因即是:「弟弟還沒出生,全家人寵她一個。特別是奶奶太疼她了,在她的想法,她是獨一無二的。環境對她的愛太過分了,使她失去愛別人的快樂。」[30]作者連帶揭示了許多照顧者因為過度溺愛,有時反而會阻礙孩子健全人格發展的現況,過猶不及都不妥,這點堪為現代父母的警示。

　　承上所述,《毛毛有話》透過毛毛之眼、黃春明之口(兼含松田道雄之醫學常識),清楚呈顯一位新生兒的本能、需求與渴望,嬰兒初始需要的,僅僅是在生理、安全感和愛上面的需求,然而這些有時卻是成人容易忽略或無暇顧及的,由於嬰兒還是得依賴本能性的聲音、表情以及各種肢體動作來表情達意,這些對嬰兒來說或許並不太困難,困難的反而是大人,大人已經習慣語言文字的媒介系統來溝通,因此在面對無法使用語言的嬰兒時,更需要用心、仔細地去體察嬰兒的需求,才不致因誤解或漠視嬰兒的心聲而造成日後的傷害。

---

28 亞伯拉罕・馬斯洛(Abraham H. Maslow)著,梁永安譯:《動機與人格:馬斯洛的心理學講堂》,頁43。

29 Kyra Karmiloff,Annette Karmiloff-Amith原著,黃又青譯:《聽,寶寶在說話》,頁56-57。

30 黃春明:《毛毛有話》,頁63。

三 指正父母偏頗的育嬰觀念

前文已述及,《毛毛有話》改寫自松田道雄的《我是嬰兒》,而松田道雄的撰寫初衷即源自於希望指正新手父母盲從「育嬰指導」一類書籍的偏頗觀念;做為新生兒的父母親,因為育嬰常識和經驗的不足,只好倚靠育嬰指南或親朋好友的建議,導致常犯下道聽塗說、自作聰明或不求甚解的通病,實際上,用心的父母親不僅僅是閱讀育嬰書籍或聽信專家、老經驗等權威人士的說法,更要努力察言觀色,學習觀察嬰兒的反應,判斷嬰兒的需求,並且順應嬰兒的真正所需,[31]才能貼近嬰兒的心聲,否則對於弱勢無言的嬰兒們,在缺乏足夠的關注與了解下,往往會被成人自以為是的心態所傷,更甚者還有可能危及嬰兒性命;有基於此,透過毛毛的兒童視角、和黃春明幽默輕鬆的行文方式,來打破新手父母盲從權威的迷思,締造嬰兒們的福音,乃是本書最重要的創作意圖之一。

(一)育嬰書籍的盲點

常言道:「老大照書養,老二照豬養」,由於主角毛毛是家中第一個孩子,所以媽媽即奉行「照書養」的理念,將一本「育嬰指南」讀得滾瓜爛熟,並將書中指示作為毛毛生活起居的藍本,舉凡泡牛奶的分量溫度、如何應付嬰兒心理、如何選擇嬰兒玩具等,書中都有科學根據;平心而論,「育嬰指南」的存在並非沒有益處,它不僅代表著父母對待新生兒的謹慎之心,也為新手父母提供一套有跡可循的育兒方法。然而,很多父母的癥結在於只是一味遵循書中理論,反而忽略孩子的個別發展,如此便會有適得其反的效果。舉例言之,〈豈敢消夜〉和〈量體重〉文中皆描述道,當毛毛的食量逐日增加,平時的奶量已無法滿足其食慾,但當他晚上因飢餓啼哭時,媽媽卻執意遵從育嬰指南所說夜裡不可餵奶,否則影響消化,堅持不給毛毛止饑,

---

31 黃錦珠:〈說話之外——讀黃春明《毛毛有話》〉,《文訊》第299期(2010年9月),頁135。

過程中不但讓毛毛吃盡苦頭，也讓夫妻倆因毛毛的夜哭而傷透腦筋，毛毛自身也是萬般無奈，只好通過作者代為發言：

> 人權鬥士金恩博士說，自力救濟的聲音是長期被忽視的群眾聲音。我贊成這樣的說法。幾天前我的食量加大的時候，到了半夜肚子就唱空城。我為了表達我的處境哭幾下，卻沒人重視我實質的問題；還嫌我煩，連他們失眠的痛苦，都怪罪到我身上。我是一個嬰兒，我只能用本能的哭叫，來做為我自力救濟的手段。……每個晚上，只要肚子不能吃飽，我照哭不誤。可憐的媽媽，對問題的認識被誤導之後，她自然偏離了主題，往不關緊要方面的細節去想；她以為晚上的燈太亮了，由燈光的刺激使我不能一覺到天明。她去換了一個小燈泡。另外還規定爸爸在我醒來時不許嚕嗦。但是，無論媽媽限制水分也好，換裝小燈泡也好，或是用最柔和的歌聲唱搖籃曲也好，我沒有達到我真正該獲得的權利，我的自力救濟行動還是不罷休；我還是沒停止半夜裡的哭泣。[32]

嬰兒的自力救濟方式無法言說，唯有哭叫，此刻倘若碰到沒有耐心、不懂觀察的父母，嬰兒的處境勢必更加可憐。毛毛的媽媽雖然用心良苦，但努力的方向錯誤，想盡其他辦法哄毛毛入睡不僅成效不彰，也造成夫妻爭論，此即誤信權威、缺乏變通之結果，好在後來經過一位經驗豐富的老醫生訓示，媽媽不得不妥協，饑餓夜哭事件才終告結束，此事便揭示了育嬰書籍的偏頗與盲點：「把所有嬰兒都看成同一個人來養育」[33]是錯誤的觀念；養育孩子實不應拘泥一種方式，需視個別情況做調整，如黃春明借毛毛之口呼籲：「育嬰指南上面說的事，如果違背了嬰兒的需要，它的價值在哪裡呢？用最適合自己的嬰兒的方法，使小孩子充滿活力，快樂的長大，這才是最好

---

32 黃春明：《毛毛有話》，頁96-98。

33 黃春明：《毛毛有話》，頁89。

的育嬰方法。」[34]

不過經此一事，即便書中所言未必適用於所有嬰兒，毛毛媽媽依然不放棄遵從書籍的說法，畢竟在缺乏育嬰經驗的情況下，育嬰指南總是讓人有所依循，像是在〈尿布套〉中提到不能孩子一哭就馬上抱，否則會「變成嬰兒向母親勒索的手段」[35]；或是〈斷奶食譜〉中有關斷奶食品在食材和比例調配上的建議等。但媽媽實際按步驟做出來的口味，卻讓毛毛難以接受：

> 我可能有爸爸的遺傳，喜歡吃鹹的。一般人都以為嬰兒都是愛吃甜的。錯了！有愛吃甜，也有愛吃鹹的。像我，就跟大人一樣。有些大人食量大，有人食量小。嬰兒也是人啊！一樣有食量大小的差別。不把嬰兒當人看待，是大人的本位思想在作祟。我愛吃鹹的，這有什麼稀奇？[36]

由於斷奶食品被製成偏甜的糊狀物，基於對個人喜好的堅持，所以當媽媽強制餵食時，毛毛始終頑強抵抗，媽媽最終也只好屈服；就在父母為斷奶問題爭執時，幸好一位生養過八個孩子的姨媽順道拜訪毛毛家，當她翻閱媽媽崇尚的育嬰指南後，道出這些書籍背後撰寫的內幕：「這本書，一定是一些年輕小伙子，連結婚都還沒結，嬰兒都沒碰過的人寫的。我就認識這個一些人，不過他們出版的是另一本，叫什麼育嬰寶鑑，或是……我記不清了。就是這一類的書。幾個人拼拼湊湊寫一兩本書，就登記出版公司。這怎麼行呢？這些光棍，好大的膽子，居然敢談些什麼育嬰。對這些人最好的懲罰，就是讓他們趕快結婚生小孩，看他們為自己的嬰兒怎麼手忙腳亂心慌。像我這樣養七八個孩子的人，才不做這麼麻煩的替代食物哪！」[37]由於姨媽身分是花蓮縣議員，平日見多識廣，加上本身育嬰經驗豐富，自然較育嬰書籍更

---

34 黃春明：《毛毛有話》，頁101。

35 黃春明：《毛毛有話》，頁102。

36 黃春明：《毛毛有話》，頁143。

37 黃春明：《毛毛有話》，頁151。

具說服力；姨媽更點出某些書籍只是拼湊成書，內容並未經過嚴謹的審核，作者群也未必具備貼近現實的育嬰知識，所以新手父母若執意「照書養」，不僅找不到問題的癥結，亦平白增添自己的困擾；對毛毛而言，姨媽所代表「上一代」的觀念，不靠科學靠經驗說話，反而更符合嬰兒真實的心聲。

　　不過，依賴科學數據的不僅止於新手父母，有時連醫護人員也會無視嬰兒的個別性，而看重育嬰手冊上的平均數據，例如〈養神豬〉一文說道媽媽帶毛毛去社區的嬰兒保健所做例行檢查時，護士只因毛毛體重沒達到平均值，就擅自認為媽媽沒有給予孩子充分的營養，不僅拿「斷奶必讀」的印刷品給媽媽參考，還指著診間另一位胖寶寶當範本，讓毛毛深感受辱：「嬰兒的健康檢查，要是忽視嬰兒的活力，那是形式而不務實際的檢查。如果醫護人員一看嬰兒的臉，就問他的月齡，然後說幾個月就應該有多少的體重。說實話，這種健康檢察根本就不用專業人員來做，甚至於由機器就可以取代了。」[38]實際上，依照一般成長數據來檢視嬰兒並無大礙，只是書籍內容通常都是取其平均值，所以只能做為參考，不應奉為圭臬；像毛毛因為活力旺盛，以致吃下去的營養快速消耗，體重自然不若其他嬰兒來得重，醫護人員應將孩子的活動力一併考量進去，才不會讓媽媽蒙上照顧不周的冤屈。作者亦藉此事呈現「嬰兒肥胖」的問題：「目前，胖小孩特別的多，可能那些孩子的媽媽們，是根據體重來做健康的尺度；重量不夠的，就讓小孩子多吃。要這樣的話，那不簡單？回鄉下去問老人家怎麼養神豬豬公就好了。」[39]道出許多家長深怕孩子營養不夠，將體重視為衡量嬰兒健康的迷思；是以黃春明借毛毛之口大聲疾呼：「固然養育嬰兒也需要合乎科學，其科學性應該是包括嬰兒的個別條件；例如體質和個性才對。」[40]主要在提醒為人父母者，要盡量用心體會嬰兒的個別差異和不同需求，不要盲從權威或追趕流行，才能正確解讀孩子的想法，也才能讓自身的育兒之路較為順遂。

38　黃春明：《毛毛有話》，頁174。
39　黃春明：《毛毛有話》，頁174。
40　黃春明：《毛毛有話》，頁89。

（二）道聽塗說的危害

面對育嬰種種疑難雜症的新手父母，在養育經驗不足和諮詢對象有限的情況下，除了盲從育嬰書籍外，有時不免也會誤信道聽塗說而害事。《毛毛有話》一書中就有一位總愛充當內行，虛張聲勢的鄰居──樓下奧巴桑，她的每次出場總會弄得毛毛一家人寢食難安、雞犬不寧。例如在〈大驚小怪〉一文中，當舅舅在抱毛毛時，毛毛因喝奶過多而呈噴泉式吐奶，當場嚇壞舅舅和媽媽，此時恰好碰到樓下好為人師的奧巴桑，她劈頭就說這是嬰兒的「腳氣病」，還說「吐奶和綠色大便就是嬰兒腳氣病的症狀」，勸媽媽帶毛毛去打針，讓毛毛忍不住吐槽道：

> 我們嬰兒胃口好的時候，常常會多吃一些。特別是吃母乳，它是裝在肉袋子裡，看不出嬰兒吃多少。當母親的心理，只要看嬰兒能吃，高興都來不及，怎麼會去阻止他多吃？把多吃的奶水吐出來，對嬰兒來說，減輕小胃袋的負擔，可輕鬆多了。[41]
> 其實嬰兒腸子裡的排泄物本來就是綠的，吃母乳的嬰兒，腸仔的排泄物呈綠色，或是參雜白色粒子，都是生理自然現象。不相信的話，挨家去問吃母乳的嬰兒的排泄物就知道。相信黃色黨固然有之，但是綠色黨也不在少數，可以平分秋色分庭抗禮的。[42]

毛毛所言即透露出作者的醫學專業知識：「吐奶」部分，其實嬰兒在出生後的幾個月裡，都會發生吐奶現象，一般而言並非消化不良，通常是由於奶吃得過多，或是吸入過多空氣引起的，若嬰兒體重增加的速度正常，精神與活力也沒問題的話，是不需要太擔心的；「排泄」部分，嬰兒大便顏色從淡黃色到橘黃色都有，偶而呈綠色並有凝塊，綠色是因為膽汁沒有時間由綠

---

41 黃春明：《毛毛有話》，頁42。
42 黃春明：《毛毛有話》，頁44。

變黃，凝塊則為牛奶的凝乳經過消化道沒有被消化之故。[43]由於本書的前身作者即是小兒科醫生，因此在提到有關嬰兒的生理問題時，黃春明就沿用松田道雄的醫學口吻來說明以增強說服力。

前文提到的飢餓夜哭事件，這位奧巴桑也曾加入幫兇的行列，當媽媽不讓毛毛半夜喝奶卻又因毛毛夜哭而操心時，奧巴桑還為媽媽的錯誤做法助陣：「千萬不要在半夜給小孩子餵奶。這還得了，一養成習慣，你每天晚上都給起來一次。小孩子從小就得養成好習慣，有規律，不然一哭就有奶吃，他就會被你們寵壞。我養了四個孩子，他們都長大了，他們沒有一個是在夜裡吃奶的。」[44]奧巴桑仗勢自己孩子多、經驗足，深信平時家教嚴格的話，半夜裡啼哭的「惡習」是可以矯正過來的；另外還有斷奶事件，奧巴桑在毛毛六個月時主動跟媽媽建議應該要斷奶，同時也把斷奶的成敗說得煞有其事，媽媽才緊張地著手斷奶食品的製作，只可惜後來不合毛毛口味，母子倆還因此僵持一段時間。奧巴桑諸如此類的言行常讓毛毛哭笑不得，究其原因在於：

> 為什麼她總是要發表這種怪論呢？年歲大的人，如果不吸收一些新知識，自然會感到一股壓力在淘汰他們。他們為了要證明自己，仍然有價值的時候，就把自己所知道的，不管合不合時宜，一味推銷給人家。最能達到他們的目的的對象，就是像我媽媽這種沒做過媽媽的人。我媽媽一下子就陷入依賴別人經驗的陷阱。[45]

此番說法堪為所有成人的借鏡：身為新手父母，遇到不懂的育兒難題，最好還是請教具備專業知識的兒科醫生，即便某些人可以提供過來人經驗，但未必都是正確無誤，不能完全奉為金科玉律，甚至造成育嬰生活的困擾；而身為生養過孩子的過來人，也不宜將自身經驗強制套在別家孩子身上，每個家庭都有適合自己的育兒方式，何況關於嬰兒的發育、疾病、護理和教養

---

43 黃天中：《幼兒心理學》，頁135-136。

44 黃春明：《毛毛有話》，頁94。

45 黃春明：《毛毛有話》，頁140。

等知識，仍隨時代進步持續更新作法，若一味教導別人遵循傳統方法而不接收新知，不慎讓對方造成傷害則難辭其咎。

除了倚老賣老的奧巴桑外，書中還提到自行其是的「宜蘭縣環保聯盟的會友」，他們身為毛毛爸媽的朋友，力勸不能給孩子用紙尿褲，說紙尿褲是化學纖維，丟棄後不會爛掉，在國外已造成很大的公害，為了環保，便強調嬰兒包尿布套的正確性。然而尿布套因為材質不漏尿，導致嬰兒尿液包在裡面不透氣，而嬰兒的皮膚面較成人柔嫩細薄，皮膚的抵抗力較弱，容易受到各種物理、化學因素的刺激，而尿液中的尿素含有阿摩尼亞，會刺激皮膚，進而造成濕疹。[46]毛毛形容就像在「坐水牢」一樣難受，他曾用哭聲訴苦多次仍未果，直到他的屁股、髖骨間都發紅發爛，長滿痱子時，爸媽才認知到尿布套之不妥，無怪乎毛毛抗議：「自私的大人諸公啊！特別是製造尿布套公司的董事長、總經理，以及你們的夫人。你們自己先做幾件大的試試看。在大熱天裡，在不通風的公寓房間裡，下半身緊緊地包一層貴公司榮譽出品的玩意兒，到底是什麼滋味？」[47]此事亦透露成人一廂情願的價值觀，環保固然重要，但並非一定要執著於尿布套一事上，畢竟造成嬰兒身心不適，受難的還是「有苦難言」的嬰兒。

綜上所述，讀者再次感受到在這種複調敘事的結構中，作者所代表成年敘述者的話語總是帶有分析、評論甚至反諷的意味，其意圖即是在指正新手父母偏頗的育嬰觀念。不少父母容易受到種種成見、習性、心態的束縛，而不願意仔細聆聽嬰兒們的心聲，乃至人云亦云、盲從權威，造成嬰兒的表達方式無法被正確解讀；但嬰兒即便無力又無助，卻絕非無知或無能，而是一個擁有寶貴生命的獨立個體，他們的習慣不同、喜好不同、性格不同，身為父母應該細心觀察，尊重嬰兒們的個別差異，肯定並接受他們南轅北轍的不同需求，也包括尊重他們的表達方式，誠如黃錦珠所說：「大人們如果學會尊重嬰兒，同時也就學會了尊重弱勢與異己，這對現代社會來說，是一項多

---

46 趙凡誼、陳舜陞、宋秀恩編：《寶寶的第一年》（臺北：媽媽生活文化事業公司，1998年），頁100。

47 黃春明：《毛毛有話》，頁106。

麼需要的態度呀！……只要用心，大人們可以從嬰兒身上學習到的，其實遠
比給予得要多得多。」[48]此說不啻為《毛毛有話》這本書的核心理念。

四　反映成人失當的言行舉止

　　《毛毛有話》成書的初衷，即是幫弱勢的嬰兒代為發聲，由於成人在對
待嬰兒時常展現絕對的權力控制，倘若養育方式失當或錯誤，嬰兒就成了最
無辜的犧牲者，如同毛毛說過：「所謂的大人，是一種最自私的種族。他們
看小嬰兒沒有發言能力，氣勢凌人，一點也不重視我們的人權，還加以踐
躪。」[49]或許多數成人的出發點是為了孩子好，但因為讀不懂嬰兒的表達，
以致於輕忽或誤解孩子的真正需求，反而導致事與願違的結果，前文的「尿
布套事件」和「饑餓夜哭事件」皆是如此。從對待嬰兒的不當方式，到盲從
誤信的行為表現與心態，處處引人省思，也處處碰觸到當今社會的許多積
習、弊端。也許，從大人如何對待嬰兒，更容易看出社會問題的根源所在。
黃春明在本書中即透過毛毛之口，道出成人世界所隱含的諸多複雜問題，以
及這些隱憂對嬰兒所造成的不當影響。

（一）隱含的社會問題

　　在〈青春痘？〉和〈停止打針〉內容中，還不到五個月的毛毛得了滲出
性體質的濕疹，但因為是初次發現，難免引起爸媽緊張，一開始去看皮膚科
時，皮膚科醫生認為是新房子裡的濕氣所引起，並採用塗藥和打針方式治
療，而且還是「每天打針」，這對毛毛來說無非是「虐待嬰兒」的行為，此
舉不僅讓他夜夜驚醒啼哭，身上的濕疹還益發嚴重；後來再去看產科醫院附
設的小兒科時，兒科醫生說明這是體質所致，無須浪費金錢和時間治療，只

---

48 黃錦珠：〈說話之外——讀黃春明《毛毛有話》〉，《文訊》第299期，頁135。

49 黃春明：《毛毛有話》，頁104-105。

要注意嬰兒的衛生條件，六個月到九個月便會逐漸痊癒，根本不用打針和敷藥，還說：「很多醫生叫人使用副腎皮質賀爾蒙藥膏，可是一停止使用就恢復原狀。」[50]事後毛毛也順利康復，可見唯有找出身體的癥結點，才能夠對症下藥，而非一味強調實質的治療形式；這個問題也在〈不吐不快〉和〈觀察家〉中呈現，毛毛有次感冒鼻塞，媽媽就近找了一間診所，但裡面的年輕醫生不僅主張每天打針治療，還建議暫時不要讓孩子洗澡和出門，對此毛毛忍不住埋怨道：「讓我洗澡，到外面吸取新鮮空氣，多鍛鍊皮膚和粘膜，在喉嚨裡面作聲的痰，自然就有能力排除。」[51]此番說法確實符合醫學根據，因為曬太陽可促進體內維生素D合成，有助增加鈣的吸收，而鈣能增強支氣管的纖毛運動，促進呼吸分泌物如痰液的清除。[52]換言之，這位年輕醫生沒有展現專業的醫學常識，亦無提供嬰兒適當的保健方式，堪為失職，尤其他奉行打針的行徑更讓毛毛不敢苟同：

> 我每次被帶到他的診病室就嚇得大哭。他毫不思索地就認定我是特別愛哭的愛哭鬼。這樣的小鬼他沒有辦法好好診斷毛病。不容易診斷，或是診斷不出，唯有打一打沒什麼害處的營養針。這在一般的媽媽來看，醫生好像很重視這個病症，所以才動了刀槍。這樣一來，媽媽覺得醫生認真，她當然高興。醫生這邊也高興，打針和不打針價錢差很多，而且一針B劑，成本低得要命。[53]
>
> 小兒科的醫生，應該好好聆聽小病患的媽媽們，詳細的娓娓道來，縱然她們的話常常犯短話長說，但是為了未來的主人翁，豈能不洗耳恭聽？更可惡的是，豈可不問明白，就給我來那麼一針，每一趟一針？不過話也得說回來，一天要看那麼多的病人，難怪大部分的醫生，也

50 黃春明：《毛毛有話》，頁31。

51 黃春明：《毛毛有話》，頁74。

52 李紫菱、林靜雯、楊麗燕編著：《嬰幼兒發展與保育》（臺北：新手父母出版社，2000年），頁6。

53 黃春明：《毛毛有話》，頁79-80。

就無暇觀察了。……小兒科應該是一個專業的名詞。不是所有的醫生都能替小孩子看病。他必須經過嚴格的訓練，才能替未來的主人翁看病。[54]

上述所言，其實道出諸多社會上常見的看診問題，包括醫生沒耐心問診、不理會小病患的反應、喜歡給病人注射實際上成本很低的針劑等，某些家長也心存「打針才會好」的迷思，若醫生僅是一般檢查而無任何治療動作，家長們心中難免覺得醫生敷衍或不重視，導致「現在市場上的不少年輕醫生，很懂得媽媽們的這種心理，而大賺其錢哪。」[55]這種矛盾的醫病關係至今仍然存在，但無論如何，解除小病患的痛苦還是最首要的事，總不能本末倒置。

此外，書中還有彰顯出許多對嬰兒不友善的社會問題，例如在〈社區公寓〉中，樓下奧巴桑建議媽媽在毛毛夜哭時餵安眠藥曾說：「一點點就可以，有些托兒所帶小孩也這樣的啊。」[56]又如〈兒童樂園〉中，爸媽帶毛毛去逛兒童樂園，在毛毛因口渴想喝水時，到處都找不到供應開水的地方：「有的盡是賣罐裝、鋁箔包之類的飲料。難道叫口渴的人都必須花錢喝汽水，喝色素和化學香料的飲料嗎？」[57]還有在〈健康幼稚園後遺症〉一文中，論及臺灣於一九九二年五月發生震驚社會的健康幼稚園火燒車事件後，由於民眾人心惶惶、驚魂未定，因此官員提出不應該帶孩童遠遊的建議，黃春明認為此舉亦不甚妥當：「幼稚園這個階段的小孩子，對周遭的事物最好奇，在學習上也顯得最饑渴。……你要不要讓他們去看海？或是去看山？去造訪小甲蟲？去聽小溪流唱歌呢？」[58]凡此種種，皆是值得社會大眾重視的議題，畢竟很多軟硬體設施和國家政策都事關未來主人翁的身心發展，需要

---

54 黃春明：《毛毛有話》，頁80。
55 黃春明：《毛毛有話》，頁162。
56 黃春明：《毛毛有話》，頁22。
57 黃春明：《毛毛有話》，頁113。
58 黃春明：《毛毛有話》，頁135-136。

集眾人之力才能杜絕社會上的不良舉措。當然,直接影響到嬰兒的主要還是父母,所以黃春明在書中也考慮到現代都市上班族父母的為難,兩代同堂的小家庭,因為有了孩子而從此限縮大人的生活範圍,時間一久,父母在生活與工作壓力上沒有得到適當紓解,小孩反而容易接收到大人的負面情緒,對雙方來說都是一種惡性循環;所以黃春明便建議在人口稠密的地方,可設有專業性的臨時托兒所,由有保育經驗的人負責,讓臨時有事或想放鬆的父母可暫時性的到此處托育,既解決父母須帶孩子出遊的不便,又能促進家庭氛圍的和諧。總的來說,孩子的健康成長,不僅是每個家庭、每位家長的責任,更需要全體社會和國家的支持,本書在呈顯這些社會弊端的同時,亦藉此呼籲大眾重視孩童權利,並持續為孩子美善的生存環境作努力。

(二)難解的家庭關係

馬斯洛提到每個人都有愛的需求,而嬰兒最初接收到愛的能量就是來自於「家庭」所給予的溫暖和關愛,因為嬰幼兒時期的家庭就是孩子的整個世界,是以家庭對孩子成長過程有著舉足輕重的影響;家人是陪伴嬰兒人格建構期成長的重要角色,因此家庭應同時具備能照顧嬰幼兒身心健康以及幫助孩子基礎發展的能力。反之,若家庭功能失調、家人感情失和,在充滿爭執、怨懟或暴力氛圍下成長的孩子,不僅會有人格發展上的障礙,日後也可能變成社會上的隱憂。毛毛雖然是一名無法言說的嬰兒,但對於爸媽和其他親人之間的相處氣氛是極其敏感的,他能嗅得到空氣中的緊繃,也能感知到成人的快樂,而這些全都聯繫在身為主要照顧者的爸媽身上。

例如在〈不吐不快〉一文中,當夫妻倆因為毛毛生病而產生爭執,媽媽委屈地流淚時,毛毛儼然一副小大人的口吻:「真是小題大作。其實都是過分寶貝我帶來一些無知的緊張所引起的。這種事,只要冷靜想想該怎麼做就怎麼做就好了。」[59]點出大人在面對孩子出狀況時冷靜處理、及早送醫方為

---

59 黃春明:《毛毛有話》,頁70。

上策，何必因為擔心而互怪對方，既情緒化又傷感情。又〈我有福〉一文中，媽媽因期待毛毛變小明星最後卻希望落空的情況下，只能陷入情緒上的苦惱，故而對爸爸的邀約應酬負氣離家，直到媽媽想開、夫妻倆和好後，毛毛才鬆了一口氣：「今天媽媽一掃這一陣子的陰霾，她快樂起來。她並沒有告訴我說，毛毛我好快樂。但是我知道，空氣中充滿了媽媽快樂的分子。」[60]又有一次〈郊遊〉，一家三口本來快樂出遊，但因為媽媽不喜歡爸爸為了求快騎機車亂鑽小路，爸爸也不滿意媽媽在後座嘮叨，兩人便開始冷戰，毛毛夾在中間苦不堪言：「最可憐的是第三者的我。我夾在他們座位的中間；一個往後使氣，氣要通過我，一個往前逼氣，氣也要通過我，並且他們的氣功都是這麼高強，這麼持久，我的身心成了他們氣功交會的戰場。難怪我沿途感到頭暈目眩，噁心疲憊，心神不安。交戰中的爸爸媽媽已經忘了我的存在。」[61]生動表達了一個嬰兒在面對爸媽賭氣時的無奈心聲，好在後來爸媽順利和好，事情才圓滿落幕。

毛毛爸爸是個離鄉背井、在繁忙都市裡謀生、疼老婆愛孩子、聞得出老婆情緒變化的人，但在育兒知識上沒有媽媽吸取得多，加上每天的上班壓力，常常回家已筋疲力竭，不僅無暇幫忙育兒，自己也成了需要被照顧的一方，妻子在分身乏術的情況下，雙方不免產生齟齬，如同〈爸爸，請來跟我玩〉一文所示，文中的毛毛在爸媽鬧脾氣時正在喝奶，他能立時感受到媽媽的不悅，因為連奶水都變味了，對此黃春明也藉毛毛之口提醒父親：

> 如果爸爸每天回來，精神都飽滿，替媽媽抱抱我，到外頭散散步，或者替我洗澡這就好得多了。一來幫媽媽忙，二來可以增進我和爸爸的感情。但是從另一個角度來看，我不僅是媽媽的孩子，同時也是爸爸的孩子。所以我盼望爸爸能多抱抱我，抱我去玩。[62]

---

60 黃春明：《毛毛有話》，頁130。

61 黃春明：《毛毛有話》，頁180。

62 黃春明：《毛毛有話》，頁37。

　　很多人把照顧嬰兒的工作和責任，一股腦推給媽媽，等情況好時，或是爸爸心血來潮才突然以教育家的身分登場，要是不能給下一代完全可信賴、可親近的話，如何做好家庭教育呢？黃春明指出很多孩子在青年期常常會背離父親，或者有明顯的隔閡，這種情形無非是父子關係長期疏離所造成的現象而已；唯有共同分擔育兒責任、主動參與照顧孩子，才是有助於夫妻和親子關係的和諧之道。

　　除了夫妻之外，婆媳之間也是難解的家庭問題，毛毛家也不例外，〈回鄉下〉一文中提到媽媽在婚前因為和婆家有些誤會，導致媽媽婚後不太願意回婆家：「非不得已媽媽是不回婆家的，也因為如此，常讓爸爸為難，最後爸爸也賭氣，當媽媽要回娘家時，爸爸也不想去。他們常像小孩，以為拉倒就是扯平。這也是少回去的原因。從媽媽懷我到我出生，這也變成不能回家省親的好理由。」[63]毛毛所言其實道出很多家庭常見的矛盾，畢竟來自不同家庭背景的兩個人，在融入到對方家庭時需要更多的包容和理解，否則常會因不熟悉對方個性而產生誤解，但對下一代來說，爺爺奶奶或外公外婆給予的疼愛同樣重要，所以若是因婆媳、姑嫂、妯娌或翁婿的問題而失去享受其他親情的機會，實是得不償失。幸好後來媽媽與婆家誤會冰釋、皆大歡喜，大家也對毛毛疼愛有加，在毛毛週歲時，兩家父母也都遠道而來幫毛毛慶祝，這對夫妻一開始還小心翼翼地招待兩方，因為「爸爸媽媽的婚事，開始時因為奶奶不是很贊成的關係，外婆和外公覺得女兒受到羞辱，心裡很不平。最後雖然結婚了，雙方面之間還是有那麼一些不對勁。」[64]所幸大夥在幫毛毛慶生之餘，氣氛逐漸由尷尬轉為歡樂，毛毛也慶幸自己的週歲生日，成為兩家盡釋前嫌的橋梁。

　　一言以蔽之，毛毛提出許多社會和家庭觀察，當然不是一位新生兒所曾聽聞的，明顯可看出是作者意見，「毛毛有話」其實就是「作者有話」，黃春明透過揭露成人世界的不當言行，除了藉以傳達自身理念之外，更彰顯出友

63　黃春明：《毛毛有話》，頁53。
64　黃春明：《毛毛有話》，頁211。

善的社會環境和美滿的家庭氛圍是所有孩子快樂成長的關鍵；如若政府在
育嬰政策、嬰幼兒軟硬體設備和育嬰知識宣導等多為為人父母者著想，而即
將生養孩子的家庭也都能確保身心準備好來迎接新生兒，縱然家家有本難念
的經，但只要懷著關愛之情、衷心為孩子好，孩子都能確實感受到。成人若
是一味認為嬰兒不懂，就放任自身不當的言行舉止，如此對孩子造成的傷害
不僅是無形的，也可能會影響他一輩子，造成不可逆的創傷，是以成人焉能
不慎。

五　結語

　　黃春明《毛毛有話》一書徵得原作者松田道雄的同意，借用其書《我是
嬰兒》的構想，並在序言中忠實交代了為嬰兒代言的寫法來源，若與原著相
較起來，松田道雄明顯是以小兒科醫生的角度來提出育兒過程中遇到問題的
方法和指導，所以在篇章的標題上往往以「腸套疊」、「熱筋攣」、「淋巴結
核」、「麻疹」等小兒常見症狀為主，主角是從初生到一歲半的孩子；而黃春
明的改編則是不掠前人之美，又能別出新意，在篇章標題上改為毛毛視角的
口吻，如〈爸爸，請來跟我玩〉、〈不吐不快〉、〈停止打針〉等較充滿童趣的
文字，並在內文中融入原作所沒有的臺灣問題和事件，強調本書的「在地
性」，貼近國人實況，其改寫態度令人欽佩。在每篇行文中，黃春明常透過
毛毛的兒童視角，發出成人視角的評論，一般來說，兒童視角因受年齡、身
分、地位、閱歷所束縛，他的觀察和思考應該極其有限，敘述語言也會呈現
單純活潑、富於童趣的美感，[65]但是，在兒童視角這一敘事策略的實際運用
中，要讓作者完全將自己從敘述者的身分中剝離出來，用一種純粹的兒童眼
光去審視與體察成人世界，似乎也是不可能的，因此，成人作者不可能對他
用兒童視角建構的敘事文本全然放縱，不做任何的干預和介入；尤其當這位

---

65 喬世華：〈以純樸童心燭照世界——現代小說中的兒童視角〉，《文學研究》第4期
　　（2002年），頁134。

「兒童」又是無法說話的嬰兒時，成人作者的介入就變得更加理所當然，於是幾乎毛毛所說的每段話，即便內容是出於一位嬰兒的需求，但明顯可看出是出於黃春明的口吻和想法，在這個雙重話語交織的過程中，敘述者的眼睛挖掘出成人世界的弊病，使成人認識自我、審視自我，便構成兒童視角下最大的複調詩性。[66]

在此視角交織的敘述策略下，本文從中分析出《毛毛有話》的三種創作意圖：（一）呈顯嬰兒基本的人性需求、（二）指正父母偏頗的育嬰觀念、（三）反映成人失當的言行舉止。雖然這三種意圖黃春明批判的角度不盡相同，但其核心概念其實是一致的：馬斯洛提出人類在生理、安全感與愛的需求，正符合一位新生兒的基本渴望，但成人往往因為讀不懂嬰兒的語言而失去表達正確關心的機會，尤其在教養方面，夫妻倆因各自的成長經驗、智識背景，對待孩子會有不同見解，一方覺得要照書養，是育嬰指南的忠實信徒，強調為了愛孩子就要嚴守紀律；另一方卻認為自由放任最好，孩子基本欲望獲得滿足，就容易健康快樂的成長；在雙方觀念碰撞、磨合的過程中，夫妻的爭執在所難免，但孩子的真實感受就容易被忽略；此外，當孩子年紀漸長，對社會和家庭中的氛圍更加敏感，因此成人不當的言行舉止對孩子的負面影響更加深遠，毛毛的故事正是許多現代小家庭的寫照，所以這本書與其說是以小嬰兒的眼光來看這個世界，還不如說是用一種發自高度同理心、以人為本的關懷為基礎的「父母學」入門。[67]黃春明通過本書希望啟發所有為人父母者，多傾聽孩子的聲音、體察孩子的需求，正是家庭教育成功的第一步。

---

66 胡新婧：〈琦君散文兒童視角探微〉，《北方文學》第1期（2020年5月），頁11。
67 周聖心：〈《毛毛有話》〉，《人本教育札記》第58期（1994年4月），頁73。

參考文獻

一　專書（依出版先後順序排列）

〔日〕松田道雄：《我是嬰兒》，臺北：神州出版公司，1965年。

〔美〕W. C. 布斯（Booth, Wayne C.）著，華明、胡蘇曉、周憲譯：《小說修辭學》，北京：北京大學出版社，1989年。

黃天中：《幼兒心理學》，臺北：臺灣東華書局，1991年。

黃春明：《毛毛有話》，臺北：皇冠文學出版公司，1994年。

趙凡誼、陳舜陞、宋秀恩編：《寶寶的第一年》，臺北：新手父母出版社，1998年。

〔俄〕巴赫金（Bakhtin M.M.）：《小說理論》，石家莊市：河北教育出版社，1998年。

李紫菱、林靜雯、楊麗燕編著：《嬰幼兒發展與保育》，臺北：新手父母出版社，2000年。

〔英〕Kyra Karmiloff, Annette Karmiloff-Amith原著，黃又青譯：《聽，寶寶在說話》，臺北：信誼基金出版社，2000年。

〔英〕李察‧伍夫森（Richard Woolfson）著，王淑玫譯：《親愛的小寶貝在想什麼？》，臺北：新手父母出版社，2007年。

〔美〕亞伯拉罕‧馬斯洛（Abraham H. Maslow）著，梁永安譯：《動機與人格：馬斯洛的心理學講堂》，臺北：商周文化事業公司，2020年。

二　期刊論文（依出版先後順序排列）

周聖心：〈《毛毛有話》〉，《人本教育札記》第58期，1994年。

吳曉東、倪文尖、羅崗：〈現代小說研究的詩學視域〉，《中國現代文學研究叢刊》第1期，1999年。

王宜青：〈兒童視角的敘事策略及心理文化內涵〉，《浙江師大學報》（社會科學版）第25卷第4期，2000年。

喬世華：〈以純樸童心燭照世界——現代小說中的兒童視角〉，《文學研究》
　　　第4期，2002年。

王黎君：〈兒童視角的敘事學意義〉，《紹興文理學院學報》第24卷第2期，
　　　2004年。

黃錦珠：〈說話之外——讀黃春明《毛毛有話》〉，《文訊》第299期，2010年。

劉耀輝：〈蕭紅兒童視角創作心理分析〉，《河北廣播電視大學學報》第16卷
　　　第1期，2011年。

胡新婧：〈琦君散文兒童視角探微〉，《北方文學》第1期，2020年。

肉身菩薩：談黃春明〈看海的日子〉女性形象的轉渡與自我意識的覺醒

楊宜佩[*]

摘要

黃春明的〈看海的日子〉一文，敘述身處社會底層卻不向命運低頭的妓女白梅的人生故事。白梅猶如其名，如梅花般，歷經苦難，從女兒、養女、妓女到母親，身分經過層層遞轉，造就其堅毅的性格。不向命運屈服，最終倚靠自己的能力，找到自身存在的意義與價值。作為一位迥異於傳統社會下的女子，她曾經逆來順受地接受悲慘命運的輪迴；但是看見鶯鶯的抱著新生兒的喜悅，她想抓住心中萌發的那一點點希望與信念，她不甘、掙扎，堅決反抗養母對她婚姻的安排，果斷地為自己的人生做決定。從妓女到跨越母親的身分，寧可未婚生子也要擺脫父權社會的宰制，藉由孕育新生命的方式，找到作為一個獨立自主女性／母親的尊嚴，也為她創造一條不同的人生道路。歷經艱辛之後，白梅終獲救贖。其女性形象轉變、內在心理世界與女性意識的覺醒，有其值得探究之處。本文以後殖民女性主義的角度切入，分從三部分（「肉身菩薩的象徵：白梅人物形象的游移與歸位」、「自我幽閉／解放：女性意識的覺醒」與「重生：走出格窗之外」）解讀主角白梅的女性意

---

* 二〇二〇至二〇二二年擔任國立中央大學中文系博士後研究人員暨兼任助理教授。撰有博士論文《鄒弢（1850-1931）研究：才子、通人與酒丐》、科技部技術報告〈重構乾、嘉時期的「海上閨彥社群」：談晚清洋場才子鄒弢《三閨媛詞合集》中「詞媛群像與創作」的繼承與創發〉（2021）、〈都市中的圖像與性別：談晚清文人鄒弢的全球想像圖景與女性文學觀〉（2020）。

識與形象的轉變。首先,以肉身菩薩的形象,探討白梅如何游移、浮沉與超脫於慾海,剖析她返回故鄉坑底前後的內在心理改變歷程;其次,深入她作為一個女性,其價值的自我實現與意識的覺醒,從自主產子到感受母性力量;最後,藉著她重返黑暗之地,試圖衝破內心執障,體會到生而為人,特別作為女人的喜悅。希冀能從此三部分——窺黃春明〈看海的日子〉中的女性人物特徵與女性意識的萌發。

關鍵詞:肉身菩薩、看海的日子、女性意識的覺醒、後殖民女性主義

一　前言

　　黃春明[1]（1935-），宜蘭羅東人，為臺灣當代最重要的鄉土文學作家之一。他被稱之為「小人物的代言人」，擅長為底層的小人物發聲，對於刻劃小人物的內心狀態相當細膩。他的短篇小說〈看海的日子〉（1967）對於主角白梅的女性形象塑造相當成功，在她身上凝聚了作者對她的救贖，從一個被人歧視的邊緣化人物，逐漸找尋自我存在的意義，並散發出作為女性、母親的光彩。黃春明對白梅的悲憫同情，賦予她美好的結局，使眾多讀者受到感染與鼓舞，小說不僅是許多高中的指定閱讀教材，同時也被改編成同名電影[2]，於一九八三年上映，從文學比喻到電影圖像的運用與轉換，更加受到廣大迴響。然而，無論是小說或是電影的成功，其中白梅角色的正面形象，鼓舞人心。

　　目前學界對於黃春明〈看海的日子〉討論篇章很多，但是其中僅有幾篇直接從女性形象、女性意識作為切入點。[3]這些研究通常僅就白梅形象，或是擴及白梅身邊的幾位妓女，與壓迫他的生、養母女性來談，對於她內心層面的論述，鮮少著墨。回到文本所架構的場景，白梅自十四歲被養父賣去娼

1　黃春明（1935年2月13日-），宜蘭羅東鎮人。曾任小學教師、記者、廣告企劃、導演等職。近年除仍專事寫作，更致力於歌仔戲及兒童劇的編導。曾獲吳三連文學獎、國家文藝獎、時報文學獎、東元獎及噶瑪蘭獎等。現為《九彎十八拐》雜誌發行人、黃大魚兒童劇團團長。著有小說〈看海的日子〉、《兒子的大玩偶》、《莎喲娜啦‧再見》、《放生》、《沒有時刻的月臺》等；散文《等待一朵花的名字》、《九彎十八拐》、《大便老師》；童話繪本《小駝背》、《我是貓也》、《短鼻象》、《愛吃糖的皇帝》、《小麻雀‧稻草人》等。參見黃春明：〈看海的日子〉（臺北：聯合文學出版社，2009年），封底作者簡介。

2　〈看海的日子〉，由導演王童、編劇黃春明共同合作，一九八三年電影上映，並受到矚目。演員為陸小芬、蘇明明、馬如風等擔綱演出，並榮獲第二十屆金馬獎「最佳女主角」、「最佳女配獎」等大獎項的殊榮，電影頗受好評。

3　林倩妤：〈黃春明〈看海的日子〉的女性意識〉，《臺北海洋技術學院學報》第4卷第2期（2011年9月），頁145-161；周俊吉：〈淪落人的雨夜悲歌──〈看海的日子〉中女性形象的分析〉，《東吳中文線上學術論文》第31期（2015年9月），頁95-112。

寮起，長期從事性工作交易，男性成為她的迫害者，無論精神或肉體，她都長期受到男性玩弄與宰制；但是，男性恰好也是帶給她希望與生命的人，其中的時代意義與兩性權力的轉換仍有值得分疏之處。

　　本文借用後殖民女性主義的視角，分析黃春明〈看海的日子〉如何突顯臺灣底層女性在身分、性別與社會階級的三重壓抑下，試圖找回身體主權與主體性的可能性。首先以肉身菩薩的形象象徵，探討白梅如何游移、浮沉與超脫於慾海，重繪白梅的形象，並剖析她返回故鄉坑底前後的內在心理改變歷程；其次，深入她作為一個女性的立場，如何從自主產子到感受母性力量，又透過男性、女性之間的權力轉換，逐步達成自我意識的覺醒以及自我價值的實現；最後，討論她重返黑暗之地，試圖衝破內心執障，體會到生而為人，特別是作為女人的喜悅。藉由以上對其女性價值的自我實現與意識覺醒之分梳，探討白梅女性形象轉渡與女性意識覺醒的過程。

一　肉身菩薩[4]的象徵：白梅人物形象的游移與歸位

　　白梅在小說中的經歷了四種流動的身分，從女兒、養女、妓女到母親，前三者的身分，無論是被迫抑或是自願，這些都是被決定的身分，無法自主。她幾乎沒有選擇，而是不斷地在犧牲、奉獻與給予中度過，有研究者認

4　關於肉身菩薩有兩種說法：第一種說法，「是指一個僧侶，死後未進行火化，改以「坐缸」（兩個大水缸上下覆蓋，內裝有木炭、生石灰等，將屍體安置其中）或其他方式處理，經若干時日後，開缸驗看，若已腐爛，即予火化或土葬；若未腐爛，全身雖縮水乾癟，但大致完好，即表示已成全身舍利或肉身成道。於是請專人加以多層的的塗漆（防腐處理）和纏布（恢復脫水前的原貌），最表層則貼上晶亮的金箔，然後就像「菩薩」一樣，被信徒膜拜」；第二種說法，「據說為了達到覺悟眾生的目的，菩薩可以顯現為尼姑、俗人，肉身甚至妓女。因此《華嚴經》中提到的善友菩薩便被描述成一個妓女，為了覺悟那些樂於看她、擁抱她、吻她甚至與她淫亂的人，她索性在妓院接客」。本文在此所援引的肉身菩薩所指的是第二種意涵，有引導渡化眾生的作用。參見江燦騰編著：《認識臺灣本土佛教：解嚴以來的轉型與多元新貌》（臺北：臺灣商務印書館，2012年），頁164；湯一介：《中國宗教：過去與現在》（臺北：淑馨出版社，1994年），頁101。

為白梅的形象如同「聖母」（Holy Mother Mary）／「聖女」、「大母神」（the Great Mother）／大地之母[5]的化身[6]。但筆者認為這些角色，雖然都共同具有溫暖、包容的母性特質，但是聖母瑪利亞的受孕是乃出於聖神，[7]她是處女產子，被稱作童貞瑪利亞，是貞女；大母神具有兩面性，除了包容美好的事物外，也包含了對負面事物的包容，有孕育萬物，卻也有破壞、吞噬的兩面性。[8]這與白梅淪落風塵為妓女，本質上不同。白梅身為娼妓，以肉體服侍他人，這樣的形象更像是肉身菩薩，祂曾化作妓女，用肉身修道，不僅自渡，也以身體渡化眾人。本文藉由肉身菩薩的形象延伸，進一步探討白梅是如何在慾海的超脫與浮沉的游移中，重新認識、尋找自我存在的價值與定位。接下來略分為三點討論。

（一）慾海浮沉與超脫

在文本中有兩個相當重要的情慾象徵：「花」與「魚」。首先是花，出現了相當多次花的意象。白梅的身世如同落花般飄零，其命名即以梅喻人，並賦予其梅花的性格和特點，對於她命運的發展隱含著重要的意涵。白梅象徵

---

5 大地之母，滋養與創造萬物，給予一切生命所需的能量。東西方各有不同的代表，東方指的是中國的創世女神女媧；西方指的是，希臘神話中的地神蓋亞。

6 夏志清「可視為一個對自身命運充滿偉大理想的聖女」；樂蘅軍「有了一個聖女的天路歷程」；李俐瑩則提到「等於是大地之母，是註生娘的圖像」。參考夏志清：〈台灣小說裡的兩個世界〉，《新文學的傳統》（臺北：時報文化出版公司，1979年），頁200；李俐瑩：〈台灣寫實小說中的風塵書寫──以王禎和、黃春明為例〉（臺北：國立臺灣師範大學國文系碩士論文，2004年）；樂蘅軍：〈從黃春明小說藝術論其作品的浪漫精神〉，收錄自《中華現代文學大系（評論卷）》（臺北：九歌出版社，1989年），頁406；

7 上帝用他的力量，也就是聖靈，使瑪利亞懷孕。（馬太福音1:18）天使告訴瑪利亞：「聖靈必臨到你身上，至高者的力量必蔭庇你，因此你將要生的，必稱為聖者，稱為上帝的兒子。」（路加福音1:35）上帝通過聖靈施行奇跡，把他兒子的生命從天上轉移到瑪利亞腹中，使她懷孕生子。

8 〔德〕埃利希‧諾伊曼，李以洪譯：《大母神──原型分析》（北京：東方出版社，1998年），頁11、27。

著霜雪中的梅花，有「花之魁」之譽，形神兼備，色香俱佳；玉骨冰心，聖潔高雅；不畏嚴寒，堅韌頑強。特別是白色之梅，不似紅梅嬌豔，而更顯清雅、冷傲。其容貌也如花般嬌美，如花面交相映。文本中形容「見了她的人都深信她以前一定很美。現在除了憔悴了些，仍然對男人有一股誘惑的魅力」[9]。但是，如此高潔之花，卻讓她生長於骯髒汙濁之地（娼寮），註定要遭逢迫害與劫難。除了白梅花之外，第二種出現的是「百合花」：

> 他們渴望地抬頭望著那排娼寮，只見討海人一個一個穿進穿出之外，再也看不到半個妓女出來做態。這時距離他們最近的就是海水，再就是從娼寮拋下來的半壁的白色衛生紙團，在溫和的海邊風中簌簌地像滿開的百合花顫動。[10]

白色衛生紙團包裹人體排泄的髒汙，卻被比喻成美麗的百合花。然而，百合不僅美麗且具有純潔、高貴之意，該意象也與聖母有關。[11]聖母產子如同先知所示，是貞女受孕，因此，在聖母和天使之間，擺著一盆象徵貞潔的百合花。[12]如此純潔與骯髒的兩種意象，何以會被比附？衛生紙團讓人覺得很汙穢，而且易被輕視，就如同白梅的身體，而百合花則是給人一種純白不

9　黃春明：〈看海的日子〉，頁13。

10　黃春明：〈看海的日子〉，頁35。

11　「百合（lily）很純潔，所以特別適合代表「聖母」，也適合裝飾她的聖壇。聖母升天後，墳墓上滿是百合和玫瑰」。參見〔美〕查爾斯‧史金納（Charles M. Skinner），陳蒼多譯：《花、樹、果的動人故事：你所不知道的植物神話與傳說》（臺北：新雨出版社，2017年）；「歐洲從中古早期開始，一般圖像或詩歌中提及百合與玫瑰時，都具有基督信仰的意涵。又因百合與玫瑰可用以歌頌女子之貞潔及無私的愛，在十二世紀聖母崇拜（the cult of the Virgin Mary）興起後，成為代表聖母的符號。根據法國學者帕斯圖羅（Michel Pastoureau）的研究，百合先於玫瑰，在十二、十三世紀成為聖母的象徵，彰顯瑪利亞的貞節」。參見林美香主編：《百合與玫瑰：中古至近代早期英法王權的發展》（臺北：國立臺灣大學出版中心，2019年），頁3。莊文福：〈黃春明〈看海的日子〉中的象徵意義探析〉，《研究與動態》第16期（2007年7月），頁5-6。

12　參見天主教輔仁聖博敏神學院禮儀研究中心網站（https://reurl.cc/12AKAX），瀏覽日期：2022年3月17日。

受玷汙的之感，猶如白梅的內心世界。這兩種東西不僅呈現對比，也有相似之處，衛生紙看似被汙染，但它本身就如百合花一般是白色的、純潔的，就有如白梅的身體，因為環境的關係，雖然被玷汙了，但其內心仍是和百合花一樣純淨的。[13] 除此之外，將代表慾望的衛生紙與具有光輝的聖母形象並置，也有將其從情慾汙穢中超脫，由色入道，自渡渡人，與其肉身菩薩形象互相呼應。

　　第三種花，是從花的意象再延伸──〈雨夜花〉[14]，它是一首歌謠，當中所談的花，並非指涉特定花種，而是以花喻人。歌詞背景是敘述一位癡心女子被男人所騙而淪落風塵的悲劇故事。女子的命運如同諺語所說「查某人，韭菜命」，說明了臺灣女性無奈、悲戚的命運，宛如淒風苦雨下的花朵。文本中，〈雨夜花〉是白梅最愛的閩南語歌曲：

> 雨夜花，雨夜花，受風雨吹落地。無人看見，暝日怨嗟，花謝落土不再回。花落土，花落土……[15]

這一首歌謠白梅最喜歡哼唱，她也曾唱給她的姊妹鶯鶯聽。原因是她的命運像是歌詞所唱的，如同「雨夜中一朵脆落的花，受風雨摧殘」。所以，白梅吟唱的同時，也在自憐身世，她從歌詞中得到共鳴，並說服自己接受那悲慘的宿命。

13　莊文福：〈黃春明〈看海的日子〉中的象徵意義探析〉，《研究與動態》第16期（2007年7月），頁5-6。

14　一九三四年，當時任職古倫美亞唱片文藝部的周添旺，有一次在酒家應酬時聽到一位淪落風塵的酒家女訴說她的悲慘故事。原本是純潔質樸的鄉下女孩，離開故鄉來到臺北工作並愛上一位男孩，而且已論及婚嫁。沒想到後來男孩移情別戀遺棄她，自覺沒臉回去見故鄉的父老，於是一時心碎失意，竟流落在臺北的酒家。周添旺覺得這位可憐的酒家女就像一朵在黑暗裡被無情風雨吹落的花朵，令人心酸及惋惜。因此以這個故事為背景，寫出淒涼悲哀的〈雨夜花〉，再譜上鄧雨賢作的曲，整首歌感人肺腑扣人心弦。

15　黃春明：〈看海的日子〉，頁23。

這裡作者以梅花、百合抑或是〈雨夜花〉來代表白梅的形象，通過人、花互喻，揭示著白梅如花般的命運，離開家園的庇護，就像是離了枝與土，只能隨風飄散，花落人凋零，四處浮沉。但是，梅花與百合本就有高潔之意，象徵白梅出淤泥而不染，她保有內心的純淨與自尊，即便是花落入泥中，也能化為春泥滋養萬物。

第二種情慾象徵，是「魚」：小說第一部分「魚群來了」，作者描述漁港中的熱鬧嘈雜場景：那些皮膚黑的發亮，戴著闊邊鴨嘴帽的，說起話很大聲的討海人，還有伴隨著魚群而來的擺地攤的攤販、妓女與紅頭的金色蒼蠅，[16]漁港中所出現的人物，無論是妓女、討海人與各式攤販，他們都仰賴著鰹魚季，已獲取利益與活力。討海人與妓女是利益結合的共同體，他們來自四面八面，各有各的經歷，卻又在這鰹魚季中產生極短暫的生命交會。其中的「鰹魚群」的到來，賦予了妓女與討海人，不同的意義，扮演著兩者之間的媒介與紐帶。特別是在妓女戶的老鴇眼中，魚群來了，代表著錢潮的到來：「你們這些查某鬼仔，錢來了！」[17]，對討海人而言，不僅是魚獲豐收而產生的財富，更是男人性能力的展現與慾望發洩：

> 討海人一個接著一個，他們也沒有時間挑選和他們意的身材的女人。
> 這些討海人身上的腥味，已經比他們撈上來的鰹魚更濃更重。[18]
> 年紀稍大一點的討海人，公然地挑起幾條肥大的雄鰹仔，剖開肚子，
> 取出雄鰹仔才有的那副白色內臟，張開嘴和著血就吞進肚仔裡去。沒
> 有一個討海人不知道，這是最好的強精壯陽的辦法。[19]

小說中作者將魚群巧妙的帶入其中，魚是日常重要的食物之一，豐富的魚獲，往往是維持漁民生存、溫飽的保證。同時象徵著最原始的「生殖崇

---

16 黃春明：〈看海的日子〉，頁1。
17 黃春明：〈看海的日子〉，頁12。
18 黃春明：〈看海的日子〉，頁32。
19 黃春明：〈看海的日子〉頁33-34。

拜」[20]與男女之間的魚水之歡，標示著性與繁殖力，不僅是指男性的生殖能力，也指涉男／女性的生殖器，[21]這裡用魚群到來，比喻男女的交配，而「雄鰹仔才有的那副白色內臟」是「壯陽聖品」，是對生物界繁殖能力的一種讚美和響往，以及討海人旺盛、強大的生命力。作者在一開始就用魚群來了做為開端，所代表性意涵，也就標誌著白梅注定在慾海中浮泊的人生。

　　作者由「魚群來了」、「雨夜花」、「坑底」三部分，利用現實與回憶交錯，倒敘與插敘手法向讀者娓娓道來，描繪白梅悲慘的身世與遭遇，從她與養母的對話：

> 養母生氣的罵起來：「你這爛貨不識抬舉，你還吵，吵什麼？」白梅終於將內心裡淤積已久的話都傾出來了：「是的，我是爛貨。十四年前被你們出賣的爛貨，想想看：那時候你們家裡八口人的生活是怎麼過的？現在是怎麼過的？你們想想看。現在你們有房子住了。裕成大學畢業了。結婚了；裕福讀高中了。阿惠嫁了。全家吃穿那一樣跟不上人家？要不是我這爛貨，你們還有今天？」鼻涕眼淚和著這些話，使養母的銳氣大大的減殺了。[22]

小時候生母送走白梅所說的話：

> 那就是她臨走的時候，母親還哭哭啼啼地吩咐了一大堆話，梅子，你八歲了，什麼事都懂了，你得乖哪！什麼都因為我們窮，你記住這就

20　聞一多曾提到：「是以魚為象徵的觀念，不限於中國人，現代的許多野蠻民族都有著相同的觀念，而古代埃及，西部亞洲，尤其普遍，他們以為魚和神的生殖能力有著密切的關係。至今閃族人還以為魚為男性器官的象徵。」參考李萬鈞：《中西文學類型比較史》（臺北：萬卷樓圖書公司，2018年），頁789。

21　「魚具有女陰的象徵意義，而處於生殖崇拜階段的原始人類視孕育生命的女陰為神聖之物，這樣就由崇拜女陰進而崇拜女性生殖器官的象徵物。」參見傅道彬：《中國生殖崇拜文化論》（湖北：湖北人民出版社，1990年），頁21。

22　黃春明：〈看海的日子〉，頁29。

好了，從今以後你不必再吃山芋了。什麼都該怪你父親早死……[23]

藉由上述她與養母、生母對話與接客的場景，可以拼湊出白梅的前半生的身世圖譜：她從八歲就因為家貧父親早亡，而被母親拋棄發賣；到了收養家庭，又在十四歲時，被養父賣到妓女戶；之後長達十四年的生活，為求謀生，在那色慾橫流的小空間之中，不得不被迫在男性的宰制下迎合討生活，

> 她，十四歲就在中壢的窯子裡，墊著小凳子站在門內叫阿兵哥的日子，到現在足足有十四年了。這段時間習慣於躺在床上任男人擺布的累積，致使她走路的步款成了狹八字形的樣子。[24]

甚至也不時受到嫖客的嘲弄、打罵：

> 同時走進來兩個客人，而這兩個客人正好看中她們倆。她們就各自帶著客人到只隔一層甘蔗板的房間裡。當她們同時在做買賣的時候，她們隔著甘蔗板還繼續剛才的談話。……鶯鶯正想再說話的時候，突然聽到梅姐那邊清脆地響了一記耳光，接著那男人怒氣地說：「要賺人家的錢專心一點怎麼樣！」[25]

　　面對白梅人生中歷經親人拋棄、三次被賣，特別是成為娼妓後的日子，讓她徹底成為社會最底層邊緣的人物，受到「汙名烙印」（stigma），心底「牢牢地裡住著她和社會一般人隔開的半絕緣體」[26]，無法過上正常人的生活，她恐懼接觸社會上不友善的指點與目光、害怕單獨到外頭走動，她生活過得如此渺小卑微。但是由於她的隱忍犧牲，日復一日的肉體營生：既滿足

---

23 黃春明：〈看海的日子〉，頁45。

24 黃春明：〈看海的日子〉，頁13。

25 黃春明：〈看海的日子〉，頁19-20。

26 黃春明：〈看海的日子〉，頁13。

男性的最原始的慾望，也換得兩個家庭的重生，生母的負擔減輕、養活養母一家八口人。對姊妹的仗義相助，不忍好姊妹鶯鶯的欺凌，挺身而出代替其與長相可怖又猥瑣嫖客交易。白梅在黑暗中所付出的種種一切，特別是她「那雙長時間仰望天花板平淡小世界的眼睛，也使它的焦點失神地落在習慣了的那點距離」[27]，逆來順受的人生，只有給予，沒有獲得。祂化作肉身菩薩，以女身的美色來脫度有情眾生的情慾癡迷，並以母愛的精神來慈愛一切眾生，作者賦予白梅身上的悲天憫人情懷，讓她的靈魂並未沉淪，反而在底層中掙扎爬升尋找光亮的出口。

（二）家／鄉的凝聚與歸返

白梅從十四歲奉獻其青春女體，長達十四年出賣色相的營生，讓她不得不接受那種的生存方式。但她只是獻出身體，而並未情感與自尊交出去。她曾告訴鶯鶯「在這種場合你千萬別動感情」[28]，甚至也在交易時與隔著一片木板的姊妹閒聊，而被嫖客痛打。白梅的情感與身體分離，正是「將身體自行物化的表徵，而內在自我仍然與姊妹繼續剛才的話題，嫖客的怒氣或許不僅止於白梅的不敬業，或許還來自男性控制欲的挫敗」[29]。白梅不惜抽離情感、將自己物化，其實就是想保有心底最真實、不被人侵犯地那一塊私密空間。

然而，十數年漫長妓女生涯所受到屈辱與標記，她用自己的血汗錢養活的養母一家，卻只換得他們的鄙視與看輕：

> 你們把我看成什麼？爛貨，沒有這個爛貨，裕成有今天嗎？他們看不起我，逃避我，他們的小孩子就不讓我碰！裕福、阿惠都一樣，他們

---

27 黃春明：〈看海的日子〉，頁13。
28 黃春明：〈看海的日子〉，頁22。
29 謝世宗：〈妓女、性啟蒙與男性氣質的建構：戰後台灣文學中性政治的一個側面〉，《文化研究》第16期（2013年春季號），頁68，註釋12。

覺得我太丟他們的臉了，枉費！真是枉費！[30]

踏出交易空間，還是未曾得到片刻的寧靜與尊嚴。如在火車上遇見的男子，對她極盡調戲侮辱的低級話語：

那男人笑著一邊把香菸送得更近，且一邊說：「你當然不會認識我，但是我認識你呀！真想念呀。嗯！來一支吧！」[31]

白梅受到養母一家人嘲諷與排擠、被社會上的人歧視，她被整個社會邊緣化與霸凌，在她心底留下痛苦的烙印。面對這一切她「從骨子裡發了一陣寒，而這種孤獨感，即像是她所看到廣闊的世界，竟是透過即其狹小的，幾乎令她窒息的牢籠的格窗」[32]，白梅無力與整個社會體制對抗，也無法反轉自我命運，踏出外面的世界，她產生強烈地自卑感，甚至是根本無法對自我認同（self-identity）。[33]

直到遇見多年不見的鶯鶯，看見她從良嫁給一個軍人魯上校，並成為一個母親，懷中抱著三個月大的嬰兒。鶯鶯和她到提到，魯上校曾說如果生男孩就取名魯延；生女孩就取為「魯緣」。其中「延」、「緣」二字，都代表著生命的延續與緣分。鶯鶯的兒子魯延，其延字就有延續之意，代表著將希望延續下去。白梅逗弄著魯延，開心地抱起他，看著窗外的大海，哼著自己臨時編出的歌「看哪！看哪！那就是海啊！海水是鹹的哪！那裡面養著很多

---

30 黃春明：〈看海的日子〉，頁30。

31 黃春明：〈看海的日子〉，頁14。

32 黃春明：〈看海的日子〉，頁15。

33 「作為一個主體，意思是說：人之所以為人，不免『受制於』（subject to）其所置身的社會過程當中，從而界定群我關係，而使我們成為為了自我即他者而存在的主體（as subjects for）。這當中，我們對於自己的認識（也就是自我概念）稱作自我認同（self-identity），而他者的預期與意見則構成了我們的社會認同（social identity）。」參見〔英〕克理斯・巴克（Chris Barker），羅世宏譯：《文化研究：理論與實踐》（臺北：五南圖書出版公司，2010年），頁200。

魚。有的像火車那麼大的。……」[34]小孩聽著那樣吟哦單調的旋律，開心地笑著，看著小孩純淨的臉龐，彷彿也喚醒白梅，她也曾經擁有的清明心境與童真。

鶯鶯的魯延，象徵著一個新生命的誕生，為她過去破碎的家庭與不幸人生劃下句點。重新開始組成一個新的家庭，有了小孩，便是生命的開端，能延續自我的命脈。白梅看見姊妹的美滿人生，一家三口看起來是如此地平淡幸福，懷中的新生兒所展現的無限生機，更在白梅心裡激起漣漪。她不願意再接受命運的擺弄，也不願屈就，嫁給養母為她尋找的那些不合適的男性。她的人生要為自己做主，她決定要生養一個小孩。

白梅在外漂盪無依多年的心總算安定下來，懷抱著生養子女的夢想，她毫不猶豫地切斷過去的一切連繫。從海邊回到了自己的故鄉坑底的生家，決心要重返到最初孕育自己的原鄉，那一片單純遠離城市喧囂的淨土：

> 白梅淚汪汪地抱著滿懷歡喜走下坡，走向漁港的公路局巴士站，頭也不回，一秒都不停地向前走著，雖然她曾一直都在海邊，但是今天才頭一次真正聽到海的聲音，一陣一陣像在沖刷她的心靈。不久，來了一班車就把白眉的過去，拋在飛揚著灰塵的車後了。[35]

她長年處在漁港旁的妓女戶中討生活，但是生活中卻像是幽禁在那狹窄房間的小床上，猶如行屍走肉，從未仔細聽過海的聲音，直到要離開，才真正聽見大海的聲音，那一陣陣的波浪音，大力地沖刷、洗淨她長年灰暗蒙塵的心靈。

漁港中的潮汐、魚群、尋芳客象徵流動、來來去去，沒有穩定性，不能扎根，也難以建立熟悉感和安全感以及永久性；相反地，土地代表安定、生

---

34 黃春明：〈看海的日子〉，頁25。
35 黃春明：〈看海的日子〉，頁43。

殖、養生與永恆。[36]因此，白梅選擇從海邊返回坑底老家，所以面對姪女的詢問，她回應「我不走了！……我想休息。」[37]白梅的面容安定平靜，對於要留在這裡的決定，她是如此堅定鄭重。過去受盡屈辱的人生，彷彿已經被大海吹散；長年漂泊的人生，讓她想尋求安定感，她要想留在她的家，那怕這個家曾經拋棄她，但這個「家」乘載著她過去單純無憂的童年點滴：

> 這天，當白梅回到仍舊叫她乳名梅子的生家的山路口，已經是傍晚時分。二十多年來，只有這些地方沒有變。小土地公廟仔還是在路口的九芎樹下，側旁的歇腳石的石面比早前光滑了。那附近敷毒瘡的鍋蓋草同樣地爬滿坡面。那附近敷毒瘡的鍋蓋草同樣地爬滿坡面。記得小時候小山買番仔油的角子就是落在這坡上，找了半天拔光了鍋蓋草還是不見角子，當時急得哭起來了……她等了幾個小時還不見有人下山來找她，……正當絕望的時候，大哥找到她就揹著她回去。……[38]

白梅回到家鄉，變回小時候大家口中的那個小女孩梅子，看見她的母親在路上出現了，她喊了一聲「阿母──」便再也說不出話了。這當中飽含了很多複雜的情緒，對於原生家庭的思念與對生母的依戀，也可能是憶起當時被送養的傷感。即使白梅很小就被賣作養女，但作者卻安排她一看到故鄉的山路，就自然而然地記憶起那裡有土地公廟、梯田，還能分辨出那一家山坡地的耕戶是誰，那一個從未謀面的小孩可能是誰的後代，而產生認同感[39]。坑底依舊是白梅記憶中的那個樣子，有她熟悉的景象，有她與家人及這片土地的回憶，無論是好與壞，都觸動她心裡深處最柔軟的部分。她的重返家園，正是「家」的所代表的重要意義，如同地理學家段義孚說過：

---

36 范銘如：《文學地理：台灣小說的空間閱讀》（臺北：麥田出版社，2010年），頁161-162。

37 黃春明：〈看海的日子〉，頁46-47。

38 黃春明：〈看海的日子〉，頁43-44。

39 范銘如：《文學地理：台灣小說的空間閱讀》，頁162。

家是地方的典範，人們在此會有情感的依附和情感的根植的感覺。比起任何其他地方，家更被視為意義中心及關照場欲。[40]

巴舍拉也認為「將家屋／家（house／home）視為充當最早世界或最初宇宙的最初空間，塑造了往後我們對外在各種空間的認識。……家屋的內部配置營造的不是一個同質地方，而是一連串有自己的記憶、想像和夢想的地方」。[41] 白梅從漁港回到坑底，從一個歷經滄桑、充滿污點的妓女，又回到了當時大家口中那個單純的梅子。這個有著成長回憶的家鄉，與親人血緣的紐帶，飽含著真實的情感，從中獲得親人、村民的關心，如此密切地與人接觸連結，是白梅在過去未曾有過的體驗。這都讓她產生依靠與歸屬感。她想實現那渺小的心願，生養自己的小孩，享受天倫之樂，開始逐步規劃未來她與小孩的夢想家園。

二 自我幽閉／解放：女性意識的覺醒

回顧白梅接客生涯中，也曾經有過萌發一絲絲隱微的希望，那是她與鶯鶯同在一間私娼寮時，兩人常一起談天，「在那說不盡的話中，有時也會閃現著希望，然後兩人就忘我地去捕捉。」[42]然而，究竟是什麼「希望」，作者並未點明，筆者認為對於一個娼妓而言，那一點希望，或許是遇到好男人託付終身、或是能去進修、學習各項技藝。但是，那些可能，總在未萌發之前，便因為生活的困窘而被硬生生掐斷。可是，在那未被掐滅的願望之中，總有些模糊的想法縈繞於其心，無法成形。最終鶯鶯的出現，激化了她想成為一個「母親」的決心，並成了白梅生存下去的唯一執念。她經歷了女兒、

---

40 〔英〕提姆・克雷斯維爾（Tim Cresswell），徐苔玲、王志弘譯：《地方：記憶、想像與認同》（臺北：群學出版公司，2006年），頁42。

41 〔法〕加斯東・巴舍拉（Gaston Bachelard），龔卓軍、王靜慧譯：《空間詩學》（臺北：張老師文化公司，2010年），頁64-148。

42 黃春明：〈看海的日子〉，頁19。

妓女與養女等身分都是被決定、安排的,唯獨母親這樣具有正面創生力量的女神,可謂是她第一次可以自主決定的身分,是她女性意識的萌發。本節借用後殖民女性主義的觀察視角,討論白梅自我意識轉變與覺醒的情節與過程。

(一)自主產子

白梅自主產子,從她的身分位階來看,在本文中具有相當重要的意義。據後殖民女性主義[43](Postcolonial Feminism)的論述,其旨在關注第三世界女性身處男性霸權文化的父權社會中的邊緣化處境。父權社會確認了男性與女性的二元對立。男性處於絕對的主體地位,女性喪失話語權,淪為與主體對立的客體,依附於男性的存在,成為第二性。白梅的處境無論是從女兒、養女與娼妓,都是依托於男人之下,沒有自主權。

---

43 「後殖民女性主義對帝國宰制與殖民統治提出批判,早期也以第三世界女性主義自稱。但女性主義一詞也同樣具爭議性。在殖民脈絡與西方強權國家的脈絡底下,「女性主義」本身充滿著帝國主義的想像與預設。許多有色人種女性對以白人、中產階級為主的女性主義提出批判。……後殖民女性主義批判第一世界、已開發國家的女性主義者,受限於白人種族中心主義(ethnocentrism)和殖民主義霸權,排除與忽略有色人種女性(women of color,本文譯為「著色女性」)的經驗與發言。……她們對殖民主義、種族中心主義與帝國主義的質疑。黑人女性主義提出種族、性別、階級、性傾向等多重交織的概念,說明黑人女性的生命經驗。第三世界女性主義、跨國女性主義、伊斯蘭女性主義、奇卡娜女性主義、原住民女性主義等亦一一浮現,最終探究如何解除殖民主義的壓迫。後殖民女性主義從多元文化經驗與立場,針對主流女性主義者及其作品中的白人種族中心主義提出批判,也試圖表達並重構女性主義論述,重新改寫女性主義的風貌。性別不能去脈絡化地獨立分析,必須在特定社會、政治、經濟與文化脈絡下,仔細區辨性別壓迫如何與其他社會不平等交織,產生獨特的女性經驗,避免種族中心主義帶來的偏見。」參見顧燕翎主編:《女性主義理論與流派》(臺北:貓頭鷹出版社,2020年),頁219-220;「後殖民女性主義(或謂第三世界女性主義)和其他女性主義流派最大的不同就是此派女性主義對國家政治的重視,認為在有被殖民經驗國家或地區,女性的問題不僅是兩性不平等的社會結構造成,更與政治殖民壓迫大有關係。」參見邱貴芬:《仲介臺灣‧女人:後殖民女性觀點的臺灣閱讀》(臺北:遠流出版事業公司,1997年),頁10。

　　循此，再深入探討〈看海的日子〉社會環境，其文發表在六○年代中後期，在討論自主產子之議題之前，可以進一步先解讀白梅的「養女的身分」，並將白梅放置在此時臺灣社會發展的脈絡下，更能清楚地感受到白梅的作為底層女性的悲哀，以及其心態、身分的轉變。早期的臺灣是父權體制的社會，延續中國傳統重男輕女的觀念，自清代臺灣起就有所謂的收養媳風俗，及至日治時期亦有各種以「媳婦仔」（童養媳）名義被抱養的養女，送養者通常是因窮困無法撫養，或考量未來難以支付妝奩費用，又或是以能傳宗接代的男性子嗣為優先考量，故而犧牲女兒，將其送養他人；至於收養者，可能家中沒有子嗣，故抱養他人女兒，日後招贅以繼嗣，抑或養大後待日後成為兒子之媳，或是做為婢女，甚至另有圖利目的，待長成後逼迫其從事賤業或轉賣。[44]

　　在「重男輕女」的社會觀念中，養女的地位十分低下，處境相當艱辛。許多養女認為自己是被遺棄的人，心中總有濃濃的自卑感；再加上當時婦女教育程度普遍不高，養女多半不能正常地接受學習，也無法以智識改變原有的地位。命運不在自己手中的養女，生長時期由養家接濟，養父母成為她們生命的支柱，但也成為左右命運的支配者。[45]在當時養女是普遍的，所以無論是現實或是相關小說與電影都有多是以養女為主題，如龍瑛宗〈黑妞〉[46]的阿玉、張文環〈藝旦之家〉[47]的采雲，甚至在一九五六年，導演何明基（1926-1956）拍攝的臺語片《運河殉情記》[48]，即是以養女為主題拍攝的

44 陳秋梅：《日治時期臺灣的養女習俗與小說研究（1895-1945）》（臺中：國立中興大學中國文學系碩士論文，2012年），頁6-31。

45 國立臺灣歷史博物館「臺灣女人：我們都是臺灣女人——養女」網站（https://women.nmth.gov.tw/?p=1858），瀏覽日期：2022年3月18日。

46 龍瑛宗：〈黑妞〉，收入《龍瑛宗集》（臺北：前衛出版社，1991年），頁73-79。

47 張文環：《閹雞》，收入鍾肇政、葉石濤主編：《光復前臺灣文學全集》（臺北：遠景出版社，1981年），第8冊，頁15-60。

48 關於《運河殉情記》是由歌仔冊所改編的，據考證約有五個版本：「這五個版本是1935年臺中瑞成出版的《運河奇案新歌》、1935嘉義玉珍《金快運河記新歌》（署名戴三奇）、1957連續出版，署名張新興出版兩本臺中文林《最新運河奇案》、新竹竹林《臺

電影。由於談到臺灣養女的悲慘狀況，也引起政府與大眾的關注，掀起了「保護養女運動」。最後於一九五一年七月成立「臺灣省保護養女運動委員會」（簡稱省養女會），全力推動保護養女的工作。[49]

從上述臺灣社會養女的歷史脈絡來看，在早期經濟資源不寬裕的時期，送養女兒是普遍的狀況。但對於養女而言，送養等同於被賣、被捨棄，她們喪失掉的不只是身體的自主權，也是與原生家庭的聯繫與庇護，其內心特別易失去自我價值。白梅作為養女，就是被以圖利為目的。一開始被原生家庭送養，之後被賣為娼女，箇中辛酸苦楚，猶如她最愛的〈雨夜花〉一曲之處境。

如此被動的人生，終於在遇上鶯鶯一家後取得人生轉變的契機。魯延的出現，代表著生命的禮讚，使她開始意識到生命其實擁有無限可能，她並非沒有選擇。雖然她的身分使其身處底層，但即便是底層階級也有所區分。從文本來看，白梅十數年的妓業營生，使她深諳生存之道，她不僅具有相當的生理資本（physical capital），更因其樣貌不俗，具有能動性，知道需要常轉換營業所才能維持身價，並且靠其身體換取相應的資本（錢）。這代表她具有選擇店（娼）家的權力，有足夠的條件可以自立。甚至是在姊妹鶯鶯受屈辱時，她都能挺身而出頂替，說明她並非純粹被老鴇所操控的妓女。即便在娼寮，她依舊保有「選擇」的餘地。

所以，新生命的出現，更加促使了她想要當母親的決心，並為此新身分一步一步地達成其目的。將其命運掌控在自己的手裡，尤其是她曾那樣犧牲奉獻養活整家子的人，往後的人生，她要擺脫命運的束縛，要為自己而活，她開始正視她心底的最深處的渴望──孕育一個生命：

南運河奇案歌》及佚名新竹竹林《臺南運河奇案歌》。黃勁連編《金快也跳運河》、陳永派撰〈運河奇案本事〉。」參見蔡玫姿：〈「運河殉情記」：臺南安平的羅曼史敘事與影像〉，《逢甲人文社會學報》第31期（2015年12月），頁6。

49 國立臺灣歷史博物館「臺灣女人：1950至1970年代的保護養女運動」網站（https://women.nmth.gov.tw/?p=2159）瀏覽日期：2022年3月18日。

> 她竟想起需要一個孩子，像魯延那樣的一個孩子，只有自己的孩子的
> 目光，對她才不會冷漠歧視。只有自己的孩子，才能讓她在這世上擁
> 有一點什麼。只有自己的孩子，才能將希望寄託。[50]

　　她有意識地物色對象，選擇了身體健壯的男子阿榕來借種懷胎。阿榕本
名吳田土，家中務農，是一個性格老實、本分的討海人：

> 白梅注意到他那整齊潔白的牙齒，注意到他那清爽的目光。他看到他
> 裡面的一片良善的心地。她告訴自己說就是要和這個人生一個小孩。[51]

　　她與阿榕的性愛體驗，並不像同於以往，都是妓女與嫖客之間的交易。
那是她第一次以一個女人的心態與男人發生關係，對她來說，那並不是交
易，而是一種生命中神聖的體驗。她感受到自己像是一個正常女人，而不是
一項洩慾工具；她像一般女子一樣，對他撒嬌、互相擁抱溫存，藉由阿榕深
入她的身體，彷彿像是鰹魚游入她的體內，使她感受到「有個希望靜靜地潛
入她的身體裡」[52]，她衷心祈願有一天她的希望能長了出來。

　　白梅曾經很害怕外界世界對她的惡意眼光，任何一點嘲諷的話語，都足
以讓她卑微到塵埃底。然而，曾經賣淫的生涯使她經歷過底層世界的黑暗，
最痛苦的階段都已經度過，還能有什麼無法面對？因此，白梅產子後的日
子，將會以一個未婚、單親媽媽的身分生存，她不需要婚姻、丈夫，並能夠
自力更生，為母則強。甚至她也擘畫好未來，為孩子的父親塑造好一個良好
的形象，她唱著自編的歌謠「對了！你爸爸就是一個很勇敢的討海人，有一
天他為了捉大魚，在很遠很遠的海上死掉了。我的乖孩子，你長大不要做討
海人，你要做大船越過這個海去讀書，你要做一個了不起的人。」[53]歌謠的

50　黃春明：〈看海的日子〉，頁30。
51　黃春明：〈看海的日子〉，頁38。
52　黃春明：〈看海的日子〉，頁42。
53　黃春明：〈看海的日子〉，頁75。

內容是如此簡單，白梅唱得坦然，也隱含她對未來的期待，她已經安排好每一件事情，已然無懼於社會對未婚生子的負面評價。白梅從尋找孩子父親、離開妓女戶與返回故鄉，雖然並不能預期白梅與她的孩子未來會成為何種樣子，但是透過白梅對希望與未來執著的信念，可以看見她為延續後代那種義無反顧的決心與毅力。

白梅從妓女到聖母的自我拯救過程，並非簡單的「善有善報」的勸世故事，而有著獨特的意義，具有拯救人類靈魂與復活理想的象徵意義，突顯「小人物」同命運相抗衡的昂揚不凡的意志，莊嚴化其生命的存在。[54]

白梅從底層一路翻轉自身命運，身分從養女、娼女，一直到具有母性光彩的母親角色，最終受到鄉里人的歡迎，小人物向上的故事，具有勵志色彩。其中女性意識抬頭則是在文本中顯得具有力度，重新選擇自己的身分與對象，她取得掌控自我人生的權力，讓悲慘的人生重回正常的軌道。一般談到娼妓，都屬社會階級較低的經濟弱勢、邊緣的女性，往往不能為自己的人生作主，甚至連最基本的當母親的生育權利也可能被剝奪，尤其是如下女、奴隸、娼女等階級低下的職業，懷孕生子將影響工作，是雇主不願看到的狀況。相對地，社經階級較高的中產階級以上女性，反而倡議女人應該主動放棄自己作主當母親生育的天職，主張女性之所以受制於男性而地位低落，恰和生育（為男人傳宗接代）有關。但若從後殖民女性角度來看，身處白梅此般現實處境與文化脈絡中的人，生育對其所具有的意義遠非如此。當她們的一生都被他者決定，唯一能自己作主的事只有生子當母親時，則如何藉由生育作為一種武器／工具，以拿回對自己身體的主控權，這對她們而言更可能是一種恰如其分的理性選擇。

（二）兩性權力關係的互換

男性在白梅的前期人生當中，出現並不多，如恩客與父親。恩客對於妓

---

54 肖成：《大地之子：黃春明的小說世界》（臺北：人間出版社，2007年），頁201。

女的蹂躪、欺壓在文本中可以清楚地讀出，但是父親（生父、養父）幾乎並未真正現身／聲。白梅一開始被送養，生母提到「梅子，你八歲了，什麼事都懂了，你得乖哪！什麼都因為我們窮，你記住這就好了，從今以後你不必再吃山芋了。什麼都該怪你父親早死……。」，[55] 接著提到她的養父僅有一句「她永遠不能原諒養父出賣她身體的事」。[56] 在文本中，她的生父與養父從未真正出現，沒有任何對話與場景，僅能從小說敘述中得知白梅的生父早死，導致家庭經濟陷入困頓，迫使白梅被送養；養父則是將她賣進娼寮的始作俑者。但在這當中，生母與養母又是推波助瀾者：生母將她送養，推給「都怪你父親早死」，養母則是想讓將她隨便嫁出，她不從，則罵她「你這爛貨不識抬舉」[57]。這些推託之詞與汙辱之語都是出自於女性的聲音，反過來說又是一種隱性的「男性聲音」，她們打著父權的旗幟，對她進行赤裸的壓迫。

在這裡，男性可算是絕對的支配者，猶如殖民帝國與被殖民地之間的關係。白梅被生家送養、被賣入娼寮，被掠奪資源（供養養父母一家）；在養父母家不受關注、在娼寮中十多年的肉體交易，都在討好迎合男性的時光中度過，甚至還要遭受男性的嘲弄與羞辱，長期處於不對等被壓迫的環境下，身為一個被迫害者，她無力改變接受成為一個性工作者，在這之中她已然接受宿命的安排，並未有那樣悲壯、頑強抵禦這些壓迫者，反而是用屬於自己的方式：「自主產子」，來完成她的對命運的無聲的反抗。

男性對於白梅而言，具有雙重身分，不僅是壓迫者，同時如養父與娼寮中的嫖客，也是帶給他生命與希望的施恩者，如大哥、阿榕、魯延、白梅的孩子。白梅在看似毫無出路的命運中，有一套生存模式：她知道女人迎合男人的方式，不會動真感情，也教導幫助雛妓鶯鶯該如何適應如此艱難地娼妓命運，甚至知道該如何保持身價：

---

55 黃春明：〈看海的日子〉，頁45。
56 黃春明：〈看海的日子〉，頁13。
57 黃春明：〈看海的日子〉，頁29。

幹我們這一行的要時常流動才行,在同一個地方浸久了,身價會低
落,到時候就是跌落到二十塊錢也沒人要。要是你想永遠保持三十
塊,那就必須到各地方流動流動。男人的心眼壞了,他們好新。[58]

白梅在歡場中很清醒,不僅懂得身為嫖客的男人心態,也更懂得生存之
道;在前期之中,她雖然是處於被宰制的階段,但是她深知男女的權力關
係,男人在高位掌權時候,由於那也代表著社會地位和資源的掌握,因此對
女人比較有吸引力,相對的,女人如果具有一些低度權力的特徵,比如說年
輕或者忠誠,那麼她們對男人就更具吸引力。所以,她轉換營業空間以保持
身價的作法,已經萌生女性的自覺。在遇見鶯鶯之後,也得到她幸福的傳
遞,從她「想要」、「需要」的過程中,她就有了自己的獨立思考的意識。據
此,她開始翻轉自己的人生,將男/女兩性的權力關係調轉過來:她離開娼
寮,成為自己生命的主宰,她不需要婚姻,只找了一個老實健壯的男人,借
精生子。她選擇帶著這個希望,回到故鄉:她成功成為一個母親、重回到生
母懷抱,成為女兒,進而找到自我生存的價值。儘管文本中的男性著墨不
多,形象模糊,但是兩種相反/相成的身分依然清晰可見:他們既是霸凌、
壓迫者,同時又是施恩者乃至希望的化身;儘管希望微渺薄弱,然而只要他
們出現,如魯上校、魯延與白梅的小孩,就是相當重要的時刻,因為白梅藉
由她們,重新彰顯自我生命的價值,最終綻放女性意識的萌生。

(三)生之樂與母體之痛

當白梅認知到她對自己的身體有「絕對的選擇權」時,此時女性的子宮
就已不再是從屬於男性的、也不再是依附於父權社會體制下的被動器官,此
時她已然擁有自主選擇「要不要孩子」與「精子提供者」的權利。在這件由
她所決定主導未婚產子的事件上,她可以充分地享受到作為一位母親所行使

---

58 黃春明:〈看海的日子〉,頁22。

的權力，從中去體會關於女人生育子女所產生的喜樂與痛楚。

在文本中，白梅她獨力進行安排，不靠男人的經濟資助，遠離不堪的過去，重返故鄉，並告訴母親她的打算，勇敢面對未來可能遭遇的困境。在充滿人情味的土地，她要在這裡重新開始，並哺育一個新生命。文本中運用大量文字敘述白梅的分娩過程，並細緻地敘述的懷孕的身體變化與準備事項，從一開始她的害喜、口味的變化、肚子的形狀等，一直到白梅謹慎計算的生產的日子，準備好生產所需要準備的物品與嬰兒的衣服，母親也替她養好了坐月子要吃的十二隻雞。這種種的備孕瑣事，都代表著白梅對於生產的重視，以及延續生命的喜悅。

緊接著是敘述產子的痛楚，藉由這種「痛感」，強調白梅選擇作為母親的決心，以及身而為人，特別是女人所行使的權力。這裡，作者帶領讀者從另一個視角進入到更隱密的母體空間：

> 被攙扶到產檯的梅子，額頭凝聚大顆的汗粒，忍耐著造物授母性給女人的原始儀式。但是心裡卻為這激痛得實在感到慰藉，痛得越厲害，越讓她感到她的希望不曾是妄想，而是一件就要實現的事實了。……醫生看看她的體力，覺得催陣還可以讓它綿密，於是再三地打了催陣劑，一陣一陣撕裂般的疼痛遂使梅子用力唓──啊──地掙扎著。……梅子又被一段很長而綿密的陣痛所折磨，而她一次都不浪費地將痛苦的掙扎化成力量。她全身濕得像從河裡撈起來。………[59]

文本中大篇幅的從陣痛、接生到難產，描述她的分娩之艱辛與痛苦，經由那樣長時間的磨難，白梅承接下這份痛苦，也承擔下身為母親的重擔，從生之痛到延伸到日後養育子女的各種辛勞，更顯出母性的偉大與不易。白梅從妓女骯髒的女體，變成充滿母性光輝的聖母；從幽暗的小房間，到廣闊的故里，從中可以窺見母體被銘刻成為了一種交織神聖與低賤的的雙重意象。然

---

[59] 黃春明：〈看海的日子〉，頁66-68。

作者又不僅止於此，他設置了兩段夢境，將動物、食物、植物等各種意象結合起來，構成更有象徵力量的敘事筆法，第一段夢境：

> 她像一頭馱著笨重荷物的象，就在她向前走一步就能勾到的地方，有一串香蕉，她肚子很餓，她向前走一步想勾到食物，但食物也跟著向前一步……然而她更努力追趕著……她還是不肯放棄希望……[60]

第二段夢境：

> 眼前一片花園，梅子茫然的走進去。有一個人大概是園丁吧，他嚴厲的說梅子不該隨便闖進來。「我曾經在這裡種過花。」「什麼花？」「我說不出。」「什麼樣子的？」「就是那樣。」「什麼樣？」「我說不出。」「你是說菊花嗎？」「不是！」「玫瑰？」「不是！」「那麼我們這裡沒有你說的那種花。」「有！我曾經在這裡種過。」「我沒有印象。」梅子大聲的叫起來：「我不管──」[61]

上述作者用了大象、食物與花的意象，象徵著白梅求子最深切的盼望，夢裡的她變成一頭大象，但很努力地去追趕食物；她強烈地表達她曾種過花，並據理力爭。這裡花與食物都代表著她的孩子，所以她拚了命地追趕，她想要衝破世俗的藩籬，象徵著她想要孩子付出的極大的心力。因為妓女與生子通常是屬於對立面上，妓女似乎不該是孕育新生命的載體，但是白梅擁有二者，這代表「當妓女與生育這兩個似乎對立的思考同時並存時，似乎正代表著一種身分轉變的可能。」[62]白梅孕育一個新生命，過程中很痛苦，但是分娩所流出的血，也洗淨了過去的不幸與不潔。產房外圍繞著關心她的家人們，

---

60 黃春明：〈看海的日子〉，頁69-70。
61 黃春明：〈看海的日子〉，頁70-71。
62 肖成：《大地之子：黃春明的小說世界》，頁139。

他們為其感到欣慰。白梅經歷了女人生產的重大關卡，讓她經歷到生產之痛與生育孩子的喜樂，彷彿經歷受洗儀式一般，迎來她的破繭重生，身分轉換從妓女過渡到一個母親，在文本中具有重大的意義，而小孩的到來，也讓她孤寂不婚的生命，有了傳承延續的可能，更讓她體認到她的選擇是正確的。

三　重生：走出格窗之外

白梅取得生育自主權之後，無論是她的心境、身分、階級都有著巨大的改變，特別是回到坑底老家之後，重回生命最初的本源（重返母親的子宮）[63]，給予她強大的力量與自信。然而，除了親情的連繫之外，更重要的是，白梅是如何靠著她的能力，走出被壓迫的人生。以下分為兩點來談。

（一）女性價值的實現

白梅的選擇的歸返，不僅是象徵自我的重生，也讓坑底確立新的面貌與秩序，在三個事件中，更能看出白梅身為獨立女性的價值。第一個事件，她成為家中的主宰，面對著她大哥生病而潰爛的腿，白梅的母親說：

> 梅子，並不是我不愛你的大哥，人說虎怎麼凶殘也不吃自己兒子。我看他是沒有救了，醫生也不敢擔保。你說救他一個倒不如救他七個孩子。[64]

---

63 「在『永生』神話原型中，最常見的一個故事形式就是「返回子宮」。也就是說，返回生命創造的本源那種至善、至福、純真的狀態。故事的主角都得在生命長期遭受苦難崩解之後，會尋求「返回子宮（樂園）」——即回歸生命初始的原鄉，以獲得心靈的淨化與重生的機會。」參見劉滌凡：〈黃春明〈看海的日子〉一文中「永生」神話原型的研究〉，《通識學刊：理念與實務》第2卷第2期（2013年6月），頁101。

64 黃春明：〈看海的日子〉，頁49。

這一席話，對於白梅而言，彷彿猶如當初因為環境艱苦，而要賣掉女兒的場景再現；而今則是因為大哥生病，家中無力救治，又再次放棄第二孩子，選擇留下七個健康的孩子。這種兩害相權取其輕的模式，白梅再熟悉不過，但是她已非當時無力反抗的小女孩，而是真正具有獨立自主的女性。因此，她提出「阿母，我有一些錢，明早就帶大哥下山吧！」[65]，憑她的經濟條件，足以讓她在坑底生家站穩腳步，因此，回到原鄉，她並未有任何的自卑，面對著大哥的生病爛掉的一條腿，她力勸他鋸掉爛腿，保全性命，最後並站出來，取得過去不曾有過的話語權，有著執行者的魄力，「決定了。明天送你到醫院去。」[66]，她成為家中的最高權力的行使者。

第二個事件：坑底居民得到官廳放領土地，成為地主，而母親面對生活的好轉，對梅子提出了一個想法：

> 「梅子，你不覺得我們有了這些地之後，還要有一個男人。」母親看看沉思著梅子：「何況你又是年輕。」[67]

面對母親仍然是屬於父權社會之下，傳統婦女的想法，認為女性必須要依附於男性，無論是生兒育女，都必須要有一個男人肩負著家長的重責。這種傳統桎梏下的壓迫，白梅則是毫不退卻，發表了彷彿是她作為女性的獨立宣言：

> 「你的意思我明白了。但我這一次回來，我是有我的一套計畫的。」她很平靜說：「我已經有身了，我準備在這平靜的地方，將這孩子生出來。」……「那不重要。我是借著他給我孩子，我需要自己有一個孩子。」[68]

---

65 黃春明：〈看海的日子〉，頁49。
66 黃春明：〈看海的日子〉，頁53。
67 黃春明：〈看海的日子〉，頁55。
68 黃春明：〈看海的日子〉，頁55。

　　白梅為能夠取得身體的自主權感到驕傲，並且有自己的一套計畫，她為自己作主，不需徵得任何人的同意。而母親面對著白梅異於傳統的驚人言論，卻又那麼充滿著自信的語氣，她心想「梅子一回來已經使家裡改善了許多了，我還能向她要求什麼？」[69]。從這句話來看，以及上述白梅從大哥鋸腿事件，她與母親的角色，權力的此消彼漲，已然對調。而她的底氣，來自於她的經濟力，她能養活自己、改善生家，甚至也能取得家中的掌控權。

　　第三個事件：她解決了坑底居民低價販售番薯的問題，提出了「我們每天有這麼多的番薯能分成三四天運出去的話，可能價錢會提高一點。」[70]，她的無心之語，卻徹底解決了困擾坑底人的問題。村民從她的方法得到了啟發，也使他們的番薯「每一臺斤的番薯，已經漲了二十四塊錢」[71]。白梅知識水平不高，但是曾經離開鄉里的多年的生活磨難，不僅只留下傷痛而已，事實上也讓她視野漸開、累積人生閱歷，不同於村民的愚昧，她的意見得到了大家的尊重。

　　從這幾個事件來談，白梅能夠重返、立足於坑底，一個被壓迫者，能夠翻轉自己的命運，仰靠的絕非僅是運氣與偶然。她符合獨立自主女性的幾項條件，雖然她身處的位階並不能真正挑戰父權體制，但是她所擁有的閱歷、經濟力，在她所屬於的社會文化脈絡下，使她還是有機會找回自己的身分、話語權，以此行使她作為一個女性的權力，也可視為白梅女性意識覺醒的明證。

（二）母性地位的躍升

　　白梅帶著希望回到坑底老家，長期脫離原鄉的她，憑藉著她的能力與見識，其娼妓經歷與未婚懷孕的現狀，不僅未曾受到大家的異樣眼光與苛責，

69　黃春明：〈看海的日子〉，頁56。
70　黃春明：〈看海的日子〉，頁58。
71　黃春明：〈看海的日子〉，頁58。

反倒是得到原生家庭滿滿的關愛。而且因為她的到來，讓坑底獲得好運氣，受到村民的歡迎與祝福，其中作者安排村民與閹雞嬸的對話，更是值得深思：

> 「這個女孩子很乖，應該保佑她生一個男的。」一個年老的人說。
>
> 「是的，那是我長眼睛僅見的一個好女孩子。」
>
> 「哪裡的話，是你們這些長輩不甘嫌她。」梅子的母親暗暗在心裡歡喜。
>
> 「說實話，我們讚美都來不及呢。」
>
> 「我猜她會生男的。看她的肚子好尖哪。」
>
> 有一個女人這麼說。「該賞她一個男的才公道。」[72]

從大家此起彼落的祝福中，不難看見對於白梅的疼惜，但是再細究其中的話語，從村民們的對話，似乎還是落入在傳統的窠臼，深陷在「不孝有三，無後為大」框架之中，這當中也包含白梅本人也是認為「她心裡何嘗不想抱個男嬰」、「我想我一定會生一個男孩」[73]，因為傳統的宗教與文化觀，傳宗接代的觀念深植人心。白梅急切想要一個兒子，這一大段話看似在文本中削弱了她女性價值的意識。但是，反過來說，白梅產子，反而在此具有相當重要的意義。從後殖民女性主義的角度，其中提到的性別平等、女性意識，並不單指字面上的意思，而是要放回臺灣當時的社會文化脈絡之下，正是從這裡來看，其產子的意義正是讓白梅得以改變身分地位最重要的工具與武器。作為一個擁有兒子的母親，她能得到許多一般（無子的）女性無法享有的待遇。產子的瞬間，正是白梅憑藉己力翻轉命運的關鍵時刻。

白梅從未獲得那麼多人的肯定與愛，她的汙穢彷彿在坑底淘洗得乾乾淨淨。坑底與漁港的娼寮就像是兩個世界，成為母親身分的她不再遭受白眼與冷待，歷經艱辛產下男孩，從此不再是一個人，她擁有了自己的後代，成為

---

72 黃春明：〈看海的日子〉，頁62。
73 黃春明：〈看海的日子〉，頁63。

母親是她走出困境，有效的出路。她的人生有了依靠、有了希望，不再害怕
會受到指點，母親的形象，母性的光輝，讓她的地位得以提升。她抱著孩
子，宛如新生，重新被整個社會接納。堂堂正正地登上火車，重回到曾經讓
她不堪的漁港，面對乘客友善的眼神與態度，讓她真正感受到「現在她所看
到的世界，並不是透過令她窒息的牢籠格窗」[74]。她被那扇小小的牢籠格
窗，困住了十四年，綑綁了她的青春歲月；如今她抱著新生命，白梅特別將
小孩的眼睛面向著大海，母子倆正對著大海，衝破心底那扇窗，打開心房，
找到出口。文中她有一段精彩的獨白：

> 「走！抱著小孩到漁港去。」
>
> 「魚群還沒有來呀。」
>
> 「我知道。」
>
> 「那麼不可能遇到他，這孩子的父親。」
>
> 「我知道，這不是我主要的目的。」……
>
> 「我明知道他現在不回在漁港，因為魚群還沒來。現在他可能在恆
> 春。」……
>
> 「沒什麼，我知道我不回遇見他，但我必須去一趟。」
>
> 「我也不明白，所以我不能說明那一點意願是什麼？」[75]

　　白梅內心矛盾又掙扎，她無法說清楚心裡的急切究竟是什麼？所以，當
她走出坑底老家，再重回南方澳漁港，也代表一種勇敢。她只有踏上那片曾
經承載著她生命不可承受之重的地方，正視她黑暗沉痛的過去，對過去做和
解，才能真正釋然放下，成為一個正常的女人；唯有解開內心的結，才能有
辦法去愛人與被愛。從上述的獨白來看，白梅對於孩子的父親阿榕有一種隱
微地期待，她說不清是何種感覺，因為過去的妓女生涯，讓她失去或者是不

---

74 黃春明：〈看海的日子〉，頁74。

75 黃春明：〈看海的日子〉，頁73。

能具備這種能力。白梅的這種期待並非需要一個丈夫、一個孩子的父親、一個經濟支柱,而是做為母親之外,單純地作為一個女人對於愛情的那一點憧憬與渴望。

大海充滿了包容與淨化人心的正能量,使白梅看見未來的希望之光,她充滿著信心。所以,她不相信命運,就算是身為女性,也能夠不仰靠任何人,獨立工作養大孩子,因為她認為「我不相信我這樣的母親,這孩子將來就沒有希望」[76]。最末,「火車平穩而規律地輕搖著奔向海港」[77],也預示著她與小孩會走向美好的旅途。

倘若我們換個角度,假設性地重寫小說的結局:如果白梅不停地祈求生兒子這件事情最終落了個空,最終產下的不是兒子,卻是女兒,倘若如此,白梅又會變成什麼樣子呢?顯然問題不只是生下一個小孩這麼簡單。生下兒子或生出女兒的性別差異,在她所處的社會之中無疑具有關鍵的意義。如果生下來的是女兒,究竟還能否改變她的命運嗎?抑或到頭來反而會重新啟動階級、性別地位複製的過程,將她的遭遇「遺傳」給自己的女兒呢?這是一個令人玩味的問題。

四 結語

本文聚焦白梅人物的象徵、自我意識的萌發與重生,從後殖民女性主義的角度來解讀,分為三部分:「肉身菩薩的象徵:白梅人物形象的游移與歸位」、「自我幽閉/解放:女性意識的覺醒」與「重生:走出格窗之外」,探討主角白梅的女性意識與形象的轉變。黃春明藉由白梅人生的滄桑歷程,呈現臺灣社會轉型的面貌,記錄臺灣經濟飛揚與社會變遷中的悲歡離合,並為那些被壓迫在社會底層的小人物,發出生命的吶喊。

黃春明〈看海的日子〉對於白梅人物的設計與安排,被認為是過於浪

---

76 黃春明:〈看海的日子〉,頁75。
77 黃春明:〈看海的日子〉,頁75。

漫，而他自己也曾經提到，他對於白梅的同情：「寫『看海的日子』時我比較年輕，寫到白梅的時候，我真的很難過，就在那裡哭起來。在這種情形下，白梅要什麼，我就給她什麼。她說我不要當妓女，我說你不應該當妓女；她要一個小孩，我就給她一個小孩；她要男的，我就給她男的；她說：『我不相信我這樣的母親，我的小孩子將來就沒有希望。』對！我也讓她如願以償。真是很浪漫，也很理想化，把現實的嚴酷都拿掉了。」[78]雖然白梅的形象是過於理想化，但是也不能否認，作者將其對社會底層小人物的背景、生活中的歡笑淚水與辛酸血淚描繪得淋漓盡致。而這樣的角色更是令讀者產生共鳴與鼓舞。

白梅二十八年的青春歲月，受人歧視充滿著各種苦難，但無論生活多艱苦、活得多卑微，她始終保有自尊，並未沉淪。她不甘心其生命就在娼寮中，消耗殆盡。她尋找生命的意義，直到她終於認知到自己存在的意義價值：人之所以為人，最起碼的是要過上正常人的生活，要有勞動的權利、生存的權利、愛與被愛的權利以及作母親的權利等等，正是人性中為基本的要求，召喚著像白梅這樣受屈辱的人們去抗爭，去改變自己的命運，這正是底層人民最具有人性生命力的表現。[79]她的覺醒、爭取，以及想要延續一個新生命，也是帶給同處於社會底層的小人物尋求重生可能的一種鼓舞。而白梅對於處在困境之中，她的承擔與掙扎，都換來對自我的救贖，最終掙脫命運的枷鎖。

白梅帶著嬰兒去看海，以一個母親的身分返回社會，她不再受到冷眼對待，反而受到同車旅客的友善對待，那個「曾經一直使她與這廣大的人群隔絕的那張裹住她的半絕緣體」早已不復存在，她作為養女、妓女的宿命，她靠著自身的力量，勇敢打破，讓她從底層走出來。文本中並未對於她的未來結局多所描繪。她是否能夠再尋覓到愛情，以及她與孩子能否過上自主有尊

78 黃春明主講，陳素香整理：〈從小說到電影〉，《婦女雜誌》第184期（1984年1月），頁81。

79 趙瑕秋：〈在回眸鄉土中審視歷史〉，《黃春明作品集‧代序》（北京：九州出版社，2001年）。

嚴的生活？作者對這個問題埋下伏筆。黃春明只是敘述她抱著孩子回到漁港，依著嚴冬柔軟的陽光，望向海洋。小說在此畫下句點。但大海象徵著包容、淨化與希望的意涵，也代表包容她的過去，洗去她的汙點，隨著她的新身分展開：一個母親的形象，也意味著她將被整個社會重新接納，象徵她與兒子也會有一個新的希望與開始。

參考文獻

一　專書

江燦騰編著：《認識臺灣本土佛教：解嚴以來的轉型與多元新貌》，臺北：臺灣商務印書館，2012年。

李萬鈞：《中西文學類型比較史》，臺北：萬卷樓圖書公司，2018年。

邱貴芬：《仲介臺灣‧女人：後殖民女性觀點的臺灣閱讀》，臺北：遠流出版事業公司，1997年。

肖　成：《大地之子：黃春明的小說世界》，臺北：人間出版社，2007年。

林美香主編：《百合與玫瑰：中古至近代早期英法王權的發展》，臺北：國立臺灣大學出版中心，2019年。

范銘如：《文學地理：台灣小說的空間閱讀》，臺北：麥田出版社，2010年。

夏志清：〈台灣小說裡的兩個世界〉，《新文學的傳統》，臺北：時報文化出版公司，1979年。

張文環：《閹雞》，收入鍾肇政、葉石濤主編：《光復前臺灣文學全集》第8冊，臺北：遠景出版社，1981年。

傅道彬：《中國生殖崇拜文化論》，湖北：湖北人民出版社，1990年。

湯一介：《中國宗教：過去與現在》，臺北：淑馨出版社，1994年。

黃春明：〈看海的日子〉，臺北：聯合文學出版公司，2018年。

黃春明主講，陳素香整理：〈從小說到電影〉，《婦女雜誌》第184期，1984年1月，頁71-78。

趙瑕秋：〈在回眸鄉土中審視歷史〉，《黃春明作品集‧代序》，北京：九州出版社，2001年。

樂蘅軍：〈從黃春明小說藝術論其作品的浪漫精神〉，收錄自《中華現代文學大系（評論卷）》，臺北：九歌出版社，1989年。

龍瑛宗：《龍瑛宗集》，臺北：前衛出版社，1991年。

顧燕翎主編：《女性主義理論與流派》，臺北：貓頭鷹出版社，2020年。

〔法〕加斯東・巴舍拉（Gaston Bachelard），龔卓軍、王靜慧譯：《空間詩
　　學》，臺北：張老師文化公司，2010年。

〔英〕克理斯・巴克（Chris Barker），羅世宏譯：《文化研究：理論與實
　　踐》，臺北：五南圖書出版公司，2010年。

〔德〕埃利希・諾伊曼，李以洪譯：《大母神──原型分析》，北京：東方出
　　版社，1998年。

〔美〕查爾斯・史金納（Charles M. Skinner），陳蒼多譯：《花、樹、果的動
　　人故事：你所不知道的植物神話與傳說》，臺北：新雨出版社，
　　2017年。

〔英〕提姆・克雷斯維爾（Tim Cresswell），徐苔玲、王志弘譯：《地方：記
　　憶、想像與認同》，臺北：群學出版公司，2006年。

二　論文

李俐瑩：〈台灣寫實小說中的風塵書寫──以王禎和、黃春明為例〉，臺北：
　　國立師範大學國文系碩士論文，2004年。

周俊吉：〈淪落人的雨夜悲歌──〈看海的日子〉中女性形象的分析〉，《東
　　吳中文線上學術論文》第31期，2015年9月，頁95-112。

林倩好：〈黃春明〈看海的日子〉的女性意識〉，《臺北海洋技術學院學報》
　　第4卷第2期，2011年9月，頁145-161。

陳秋梅：《日治時期臺灣的養女習俗與小說研究（1895-1945）》，臺中：國立
　　中興大學中國文學系碩士論文，2012年6月，頁1-124。

莊文福：〈黃春明〈看海的日子〉中的象徵意義探析〉，《研究與動態》第16
　　期，2007年7月，頁1-16。

劉滌凡：〈黃春明〈看海的日子〉一文中「永生」神話原型的研究〉，《通識
　　學刊：理念與實務》第2卷第2期，2013年6月，頁101-118。

蔡玫姿：〈「運河殉情記」：臺南安平的羅曼史敘事與影像〉，《逢甲人文社會
　　學報》第31期，2015年12月，頁1-15。

謝世宗：〈妓女、性啟蒙與男性氣質的建構：戰後臺灣文學中性政治的一個
　　側面〉，《文化研究》第16期，2013年春季，頁47-80。

三　網路資源

天主教輔仁聖博敏神學院禮儀研究中心網站，網址：https://reurl.cc/12AKAX。

國立臺灣歷史博物館「臺灣女人：我們都是臺灣女人──養女」網站，網址：https://women.nmth.gov.tw/?p=1858。

國立臺灣歷史博物館「臺灣女人：1950至1970年代的保護養女運動」網站，網址：https://women.nmth.gov.tw/?p=2159。

死亡與完成
——黃春明小說的老人群像

董淑玲[*]

摘要

　　黃春明創作生涯中，對鄉土老人始終關懷備至，多所著墨，一九九九年出版的《放生》即此類題材集大成者。他的筆觸細膩溫潤，小說中鄉野老人生命情境各自不同，形象鮮明備受矚目，研究成果亦十分豐碩。這些以老人為主角的小說裡，有六篇用死亡作結或涉及死亡事件，分別是：〈北門街〉（1962）的老道士、〈溺死了一隻老貓〉（1967）的阿盛伯、〈現此時先生〉（1986）的讀報老人「現此時」、〈死去活來〉（1988）的粉娘、〈售票口〉（1999）的火生等人、〈有一隻懷錶〉（2008）的祖父。黃春明珍愛鄉土，崇敬老者，生命雖然無常，但死亡並非他小說常態的安排，其用意為何，實值得深究。本論文分別由維護信念尊嚴、獻身親情倫理、完成重建與和解等三方面論述之，詮釋這些老人死亡事件所彰顯的意義。

關鍵詞：黃春明、老人、死亡

---

[*]　國立臺中教育大學語文教育學系副教授。

一 前言

　　黃春明（1935-）第一篇小說〈清道伕的孩子〉發表於一九五六年，迄今筆耕歲月已超過一甲子。按二○○九年「聯合文學出版社」發行之黃春明作品集（1～8）計算，截至二○○八年，他發表的中短篇及最短篇小說共計五十六篇，[1]之後便鮮於小說創作，直至二○一九年、二○二○年方重磅回歸，連續出版了兩部長篇《跟著寶貝兒走》及《秀琴，這個愛笑的女孩》。

　　在這些小說裡，黃春明形塑了許多生動的鄉土人物，如白梅、青番公、坤樹、江阿發、甘庚伯、憨欽仔、阿盛伯、現此時、粉娘……等等，成為他小說作品鮮明的標幟。出身宜蘭、嫻熟鄉土地理、熱愛庶民生活的成長背景，讓黃春明即便離開鄉野、進入都市，成為知識分子，依然初心不忘：

> 所謂小人物的他們，為什麼在我的印象中，這麼有生命力呢？想一想
> 他們的生活環境，想一想他們生存的條件，再看看他們生命的意志
> 力，就讓我由衷地敬佩和感動。……對於知識分子我不是不認識，十
> 多年來，一直都在知識分子的圈子裡打滾，遇見的人可不少……令我
> 失望的較多，甚至於有的想起來就令人洩氣。那麼同樣地想寫一個
> 人：一個是令我敬佩和感動的，一個是令我失望和洩氣的，當然是前
> 者的吸引力較大。如果能寫成功這種作品，永遠永遠，不管何時何
> 地，都會感動人的心靈的。[2]

這些小人物微渺地生活在鄉野之間，卻展現了與知識分子截然兩別的生命意志，感動著黃春明，促使他以見證者的方式，將他們化為小說世界裡的獨特

1　二○○九年出版的黃春明作品集一共八本，其中收錄小說作品者有五本，集名及收錄
　　篇數如下：〈看海的日子〉六篇；《兒小的大玩偶》十篇；《莎喲娜啦·再見》十篇；
　　《放生》十篇；《沒有時刻的月臺》二十篇，共計五十六篇。
2　黃春明：〈屋頂上的番茄樹〉，《等待一朵花的名字》（臺北：聯合文學出版社，2009
　　年），頁42-43。

丰姿，力求留住他眼中的美麗鄉土。

在這些鄉土人物裡，黃春明對老者關愛尤深，五十六篇小說中，以老人為主角的作品共十九篇，超過三分之一；其中主角以死亡作結或涉及死亡事件者則有六篇。詳細內容如下表所示：[3]

黃春明小說中老人題材暨死亡事件統計表

篇名	發表時間／刊物	主角死亡或涉及死亡事件
城仔落車	一九六二年三月二十日《聯合報》〈聯合副刊〉	無
北門街	一九六二年三月三十日《聯合報》〈聯合副刊〉	老道士死亡
青番公的故事	一九六七年四月《文學季刊》第三期	無
溺死了一隻老貓	一九六七年四月《文學季刊》第四期	阿盛伯死亡
魚	一九六九年三月二十三日《中國時報》〈人間副刊〉	無
甘庚伯的黃昏	一九七一年十二月《現代文學》第四十五期	無
現此時先生	一九八六年三月四日《聯合報》〈聯合副刊〉	現此時死亡
瞎子阿木	一九八六年三月十七日《聯合報》〈聯合副刊〉	無
打蒼蠅	一九八六年四月二十日《聯合報》〈聯合副刊〉	無
放生	一九八七年九月十二～十五日《聯合報》〈聯合副刊〉	無

3　本表於王麗雅統整黃春明老人題材小說之基礎上再加整理，並檢視挑選其中關涉老人死亡事件的文本。請參照王麗雅：《黃春明「放生」中所反映的老人問題》（臺南：國立臺南大學國語文學系碩士論文，2012年6月），頁10-11。

篇名	發表時間／刊物	主角死亡或涉及死亡事件
九根手指頭的故事	一九九八年六月二十六日《聯合報》〈聯合副刊〉	無
死去活來	一九九八年六月二十六日《聯合報》〈聯合副刊〉	粉娘死亡事件
銀鬚上的春天	一九九八年七月十三日《聯合報》〈聯合副刊〉	無
呷鬼的來了	一九九八年十月八～十日《聯合報》〈聯合副刊〉	無
最後一隻鳳鳥	一九九九年四月《聯合文學》四月號	無
售票口	一九九九年六月十一～十二日《聯合報》〈聯合副刊〉	火生、老里長、七仙女大飯店老闆死亡
眾神，聽著	二〇〇二年五月四～十一日《聯合報》〈聯合副刊〉	無
沒有時刻的月臺	二〇〇五年九月十九日《自由時報》〈自由副刊〉	無
有一隻懷錶	二〇〇八年六月《印刻文學生活誌》六月號	祖父死亡

由上表可知，以老人為主角的題材中，和死亡事件相關的6篇小說分別是：
〈北門街〉（1962）的老道士、〈溺死一隻老貓〉（1967）的阿盛伯、〈現此時先生〉（1986）的讀報老人「現此時」、〈死去活來〉（1988）的粉娘、〈售票口〉（1999）火生等人、〈有一隻懷錶〉（2008）的祖父，占十九篇老人題材三分之一左右。死亡雖非黃春明小說常態的安排，但以老人題材來看，分量著實不低。

生老病死是人生輪迴的常道，依常理論，老者較其他人更靠近生命的終站，最好的狀態是猶如冬葉平靜凋落，自然而然寫下一生的句點。然這六篇小說卻非如此，其中自殺者兩篇，因故猝死者兩篇，意外死亡者一篇，自願

求死者一篇，於作者設計的人生困局裡，老人紛紛以不平靜的方式離去或選擇離去，何以如此？作者之意為何？樂衡軍以「困境」為切入點詮釋如下：

> 在故事中處理危機困境，幾乎是小說藝術中古今同然的慣用之技，而黃春明小說毋寧是偏愛之甚；但是，他並不是單純為了情節的需要而設出一個困境的，而是為了他的人物而設的，他需要把他的人物投到極端的危境裡去，讓他在其中反應出一種特殊的行為格式，然後他的人物意義，以及他的故事喻意才能表現完成。[4]

對這些老者而言，處於極端危境而走向死亡的特殊行為模式，是否也彰顯了人物的意義，完整了小說的喻意？若然，這些老人的危境是什麼？死亡又完成了什麼意義或喻意？實值得深究。以下即由維護信念尊嚴、獻身親情倫理、完成重建與和解等三方面論述之。

二　維護信念尊嚴

〈溺死一隻老貓〉（1967）、〈現此時先生〉（1986）主角都以死亡作結，阿盛伯選擇自殺、讀報人「現此時」則是因故猝死。

〈溺死一隻老貓〉用「小地理」開篇，以距離大都市七、八十公里的「街仔」，以及距「街仔」兩公里半的「清泉村」為主要場景，形成一種浮華、淳樸對舉的城鄉差距。清泉村因擁有兩分多地的泉水塘得名，水清味甜，村內有口龍目井，連結著山村地理。不料街仔人籌集三十萬元想於井邊蓋泳池，此舉引爆耆老阿盛伯怒火，率村人與之對抗。歷經村長、警方、公部門諸多消磨，阿盛伯失去眾人支持，形單影隻，最終跳進喧鬧的泳池以死明志。

4　樂衡軍：〈從黃春明小說藝術論其作品的浪漫精神〉，《臺灣現當代作家研究資料彙編42 黃春明》（臺南：國立臺灣文學館，2013年），頁170。

〈現此時先生〉場景設於福谷村，俗稱「蚊仔坑」，為荒遠山村。十三位老人日日群集村內廟宇聊天說地，打發暮年光陰。「現此時」識得字，主動負起唸報之責，因唸報口頭禪「現此時」而得名，也於同儕中樹立重要地位。某天，因唸一則村內假新聞意外引發眾人質疑，為求證真偽勉強爬上山頂，不幸猝死於途。

兩篇小說場景相近，都發生於荒遠山村，老人咸聚村中廟宇打發時光。〈溺死一隻老貓〉是蓋了六十年的「祖師廟」，〈現此時先生〉是猶如村中文化中心的「三山國王廟」。老人在廟宇中彼此鬥嘴，廟宇散發著神性色彩，匯聚著民間傳奇。〈溺死一隻老貓〉祖師廟裡的「痔瘡石」即如此：

> 門檻內左側的石墩是天送伯的位子，現在它已經失去坐著溫暖了的微溫，變得冰冷透心了。天送走後，火樹伯來揀這個位子坐了一天，當天晚上天送就到火樹的床頭給他託夢，並憤怒地向他討回這個石墩的位子。從那天起火樹伯的肛門过就生了痔瘡。這件事是整個村子裡的人都知道。火樹伯的痔瘡後來搞得很慘……這個石墩就沒有人再敢在上面坐了，在清泉人的心目中，這個石墩已經有了一個專有的警戒名詞——痔瘡石。[5]

以醫學角度看，生病必有其生理原因，「痔瘡石」可謂荒誕不經，但在這荒遠山村裡，科學不發生作用，神話民俗的解釋反而深入人心。老人眼中的鄉土是一個神話式的世界，敬天畏神為其核心。〈現此時先生〉的老人亦然，他們在「三山國王廟」談論神前發誓「斬雞頭」不靈的原因，結論是現代人用了「美國雞」，地藏王聽不懂，所以拿不到討命符。論點聽起來荒唐可笑，但他們打從心底相信「斬雞頭」的神力：

5　黃春明：〈溺死一隻老貓〉，《莎喲娜啦·再見》（臺北：聯合文學出版社，2009年），頁171-172。

下庄有個媳婦想毒死婆婆，證據被捉到了，還是死不肯認。婆婆當天
跪地頭髮打散，燒香責告天地地邀媳婦斬雞頭。媳婦硬到底，雞頭落
地，第二天就死了。屍體的兩隻眼珠子不見了，是被雞啄的，臉上和
全身的傷痕，全是雞爪抓的，更奇怪的是，眼窩和爪痕，才隔天就長
滿了屍蛆蠕動。[6]

只要採取正確方法——用「本土雞」不用「美國雞」，就能透過「斬雞頭」
上告神靈，剷奸除惡。老人的鄉土世界裡人神共存，天人合一，一切自自然
然，本應如此。

　　所以，當〈溺死一隻老貓〉中阿盛伯以「清泉村所以人傑地靈，都是因
為這口龍目井的關係」[7]為理由，抵抗泳池入侵時，便不是站在科學的基
礎，而是源自內心堅不可摧的信念。這信念早在阿盛伯小時候，祖父便透過
口耳相傳，磐石般安放在阿盛伯心裡。「大風颱那一年，不知道誰丟一綑稻
草在井裡，結果我們全村大大小小都眼痛」，[8]神蹟確有其然，符合天人秩
序。泳池一旦蓋起，必將影響地理，龍目枯了，清泉也就完了。在這鄉野世
界裡，阿盛伯秉持著抽象的、無法驗證的、隨口耳傳承的、充滿神靈信仰的
信念，對抗街仔人的強勢入侵。

　　黃春明運用渾然天成的「泉水塘」相比人定勝天的「游泳池」，即「純
樸自然」相比「物質文明」，如此強烈的對比，在小說中一前一後，前後呼
應。[9]泳池不意外地挾龐大物質力量、公部門權力強勢入侵，即便阿盛伯於
村會議大力陳言、率眾抵抗、從容被捕、面見縣長，都無法阻止它的狂暴現
身。村幹事曾問阿盛伯何以抵抗至此？阿盛伯不假思索地回答：「因為我愛

6　黃春明：〈現此時先生〉，《放生》（臺北：聯合文學出版社，2009年），頁26。
7　黃春明：〈溺死一隻老貓〉，《莎喲娜啦・再見》，頁176。
8　黃春明：〈溺死一隻老貓〉，《莎喲娜啦・再見》，頁176。
9　林鎮山：〈榕樹與竹圍——再會黃春明的原鄉婦老〉，汪寶釵、林鎮山主編：《泥土的滋
　　味：黃春明文學論集》，（臺北：聯合文學出版社，2009年），頁230。

這一塊土地，和這上面的一切東西」[10]，他熱愛土地，絕不能放任他人破壞清泉村地理，動機單純至極。

「阿盛伯失去村人行動上的支持以後，他的信念亦不能完全付之於行動。剛開始的那種宗教型的人格就漸失掉了。當游泳池完全落成的那一天，他也完全恢復到以前的鄙俗了。」[11]黃春明以「信念」定義阿盛伯熱愛土地之心，他全力保護清泉地理的完整，正如宗教上不計代價的虔誠奉獻。當此虔誠遭到無情毀滅，看似回到從前鄙俗的阿盛伯，內心卻是再也回不去了。他望著嬉水熱鬧的泳池，見村人於泳池鐵絲網外圍望、小孩子向家人吵著要錢游泳、年輕人不去田裡工作望著泳客想入非非，心裡十分難受，瘋狂闖入泳池脫光衣服縱身躍入深水區，完全不會游泳的他，就此寫下了人生的終章。

〈溺死一隻老貓〉引發關注頗深，阿盛伯之死尤是討論焦點。呂正惠認為他殉道式的死亡完全沒有價值；[12]馬森則持不同意見，他認為：

> 阿盛伯的死像溺死一隻老貓般地微不足道，但就社會變遷中人們的感受而言，阿盛伯的唐吉訶德精神實在具有一個時代的典型意義。〈溺死一隻老貓〉為臺灣現代化的豐隆盛景所帶來的一絲無奈的悲情，不正是文學應該傳達的時代氣息麼？[13]

社會變遷永不停息，物質文明永難抵擋，阿盛伯杞人憂天，[14]以螳臂擋車的

---

10 黃春明：〈溺死一隻老貓〉，《莎喲娜啦·再見》，頁183。

11 黃春明：〈溺死一隻老貓〉，《莎喲娜啦·再見》，頁190。

12 呂正惠認為：「當作現代文明代表的游泳池要侵入鄉土社會時，鄉土的頑固遺老阿盛伯，卻以破壞清泉村的風水之名來極力反對。阿盛伯最後未獲得村民支持是必然的，下一代的小孩在游泳池戲水時的愉快，證明阿盛伯為鄉土殉難，完全沒有價值。」呂正惠：〈黃春明的困境〉，《小說與社會》（臺北：聯經出版事業公司，1988年），頁7。

13 馬森：〈在社會變遷中小人物的悲喜劇 黃春明的《溺死一隻老貓及其他》〉，《臺灣現當代作家研究資料彙編42 黃春明》，頁233。

14 林鎮山認為以阿盛伯首的原鄉父老反對興建游泳池的三大理由，可能就是一種《列子》卷一〈天瑞篇〉所謂的「杞天憂天」。林鎮山：〈榕樹與竹圍——再會黃春明的原鄉婦老〉，汪寶釵、林鎮山主編：《泥土的滋味：黃春明文學論集》，頁236。

方式維護他熱愛土地的信念，結果之慘烈，確如呂正惠所說，實質上並未發揮任何作用，泳池依然強勢進入。但阿盛伯所展現的並非實質效益所能涵括，那是一種精神上「唐吉訶德」典型的完成。正如樂衡軍所說：

> 〈溺死一隻老貓〉有強烈的動作，似乎是戲劇性的，然而全篇要趣，還是在強調阿盛伯那一個新傳奇英雄的奮力過程，而不在衝突（或事件）的解決。……黃春明在最後關頭讓他的人物一躍而起，憑著一股神奇的勇氣（其實便是內在深處的道德良知），他們從一個奴死於現實的被壓迫者，而突然躍為烈士，以烈士殉道的方式，他擊潰了極端情境的圍困，同時也解決了內在的苦戰危機。[15]

烈士殉道並不講究實質效益，或強調事件的解決，而是一種生命姿態，一種內心信念的完成。阿盛伯護持一己熱愛鄉土之心，死亡那刻精神價值也瞬時化為永恆。[16] 黃春明即如此詮釋阿盛伯：

> 我記憶著許多看起來非常迷信的人，從他們身上，看到熱愛土地的精神習慣。他們也許沒有知識，經過學校教育，他們會變成有知識。只要好的精神習慣不敗壞，就會形成生活最好的基礎，什麼都不會害怕。所以，我並不是懷舊。〈溺死一隻老貓〉的阿盛伯，他不肯迎合時代，他所知道的就是關於廟的那些傳說，他用這麼單薄的一點知識去註釋他的鄉土，懷抱著那麼深厚的感情，要護衛他的鄉土，他的力量是不夠的，但他一點都不害怕。[17]

---

15 樂衡軍：〈從黃春明小說藝術論其作品的浪漫精神〉，《臺灣現當代作家研究資料彙編42 黃春明》，頁156、171。

16 蔡振念以水的象徵著手，認為阿盛伯最後自溺而亡，以容格的原型理論來看，水是永恆與再生的象徵，阿盛伯的溺死反而是永恆的存在，象徵人類精神價值的不朽。見蔡振念：〈黃春明小說中的象徵〉，汪寶釵、林鎮山主編：《泥土的滋味：黃春明文學論集》，頁163-164。

17 黃春明主講　江寶釵整理：〈文學回到大眾——黃春明談小說創作的目的與意義〉，汪寶釵、林鎮山主編：《泥土的滋味：黃春明文學論集》，頁443。

雖然欠缺知識，看似迷信，但熱愛土地的信念，讓力量不夠、無法改變現實的阿盛伯「什麼都不害怕」，用死亡完成他烈士般的抵抗。

一九八六年，黃春明發表〈現此時先生〉，開啟他歷時十四年，替鄉間老者做見證的《放生》系列。[18]〈現此時先生〉距〈溺死一隻老貓〉十九年之久，主角困境已不相同，黃春明不再描繪物質社會的掠奪，轉而呈現都市化社會，年輕人離鄉遠去，鄉間老人悲哀的生活樣貌。他們依然以地方廟宇為生活重心，依然信奉神靈，卻於暮年過著身衰體敗，無足輕重的日子。

蘇碩斌以「報紙」切入，結合解嚴前後時空背景，分析其間社會時空的衝突，[19]實有其然。但黃春明《放生》系列乃為刻劃鄉間老人處境而作，盡量貼合「現此時」心境，應較可理解黃春明筆下遲暮老人的生存困境。

文本中「現此時」中年即患嚴重氣喘性心臟病，無法工作，暮年因唸報紙被同伴需要著，找到了歸屬感，格外珍視擁有話語權的機會。他苦思「斬雞頭」奧義，運用「報紙說的」為佐證，努力說服同伴，見老友服膺，自己成為團體中心，「對現此時而言，是很舒的一種滿足」[20]，可見他無比渴求著自己被需要、自己說話被傾聽、自己見解被肯定的境遇。黃春明以「現此時」為樣本，說明了老人微妙的心理內在，也暗示現今社會老人不被需要、不被傾聽、不被肯定的悲涼處境。

這群老人居住的「蚊子坑」，是被社會遺棄的所在，「幾家發行上百萬份的報紙，卻不曾派報到這個小山村」[21]，「現此時」只能唸著眾人四處隨意撿回的舊報紙。於此，「現此時」與「舊報紙」形成鮮明對比，暗示老人也想與時代同步，想活在「現此時」，但時代巨輪呼嘯而過，丟給他們的是棄

---

18 黃春明於《放生》〈自序〉中說：「大概我也開始老了，為了目前在臺灣社會裡面的老人抱屈，……我要為這一代被留在鄉間的老年人做見證。」黃春明：〈自序〉，《放生》，頁19。

19 蘇碩斌：〈文學的時空批判：由「現代此時先生」論黃春明的老人系列小說〉，《台灣文學研究學報》第22期（2016年4月），頁205。

20 黃春明：〈現此時先生〉，《放生》，頁30。

21 黃春明：〈現此時先生〉，《放生》，頁24。

置不用的「舊報紙」，即便失衡至此，他們發出的聲音仍如「蚊子坑」蚊蚋般微小，從來無人在意。

危機出現於「現此時」為同伴讀舊報紙，唸到一則事關本地「蚊子坑」的假消息時。這消息過度離譜，在地同伴們群起質疑，他假「報紙」所建立的權威地位搖搖欲墜，讓他悚懼於即將墮入不被需要、不被傾聽、不被肯定的無尊嚴處境。為了求證消息為真，保有得來不易的地位，「現此時」寧可拖著氣喘即將發作的病體，[22]勉力爬上山巔，最終死於道途。付出了生命的代價，為的是保住自己最在乎的尊嚴。

黃春明說，〈現此時先生〉裡三山國王廟的老年人，都是從「子曰」的時代，跨「報紙說」的時代，工業取代農業，農業不被重視，形成農民階層的沒落。[23]「現此時」處於農業社會的沒落時代，只能抓住傳播媒體可笑的剩餘殘渣，尋求自己暮年的餘溫。小說中，黃春明如此描繪「現此時」出場：

> 上廟來的小石階，和午後三點左右的秋陽，從背後打過來的角度，正好把冒出石階的頭銀髮，化成一道閃光，射向聚集在一塊的老人堆裡。[24]

黃春明以午後秋陽暗喻老人處境，於此涼冷、陽光漸落之際，「現此時」猶如「一道閃光」，帶來一絲光明。此處的鋪陳，說明作者是以正面態度看待「到現此」，他假報紙而享威權是為了反映老人渴望被需要、被傾聽、見解被肯定幽微心理，而非批判他妄自尊大、濫用霸權。爬上山頂求證消息時，眾老人注意「現現此」氣喘發作，本想收場作罷，但「現此時」卻有所堅

---

22 現此時早已發現自己身體不適，氣喘即將發作。在陳述「斬雞頭」奧義時，現此時「用右手用力的壓著左胸，裡頭心臟不怎麼尋常的撞動，叫他提醒自己，不能過分激動」；被眾人質疑報紙消息為假時，「心跳也加速，呼吸間的不順暢，隱約令他意識到氣喘要發作。」見黃春明：〈現此時先生〉，《放生》，頁29、33。

23 黃春明：〈從「子曰」到「報紙說」〉，《等待一朵花的名字》，頁65。

24 黃春明：〈現此時先生〉，《放生》，頁23。

持，他想趁太陽沒下山，一起上坑頂求證真偽，太陽愈墜越大，越低越紅，[25]都沒能阻止「現此時」拖著病體向上爬的意志。黃春明透過落日的重覆摹寫，將「到現此」形塑成逐日的夸父，[26]知其不可而為之，全力維護一己尊嚴，直至自己倒下為止。

十三位老人齊聚，且「現此時」一人死亡的設計，正如達文西（Leonardo da Vinci, 1452-1519）名畫「最後的晚餐」，[27]黃春明將「現此時」的死亡形塑為宗教般的受難。〈路加福音〉記載，耶穌釘上十字架前說：「父啊！赦免他們；因為他們所做的，他們不曉得。」[28]「現此時」猶如被釘上十字架的無辜受難者，受難原因正來自大眾的無知，來自社會上對老人處境的毫無察覺、漠然以對。文末一句「現此時死了──」迴盪山谷，無異宣告「蚊子坑」這群老人，或說這時代的弱勢老人從此與社會「此時此刻」全數斷絕的恐怖處境。

「現此時」付出生命，抵抗尊嚴將喪失的困境；阿盛伯縱身一躍，抵抗龐大的物質文明。他們的死亡完成了尊嚴與信念的維護，以極其壯烈的方式。

三　獻身親情倫理

〈北門街〉（1962）、〈死去活來〉（1988）、〈售票口〉（1999），發表時間

---

25 黃春明：〈現此時先生〉，《放生》，頁34。

26 夸父為神話人物，逐日故事內容為：「夸父與日逐走，入日。渴欲得飲，飲于河、渭，河、渭不足，北飲大澤，未至，道渴而死。棄其杖，化為鄧林。」見袁珂：《古神話選釋》（臺北：長安出版社，1988年），頁147。

27 〈現此時先生〉如此敘寫：「十三個老人，你一句，我一句，有關老化現象的經驗，每個人都表示頗有同感。……現此時把攤在腿上的舊報紙，用雙手向外側輕輕抹平。『到外頭多少帶一點回來。這一份是金毛的孫子給我的那一批，這是最後的一張了。』」十三個老人、「最後」一張，和一四九八年達文西著名壁畫「最後的晚餐」裡，耶穌受難前和十二門徒聚餐，數目、用詞皆呈一致。

28 〈路加福音〉，《聖經》新標點和合本（臺北：台灣聖經公會，2004年），頁100。

橫亙上世紀六〇年代初至九〇年代末，三篇都將議題置放在親情倫理上，主角的結局都與死亡有關──以死亡收場，或涉及死亡事件。

〈北門街〉發表時間最早，是黃春明寫作剛起步時。主角老道士勤勤懇懇，費盡心思，為一家七口在北門街購入一棟舊屋棲身，生活漸趨於安穩愉快。不料長子違法買賣私藥，虧空十萬元，他只好忍痛賣屋代償，也開啟了一連串人生悲劇。最後主角於北門街發生火災時縱身跑入火場，烈焰中結束生命。

〈死去活來〉、〈售票口〉都是被子女「放生」於鄉間的老人，咸屬黃春明一九八六年起所創作的《放生》系列。前者主角粉娘做祖了，是四代人中輩分最高者，理應是好命人，但子孫四散海內外，身邊只有么兒。粉娘兩度死去活來，勾動了親族的敏感神經。〈售票口〉是《放生》系列末篇，老病之軀的火生、老里長等老人，忍受冬日酷寒為異鄉子孫預購火車票，這是溫泉山村屢見不鮮的淒慘盛況，最後有三位老人陸續喪命。

黃春明為這三篇主角所樹立的困境都與親情倫理相關。〈北門街〉較為單純，是典型的家庭悲劇。主角以道士為業養家活口，知道五個兒子不是很看得起這行業，但仍是省吃儉用，耗盡積蓄買下舊屋，並為五個兒子打算未來前途。他為購屋的決定感到萬分慶幸，也享受著略有餘裕的日子。老屋就是他的幸福人生的象徵：

> 每天晚上，他都可以有一碗酒和一碟小菜。飯後，他用牙籤剔牙，然後一杯清茶，香菸，散步，找朋友閒聊，或是看戲。要是說生活也能像藝術家，他常在閒暇的時間，退出自己的生活圈外，靜靜地欣賞著幾十年來，苦心經營的作品，多少總有些樣子。[29]

幸福的日常點滴、苦心經營的成果，悉數圍繞著家屋鋪展，無比的心滿意足。不料長子出錯，劃下巨大破口，他雖心有餘怨，怒責長子，最終仍是交

---

29 黃春明：〈北門街〉，《莎喲娜啦·再見》，頁230。

出自己的幸福賣屋相救,自此墜落深淵,一蹶不振。不甘曾經的幸福在大火中焚盡,老道士最終選擇於烈焰裡殉屋作結。

　　〈售票口〉裡的老人也和〈北門街〉道士相同,總情不自禁為子女犧牲奉獻。小說開場於凌晨四點多的溫泉山城,正是寒流來襲時,老人火生體弱多病,為求兒孫返鄉,忍著周身不適打算出門預購火車票,一番折騰後在飯廳倒下,猝然而逝。老里長旺基也為兒孫買票,但起晚了,五點多才出門,買到車票的機會不大,在售票處和其他老人抬槓幾句便放棄離去,文末交待,他也走了。另一位老者是七仙女大飯店的老闆,他投機取巧提早用板凳排隊,未獲眾人認可,爭執之中突然倒下,當場命喪黃泉。三位老人都以死亡作結,分別是未出門即死、放棄買票死、買票當場死,無論出不出門,放不放棄都是死路一條,而死亡竟只是為兒孫買幾張能返鄉團聚的車票。黃春明藉由候車室老人的對話發聲感嘆:

> 這個時代的孝子和我們那個時代的孝子不一樣了。……到了這一代剛
> 好反過來,什麼時候讓它顛倒過來都不知道。當知道的時候已經就反
> 過來了。[30]

若說〈北門街〉老道士遭遇了人生無常的困境,選擇為子犧牲,屬個人事件;那麼,〈售票口〉所展演的便是社會的普遍現象,即現代化發展過程中子女遠離家鄉,四散他方,孝道倒反,鄉野老人倚門而望的淒慘景象,他們渴求團圓而不得,於漫漫等待中漸次凋零。子孫主動回鄉,唯有老人身死辦喪事時,正如〈售票口〉文末所述,「火車站售票口前的老年人,都在談火生仔、老里長和七仙女的事。說他們的子女都回來了」[31],既聳動又寫實。

　　〈死去活來〉的粉娘世居與世隔絕的山上竹圍裡,高齡八十九,子孫滿堂卻不在身邊,陪伴她的只有么兒炎坤與一頭老狗。第一次宣告死亡時,四

---

30 黃春明:〈售票口〉,《放生》,頁241。
31 黃春明:〈售票口〉,《放生》,頁249。

散各地的家人大大小小四十八位趕回送終，除兒女外，其餘血親鮮於哀淒，有的是回來順便看看自己即將繼承的山地，有的則齊聚屋外拍照聊天。始料未及的是，粉娘竟回返陽間，死去活來；不到兩個禮拜，粉娘第二次宣告死亡，大家擔心又是烏龍一場白跑一趟，奔喪者比上次少了十九人，孫輩、曾孫輩多半沒回來，即便回來也是急著送終了事，於此氛圍下，粉娘竟又第二度死去活來。見眾人未有欣慰只是疑惑，粉娘只能羞愧保證，下一次一定真的就走了，死去不再活來，免得麻煩大家。

粉娘家人疏於返鄉面會、拜祖，引致彼此之間的「距離」，甚或「疏離」，是黃春明所要處理、強調的「後工商業化」之後的議題。[32]這些至親奔喪返鄉，卻疏離到連家中老狗也不認識他們，連聲狂吠，慘遭炎坤怒打。明明血脈相連，對粉娘卻無甚情感，以至死去活來與親人重聚的樂事，子孫絲毫未覺欣喜，只對辦不成喪事感到麻煩困擾。究其實，他們早與父祖原鄉切割了斷，[33]迫於形式需要而歸鄉，幾乎不動情感，「死去活來」的喜悅變成將子孫整得「死去活來」的尷尬，粉娘的困境即根源於此。

面對這無情困境，粉娘還以無私的體貼慈愛。第一次死去活來，奔喪子孫未多作停留，隨即腳步不停地四散離去；粉娘未曾滋生任何憤然，只單純地興奮於奔喪團圓如夢似幻的快樂裡。事件隔天，死去活來體力未復，粉娘即扶籬扶壁到大廳燒香敬告祖先。擔心禮數未周，特地交待炎坤：

> 你快到灶腳泡茶。神明公媽的香我都燒好了，就是欠清茶。我告訴神明公媽說，全家大小都回來了，請神明公媽保庇他們平安賺大錢，小孩子快快長大念大學。[34]

---

32 林鎮山：〈榕樹與竹圍——再會黃春明的原鄉婦老〉，汪寶釵、林鎮山主編：《泥土的滋味：黃春明文學論集》，頁248。

33 林鎮山：〈榕樹與竹圍——再會黃春明的原鄉婦老〉，汪寶釵、林鎮山主編：《泥土的滋味：黃春明文學論集》，頁247。

34 黃春明：〈死去活來〉，《放生》，頁141。

晚輩無情，粉娘卻溫暖以對，為之虔誠祈福。第二次死去活來，她看到大家臉上狐疑的表情，當下自疚抱歉，小聲對大家說：「真歹勢，又讓你們白跑一趟」、「下一次，下一次我真的就走了。下一次。」[35]粉娘用無比的慈愛，包覆血親理所當然的無情，甚至願意乾脆選擇死亡以了卻子孫往來奔波的勞苦。兩相對照之下，粉娘所奉獻的，和子孫所給予的，是何等天差地別。

從〈北門街〉、〈死去活來〉到〈售票口〉，黃春明構築了一幅老人用死亡將生命奉獻於親情倫理的圖景。〈北門街〉老道士選擇用最重要的東西交換兒子的不幸，彼時時空背景是臺灣六〇年代，全家共住，雖為悲劇，家庭倫理的結構仍在；〈死去活來〉、〈售票口〉則不同，此時老人處於「工業文明進入鄉土之後，由於人性內在對外在環境的改變，從而鬆動了舊典範原有的倫理價值體系」[36]，農業時代親情倫理的緊密已成過往雲煙。無論六〇年代或八、九〇年代，無論環境如何變遷，三篇小說中的老人都以死亡做交換，回應無可改變的現實，獻身於他們心中渴盼不忘的親情倫理。

四 完成重建與和解

黃春明《放生》系列於一九九九年正式結束，之後他著力於兒童文學與散文領域，關涉老人死亡議題的小說，只有〈有一隻懷錶〉（2008）一篇。

〈有一隻懷錶〉背景始於二次大戰時。小明父親被拉去當日本軍伕，登陸新加坡時日本伍長從英國陣亡軍士辛普森身上搜到一隻懷錶，小明父親用十磅買下，死裡逃生後帶回故鄉送給父親當禮物。懷錶精美無比，是鎮上唯一的寶物，引發鎮民長期熱烈的關注，也豐富了祖父和小明的人生。隨著懷錶老舊損壞，風潮隨之遠去，祖父也老邁不堪，失去往日神采。暮年時只餘滿懷內疚，深覺虧欠懷錶主人。難解的不安隨著祖父逝去，在天堂歸還懷錶而瞬時消解，一切又復歸平靜。

---

35 黃春明：〈死去活來〉，《放生》，頁143。

36 徐秀慧：〈第三世界鄉土故事的天方夜譚——形影孤單、漸行漸遠的說書人黃春明〉，汪寶釵、林鎮山主編：《泥土的滋味：黃春明文學論集》，頁195。

　　小說以懷錶貫串首尾，懷錶即象徵著美好的舊時光。當它運作正常，小鎮時間悠遠緩慢，懷錶「那一根特別細長的秒針，它走動起來一秒一頓、一秒一頓，很像軍人踢正步，煞有精神得很。」[37]每一秒都充滿著各式美好：祖父早晚兩次到到火車站為懷錶對時，滿滿的儀式感為小鎮添增許多人文趣味；小明在門前專注地幫祖父掏耳朵，於凝固的時間裡共享祖孫之樂；祖父用變魔術的方式讓懷錶緩慢現身，驚喜地滿足小朋友的期待。生活恬靜優美，彷如懷錶那一秒一秒有力的頓錯，踢著正步精神飽滿的向前走。

　　當懷錶齒輪鬆脫，無法修復，小鎮美好時光也隨之毀壞。小明經不起譏笑，替祖父掏耳之事，早就不做了，而祖父耳朵發炎嚴重，也到了非找西醫不可的地步。自動錶取代舊式錶，祖父不再到車站對時，只「留下了淡淡的，說不上來的惆悵」[38]。當懷錶那一秒一秒的頓錯消失，小鎮也失去了諧調的時間秩序。

　　從另一個角度觀之，當祖父到火車站為懷錶對時，都會有位蓬頭垢面的大鬍子也在火車站高舉雙手，用日本話高喊萬歲，目送火車出站走遠。懷錶因日軍侵略而來，卻有人高頌萬歲，何等錯亂諷刺。當祖父不再對時之後，大鬍子消逝無蹤，祖父反倒墜入痛苦的深淵。懷錶流盪於英、日、臺人之間，二次大戰英、日兩國對峙，臺灣為殖民地，無奈捲入戰局，懷錶固然為祖父帶來短暫靜好的歲月，但它終究是戰爭生離死別的結果，此處，懷錶又轉為戰爭的象徵。祖父「每次拿出錶的時候，都叫他想到，和這隻錶連在一起的悲慘命運。……甚至於連白天打盹，都夢見一個外國人的士兵，瞪著他手上拿的那一隻懷錶。」[39]戰爭的陰影，深深擾亂著老人內心，即便戰事已成陳跡，仍無法忽視隱藏，視若無睹。黃春明早期小說〈甘庚伯的黃昏〉[40]

37　黃春明：〈有一隻懷錶〉，《沒有時刻的月臺》（臺北：聯合文學出版社，2009年），頁159。

38　黃春明：〈有一隻懷錶〉，《沒有時刻的月臺》，頁167。

39　黃春明：〈有一隻懷錶〉，《沒有時刻的月臺》，頁167。

40　〈甘庚伯的黃昏〉發表於一九七一年，收錄於黃春明：《兒子的大玩偶》（臺北：聯合文學出版社，2009年），頁173-193。

裡，阿興被日本人送上戰場終致發瘋而回；散文〈戰士，乾杯！〉[41]中，魯凱族家庭四代之間接連捲入漢人、日本、共匪、國軍爭戰，無辜葬送數條至親性命，黃春明在在描繪了戰爭的荒謬罪惡，以及它所帶來的撕裂痛苦。

失去舊時光的祖父，糾結於虧欠辛普森的痛苦裡。兒子為此藏起懷錶，想讓他自然淡忘，不料此舉更加深其不安與煩躁，甚至懷疑活著的意義。未久，祖父意外跌倒致死，出殯時小明不顧喪儀，堅持將懷錶放入棺木，並費心為它上好發條，「錶走動了，那一秒一頓，一秒一頓，仍然走得很有精神」[42]，過往的美好於此刻彷彿再度重生。

尉天驄認為，黃春明小說常安排著「祖父—兒子—孫子」的三代場景。祖父是小市鎮原有的精神代表，兒子是被現代工業文明、消費文明淹沒的一代，孫子則代表著不可知的未來。祖父經常叮嚀著孫子要如何去認識天（自然）、認識土地、尊重土地；希望他能跳出兒子那一代的現代泥濘，重建一個新的和諧的世界。[43]〈有一隻懷錶〉亦然，祖父就是小鎮過往美好的代言人；兒子帶回懷錶，卻選擇忽視它隱藏它，也引發了精神層次的破壞；孫子和祖父感情深厚，一同悠遊於懷錶所代表的美好時光，最終也是小明親手修復懷錶，此舉暗喻著往日美好有了重建的可能，新時代仍是充滿期待。

除此之外，黃春明也以祖父的死亡寄寓著和解的想望。他用詩化方式描繪祖父死後和辛普森祖孫在天堂相逢的場景，他終於弄清懷錶原由，也親手將它還給英年喪生戰場的主人。在這天堂裡，「各自說自己的語言，但是一點都沒有溝通的阻礙。在這個地方，不管什麼地區，各種不同民族的語言，來到這裡都變成一種心語，也是宇宙的語言，它不但可以和神溝通，與萬物，甚至於和星球也都可以溝通。」[44]既是民族、萬物、星球、神皆無所隔閡，戰爭便自然消失無蹤，正如祖父對辛普森祖孫所言：「我們凡間，所有

---

41 〈戰士，乾杯！〉發表於一九八八年，收錄於黃春明：《等待一朵花的名字》，頁101-117。

42 黃春明：〈有一隻懷錶〉，《沒有時刻的月臺》，頁168。

43 尉天驄：〈寂寞的打鑼人 黃春明的鄉土歷程〉，《臺灣現當代作家研究資料彙編42 黃春明》，頁334。

44 黃春明：〈有一隻懷錶〉，《沒有時刻的月臺》，頁170。

敵對的人，只要換個時間地點，都有可能變成好朋友。」[45]相互和解指日可待，祖父的愉悅不言而喻。

舊時代美好有了重建的可能，戰爭的苦痛消失、人類得以和解，祖父的輕盈正如喪儀所示：

> 披上紅毯子的大壽棺像一匹上了馬鞍而沒等騎馬的人上馬就起跑的巨馬，隨著整齊的步伐，一步一彈，一步一彈，刷刷有聲地往前邁進。抱爐、披麻帶孝的家屬，還有送出殯的親朋好友，遠遠地被拋在後面。……老道士安慰大家說：「老先生這一路還很遠，他放得開最好，我們不必趕。老人家一輩子都不欠人吧，才能走得這麼瀟灑，我們不要趕。」[46]

孫子修復懷錶，接續了舊時代的美好，親手交到祖父手中，讓祖父得以「不欠人」而自在瀟灑；祖父也於凡人看不見的天堂達成和解。詩化的死亡世界或許充滿想像，過度浪漫，但黃春明本帶有理想主義色彩，他崇尚「天性」而非「理性」，筆下鄉土人物多少帶有「神祕主義」的思考色彩，人間、神鬼、自然常融合為一。[47]正如〈有一隻懷錶〉的老祖父，他原本身陷美好世界毀壞的困境裡，黃春明用死亡魔幻式的接續了將滅的火苗，讓他完成美好的重建，跨越戰爭的毀壞，達成夢幻的和解。死亡即是完成，是希望，也是可能。

---

45 黃春明：〈有一隻懷錶〉，《沒有時刻的月臺》，頁171。

46 黃春明：〈有一隻懷錶〉，《沒有時刻的月臺》，頁169-170。

47 陳建忠：〈神祕經驗的啟示與鄉土倫理的復歸〉，《臺灣現當代作家研究資料彙編42 黃春明》，頁285、295。尉天驄也說：「雖然出現一些類似迷信的語言和行為、滑稽和可笑，但它所以讓人不把這些視之為笨拙與難堪，就在於在那些人與土地、人與事物的倫理中不僅讓人感到溫暖，而且還在其中感受到充滿韌性的生命力。」見尉天驄：〈寂寞的打鑼人 黃春明的鄉土歷程〉，《臺灣現當代作家研究資料彙編42 黃春明》，頁326-327。

五 結論

本論文所討論的六篇小說，依徐秀慧主張的黃春明創作分期來看，[48]
〈北門街〉屬第一期「人生自悲情境短歌」；〈溺死一隻老貓〉是第二期
「小人物傳奇故事體」；〈現此時先生〉、〈死去活來〉、〈售票口〉、〈有一隻
懷錶〉則是第四期「回歸小說人物傳奇故事體」。這些老人題材咸以鄉土人
物為主，從自悲命運的第一期，到抵抗文明入侵的第二期，橫亙至鄉土烏托
邦分崩離析的第四期。始於第一期，終於第四期，於黃春明創作歲月裡綿延
不絕，可見它是作者恒長凝視的議題，於其間浸淫多時，長久思考著。

再以死亡事件作觀察，這些老人在困境裡所選擇的應對姿態其實並不以
分期為主：〈溺死一隻老貓〉、〈現此時先生〉非同期作品，然其奔赴死亡的
烈士精神實則一致；〈死去活來〉、〈售票口〉、〈有一隻懷錶〉雖同屬第四
期，但前兩篇以死亡獻身親情倫理的姿態，和第一期的〈北門街〉相類；
〈有一隻懷錶〉主軸則不在此，它以死亡衝破戰爭，並寄寓重回往日美好的
可能。可見老人的困境或許隨著時代遷移迭有不同，但老人因應的姿態則有
其非隨時而易的常性。

六篇小說的老人都非油盡燈枯，安然謝世，自殺、因故猝死、選擇死
亡、意外死亡充斥其間，他們因維護信念尊嚴而抵抗、因憐惜子孫後輩而獻
身，用死亡完成重建與和解，轟轟烈烈、委曲求全、堅持美好，人物意義完
整深刻，小說喻意也由是而生。

---

48 徐秀慧將黃春明小說創作為四個階段，分別是一、投稿聯副時期（1962-1963）以及幾
篇現代主義過渡時期（1966-1967）的「人生自悲情境短歌」，二、大部分發表在《文
學季刊》系列雜誌的「小人物傳奇故事體」（1967-1971），三、一九七一年以後開始影
射民族意識的「經濟殖民家國寓言」，四、一九八六年的「回歸小說人物傳奇故事
體」。其中第二期主要為處於臺灣變遷社會下底層小人物作傳，藉由被時代汰舊的小人
物命運，呈現傳統農村裡生活風俗、人倫關係跟社會文明進展的衝突；第四期的回歸
不是單純回到早期鄉土烏托邦的寫作，而是隱含著對後現代社會造成鄉土烏托邦分崩
離析的批判。徐秀慧：〈第三世界鄉土故事的天方夜譚——形影孤單、漸行漸遠的說書
人黃春明〉，汪寶釵、林鎮山主編：《泥土的滋味：黃春明文學論集》，頁191-193。

　　黃春明在這些題材裡顯現他對舊時代、對鄉野老人的尊敬、同情，以及對物質文明、對現代化過程中人性質變的嚴正批評，兩相對照下，他的鄉土意識不言可喻。就此，呂正惠說，黃春明對鄉土社會的浪漫式的「懷鄉」，使他只成為一個「溫情」的鄉土小說大家，[49]當鄉土之愛勝過一切，走上溫情的道路似屬必然，一如這六篇小說對老人所流露的深切愛護與憐惜。但無可諱言的是，這溫情形塑了黃春明小說的血骨，在這六篇小說裡，老人踏入死亡之際，依然自證身分，慈愛柔軟，體現舊時代的美好，尋求和解。死亡即是完成，完整了他們對信念的堅持、倫理的信仰、美好的執守，形象飽滿鮮明，人的尊貴也自於其間。

49　呂正惠：〈黃春明的困境〉，《小說與社會》，頁12。

參考文獻

一 原著

袁　珂：《古神話選釋》，臺北：長安出版社，1988年。

黃春明：〈看海的日子〉，臺北：聯合文學出版社，2009年。

黃春明：〈兒子的大玩偶〉，臺北：聯合文學出版社，2009年。

黃春明：〈莎喲娜啦‧再見〉，臺北：聯合文學出版社，2009年。

黃春明：《放生》，臺北：聯合文學出版社，2009年。

黃春明：《沒有時刻的月臺》，臺北：聯合文學出版社，2009年。

黃春明：《等待一朵花的名字》，臺北：聯合文學出版社，2009年。

《聖經　新標點和合本》，臺北：台灣聖經公會，2004年。

二 論文

王麗雅：〈黃春明「放生」中所反映的老人問題〉，臺南：國立臺南大學國語
　　　　文學系碩士論文，2012年6月。

林鎮山：〈榕樹與竹圍——再會黃春明的原鄉婦老〉，收錄於江寶釵、林鎮山
　　　　編：《泥土的滋味：黃春明文學論集》，臺北：聯合文學出版社，
　　　　2009年，頁213-254。

呂正惠：〈黃春明的困境〉，《小說與社會》，臺北：聯經出版事業公司，1988
　　　　年，頁3-18。

馬　森：〈在社會變遷中小人物的悲喜劇——黃春明的《溺死一隻老貓及其
　　　　他》〉，收錄於國立臺灣文學館編：《臺灣現當代作家研究資料彙編
　　　　42　黃春明》，臺南：國立臺灣文學館，2013年12月，頁233-236。

徐秀慧：〈第三世界鄉土故事的天方夜譚——形影孤單、漸行漸遠的說書人
　　　　黃春明〉，收錄於江寶釵、林鎮山編：《泥土的滋味：黃春明文學論
　　　　集》，臺北：聯合文學出版社，2009年，頁184-212。

尉天驄：〈寂寞的打鑼人　黃春明的鄉土歷程〉，收錄於國立臺灣文學館編：

《臺灣現當代作家研究資料彙編42　黃春明》，臺南：國立臺灣文
　　學館，2013年12月，頁323-335。

陳建忠：〈神祕經驗的啟示與鄉土倫理的復歸〉，收錄於國立臺灣文學館編：
　　《臺灣現當代作家研究資料彙編42　黃春明》，臺南：國立臺灣文
　　學館，2013年12月，頁271-300。

黃春明主講，江寶釵整理：〈文學回到大眾──黃春明談小說創作的目的與
　　意義〉，收錄於江寶釵、林鎮山編：《泥土的滋味：黃春明文學論
　　集》，臺北：聯合文學出版社，2009年，頁438-443。

蔡振念：〈黃春明小說中的象徵〉，收錄於江寶釵、林鎮山主編：《泥土的滋
　　味：黃春明文學論集》，臺北：聯合文學出版社，2009年，頁154-
　　183。

樂衡軍：〈從黃春明小說藝術論其作品的浪漫精神〉，收錄於國立臺灣文學館
　　編：《臺灣現當代作家研究資料彙編42　黃春明》，臺南：國立臺灣
　　文學館，2013年12月，頁153-182。

蘇碩斌：〈文學的時空批判：由「現代此時先生」論黃春明的老人系列小
　　說〉，《台灣文學研究學報》第22期，2016年4月，頁201-231。

哭笑不得

──黃春明《跟著寶貝兒走》、《秀琴，那個愛笑的女孩》中的情色書寫與政治社會批判

廖淑芳[*]

摘要

本文主要針對黃春明近期小說《跟著寶貝兒走》、《秀琴，那個愛笑的女孩》中，均涉及的情色書寫與政治社會批判進行梳理，並試圖與之前的小說創作之連續與斷裂關係進行初步探勘。

《跟著寶貝兒走》、《秀琴，那個愛笑的女孩》分別出版於二○一九年、二○二○年，距離二○○九年出版的小說創作《放生》、《沒有時刻的月臺》等，已經有十至十一個年頭。隨著年紀的增長，黃春明自言他現在這兩本書是在「出清存貨」，因為都是蘊釀已久的題材。這兩本小說共同以情色書寫為主要的內容，涉及男性性器官移植後衍生的種種包括性別權力、媒體亂象、文創奇觀……等，以及以電影這一娛樂事業為幌子，包藏的性欲貪婪與政治壓迫。兩書在可笑滑稽的表層底下，都有深刻的社會或政治批判隱含其中。本文將針對此一情色書寫包含的權勢者及其周遭、欲望進行式等兩大主軸，說明這兩本小說如何藉由權勢者的巧妙策略及周遭人物的權力代理，及經過層層轉換，予以無事化或奇觀化的權力展現形式，將作者寄寓的社會與政治批判呈現出來。同時，將簡要比較其早期作品比如〈看海的日子〉、

---
* 國立成功大學台灣文學系副教授

〈癬〉、〈小寡婦〉、〈鮮紅蝦——下消樂仔〉等這些情色相關題材的小說，說明它們與這兩本小說彼此間的連續或斷裂關係。

關鍵詞：情色、奇觀化、無事化、觀看、權力代理人

一　前言

　　回顧黃春明的小說創作，從一九六二年他在聯合報副刊發表的短篇小說〈城仔落車〉至今，已接近六十個年頭。這麼漫長的書寫史，一方面說明他寫作的驚人能量；另方面也提醒我們，如他在分別出版於二○一九年、二○二○年最新的兩本小說《跟著寶貝兒走》、《秀琴，那個愛笑的女孩》說的，這兩本書都是他蘊釀已久的題材，他只是在「出清存貨」。顯然這位一肚子都是故事的創作者，只要略略調動腦袋，應該還有不少的「存貨」。而最新這兩本小說，距離二○○九年出版的小說創作《放生》、《沒有時刻的月臺》等，已經有十至十一個年頭。黃春明這次不再處理老人問題，或傳統與現代的對峙，而是回到早期像是〈癬〉、〈看海的日子〉、〈鮮紅蝦──下消樂仔的掌故〉這些與身體相關的性議題，在兩樁令人哭笑不得的情色故事中，寄託他的社會與政治批判。他在《跟著寶貝兒走》中自述這些題材都在他心中擱了二、三十年以上，但要寫出來仍然面對著兩個自我之間的矛盾與天人交戰，可見這兩本書相較於前，在情色書寫上有著更為大膽的表現。那麼這些書寫與之前的情色相關議題，有著怎樣的斷裂或繼承關係？而這兩本作品的情色書寫又呈現了什麼特質？

　　筆者認為，這兩本作品分別以「奇觀化」與「無事化」的情色書寫方式，表現了發生在臺灣解嚴後的今天，與過去戒嚴時期，流蕩在民間，各種如牛肉場、娛樂事業等大眾文化中，喜歡假文化之名、或涉及黑道綁標等特有的社會暗黑問題。本文將以這篇論文嘗試探討，這兩本作品如何以「奇觀化」與「無事化」的情色書寫，以及其中涉及層層權力代理人的權力傳播方式，提出其對臺灣文化、歷史的回顧，以及揭露其隱含的社會批判。同時，本文亦將追索這兩部新作與之前的情色相關議題，有著怎樣的斷裂或繼承關係？是否走出什麼新的可能？

二 由半裸到全開
──《跟著寶貝兒走》中的奇觀化情色

（一）我耶？他耶？──各一半的人／鬼生

　　首先，二○一九年出版的《跟著寶貝兒走》全書共二十章，以兩個有如半片的故事組織成一個所謂「跟著寶貝兒走」的完整小說情節。前半有八章超過三分之一篇幅描述一位在軍中服役的海軍陸戰隊員方易玄（自稱「方方」）被部隊用飛機載到中央山脈八六三高地丟包，並被要求和其他弟兄一樣需在三天七十二小時之內回到基地車埕的野外求生訓練過程。方易玄在訓練開始就抱定決心要奪得冠軍換取榮譽假回到臺北和女友相好，也終於因為遇到四位魯凱族年輕人幫忙，順利達成願望。沒想到的是，在獲榮譽假的北上高鐵車上因為遇到一位重生基金會助理鼓動，才阿莎力地簽上器捐同意書沒幾天，他當真就在和朋友名車出遊的路上出車禍身亡。而小說另一半故事，以一位在三重淡水河邊私娼寮裡擔任保鑣兼跑腿的主角郭長根如何因為總想吃霸王餐粗暴硬上私娼寮小姐，終於被一位小姐懷恨剪去男根沖進馬桶，不得已要接受器官移植，卻發現自己在移植手術後卻意外變成擁有一支巨大男根的猛男後，如何由保鑣轉成牛郎，被當作商品到處轉場演出賣錢的故事。他的人生因為這個巨大轉變幾度起伏，後來地方角頭看中他的巨大男根有利可圖，帶著他展開豪華的全臺巡迴性猛男秀演出，直到某日到了屏東，他的男根卻持續不舉，靠他賺錢的黑道一氣之下不但將他的男根再度剪掉，最後也做掉了他。

　　這兩個故事中間以第九章「兩則新聞」作了連結，一則是郭長根被剪掉男根的報導，那位因為性暴力而勇於反抗的私娼女「瞇內子」事後還被網路譽為「拿剪刀的花木蘭」、「號召剪刀英雌部隊，消滅性暴力的男人」，有如天后女神。另一則則是方易玄剛簽了器捐就車禍身亡的報導，讓被尋線找到的重生基金會助理璐西感到陰影沉重，想起當天在高鐵上，她都還沒完整向旁座的方易玄說明清楚，他就挺胸危坐表達同意，好像準備慷慨就義似的

事，不禁暗自在心裡說——真的有鬼——。郭長根和方易玄兩個本來毫不相
關的人，在各半的人生中，有如有鬼引領，沒有早一步，也沒有晚一步的，
因緣連接展開彼此的「另一半」他耶？我耶？的人／鬼生。

所謂「另一半」他耶？我耶？的人生或鬼生，因為男根捐贈者「方易
玄」理應只是剩下一團器捐後沒有靈魂的「肉體」，但故事後面，郭長根的
夢裡卻會夢見方易玄在和魯凱青年們相遇那天，夜宿部落而有一夜歡愉的魯
凱女人「娜杜娃」的呼名，方易玄在照說只唯一剩下一截被郭長根拿來日夜
操勞充作賺錢工具的象徵存在之後，竟不再聽從郭長根，彷彿有了靈魂般，
讓男根持續萎頓不起。相反的，剪去男根而接受器官移植，理應擁有靈魂的
郭長根，卻在有了這根巨大男根之後，一步步失去自己的主體性，淪落為一
具飄遊在各「性愛秀」展示場的「性商品」僵屍，除了以他的男根演出展示
之外，反而像個失去靈魂的人。兩位男性奇特的連結，在最後彷彿卻在身體
與靈魂上各自有了微妙的倒轉。故事最後當郭長根再也無法如之前一樣一日
數場都能勃起無虞，將被處決時，小說描寫郭長根彷彿這時才完全清醒找回
了一點靈魂，小說描寫對他行刑的黑道助理老三困惑地想著：

> 越想越不服；因為長根從頭到尾，都沒向他求饒，連哼一聲都沒有。
> 這卻叫老三感到，是被長根打敗了。
> 車子的引擎聲加上彈跳聲混合的聲中，老三似乎還聞見，長根肯定的
> 卸責與指責：「是他！是他！」
> 是——他——！
> 是——他——……！[1]

我耶？他耶？長根到死前都還不停地叫嚷著的「是他！是他！」說明了他真
正意識到「我」自己與「他」的不同，意識到「我」的人生已經被「他」掌
握，被「他」取代。我們可以說，郭長根在這時候才真正清醒地認識到他的
另一半「人生」，其實也與「鬼生」無異。

---

1 黃春明：《跟著寶貝兒走》（臺北：聯合文學出版社，2019年），頁220。

（二）情色中的「主體」──寶貝作為奇觀

　　續上，我們知道方易玄與郭長根各一半看似完全無關的人生，其實不但在後面有了連結，甚至還有了巨大的翻轉。但究其內裡，可以由兩人因器官移植而有了連結關係後的過程看到兩人由分而合，然後又由合而分的三階段變化。我們也可以從這些階段變化考察其中的意義，及我耶？他耶的主客權力消長。

　　首先，兩人都避免不了男性的陽具中心觀，這也是本書為何訂名為「跟著寶貝兒走」的原因。

　　小說在前一半的方易玄故事中，方易玄一邊在中央山脈降落後涉谷爬坡，穿行榛莽重林之間求生找路，腦中卻一邊不斷產生對幾位女友的意淫。在遇到土蟻攻擊時，他一邊用尿液塗抹傷處，一邊慶幸他的「寶貝」未被叮咬，同時也開始回想從高中起他就因為一根非比尋常又長又大的寶貝榮獲「大鵰」的頭銜，連手淫射精比賽也名列前茅。這些都說明方易玄對自己那與眾不同的「寶貝」的得意與崇拜之情。陽具是「寶貝」，是他們展示男性陽剛氣質的根源，自然也避免不了陽具崇拜的心理。

　　而郭長根的態度和方易玄的陽具崇拜心態也相去不遠，在他命根子被峰子剪掉之前，他仗著老鴇「蔘仔姨」疼愛，一人之下萬人之上。但在他的命根子被剪去之後，他「耍流氓的流氓氣不見了，小姐們不再懼怕他了。他那種天不怕地不怕，走起路來三角六肩的臭屁樣，也消失了」[2]。原本外號「博士」的他因為被截了一截變短，後來被戲稱為「正博士」。周遭雖然仍有表面的善意笑臉，長根感受到的卻是背後排山倒海的關於他的是非短長。巨大的羞恥使他躲起來不願見人了。直到之前偶而會找他「抓癢」，說不清長根算是她的「客兄」或「客子」的老鴇「蔘仔姨」，在長根術後一段時日前來探看並撫摸他的新命根子，長根發現他又有勃起的希望了，這時才開始燃起生存的尊嚴感。尤其待發現他那截命根子在器捐接合時因為尺吋關係多

2　黃春明：《跟著寶貝兒走》，頁118-119。

了一截突出的曲角，這曲角反而成為「蓼仔姨」暢快的來源，從此他不但再
度覺得自己像個「男人」，而且開始對這「寶貝」愛惜有加。下面這段文字
便充份表現了長根前後截然兩樣情：

> 這就對了，寶貝。我以為我這輩子枉費做為一個男人，好在有你。他
> 想彎下腰吻吻它，可是做不到。他盡可能用手搓搓，掐掐，撫摸表示
> 愛惜寶貝。[3]

從這段文字可以看出他發現，他將這截新的「寶貝」視為「拯救者」，讓他
能再度像個男人而感激不已。他在之前尚未發現他的寶貝這麼強之前，已經
展開長根對著那截寶貝自言自語的「對話」，自此之後他更是常常有意無意
地對著他的寶貝自言自語起來。：

> 你已經移植到我身上了，你就是我，我就是你啊！對啊！我想起來
> 了，有一個歌叫「你儂我儂」說我中有你，你中有我。對啊對啊！我
> 們是一體的了。你是我的寶貝，也該聽聽我的話。……為什麼叫你寶
> 貝，因為我們以後有很爽的事情要做。[4]

長根初始還只能期待著他的新寶貝早日振作，便以一種「你已經移植到我身
上了，你就是我，我就是你啊！」的「同命」「一體」態度對著他的寶貝喊
話。但強調「你是我的寶貝，也該聽聽我的話。」這段文字裡，希望獲得溝
通，甚至取得掌握權的意味濃厚。

　　之後，到發現他的「寶貝」有著超乎尋常的性能力後，他的得意與滿足
不但使他對這個寶貝愛惜有加，也使他之後由起初不太情願地順從「蓼仔
姨」的建議，供有興趣人的來到他們的私娼寮收費參觀他的寶貝，後來一轉

3　黃春明：《跟著寶貝兒走》，頁140。
4　黃春明：《跟著寶貝兒走》，頁126。

變成同意讓「蔘仔姨」乾脆在外面租借「摩鐵」供女性需求者滿足性需求，好賺取「更大條的」；再到後面，他更是一躍成為全臺轉場演出賣錢的，一個道道地地的「牛郎」。可以說，他曾經希望他的寶貝要「聽聽我的話」。但當他的寶貝成為他得意的由來，從此，他其實只能「跟著寶貝兒走」，並開始經歷一個「由半裸到全開」的「奇觀化」旅程。

奇觀，英文spectacle，是居伊‧德波《景觀社會》（*The Society of Spectacle*）一書中的核心辭彙[5]。該書中曾言：「景觀不是附加於現實世界的無關緊要的裝飾或補充，它是現實社會非現實的核心。在其全部特有的形式——新聞、宣傳、廣告、娛樂表演中——景觀成為主導性的生活模式」[6]，從長根的心情隨著寶貝的挺立能力強大與否而高低起伏來看，在發現他那接枝後的寶貝能讓他「又爽又有錢賺」之後，他已然將自身「商品化」，重視的主要是自己的展示價值，彷彿只有他的寶貝能巨大挺立，成為「奇觀」，他作為人的價值才能被彰顯，才具有「主體性」。他讓自己的「奇觀化」或「景觀化」成為一種主導性的生活模式。問題是，他最後之成為奇觀，正說明了他已經不再是個「人」，而只是個被「物化」的東西了。若再從《景觀社會》中另一說法：「景觀不是影像的聚積，而是以影像為中介的人們之間的社會關係。當代社會存在的主導性本質主要體現為一種被展現的圖景性。人們因為對景觀的迷入而喪失自己對本真生活的渴望與要求，而資本家則依靠控制景觀的生成和變換來操縱整個社會生活。」[7]更可以發現，一旦長根之被黑道控制，甚至在不舉之後被丟進大海處決，其原因也在，黑道看他，和他看自己一樣，一旦失去奇觀價值就不再值錢。黑道大哥們不會重視他過去有多好的表現，現在是否因為操得過度，沒有充分的休息才導致不舉，他們想的是長根讓他們損失慘重而殺他。小說中稱他的寶貝為「大鵰」，正是

5　居伊‧德波著，王昭鳳譯：《景觀社會》（*The Society of Spectacle*）（南京：南京大學出版社，2006年）。Spectacle在中文世界或譯為「景觀」，或譯為「奇觀」。本論文為與另一個重要關鍵詞對比，在正文論述中統一採用「奇觀化」為譯名。

6　居伊‧德波著，王昭鳳譯：《景觀社會》（*The Society of Spectacle*），頁3-4。

7　居伊‧德波著，王昭鳳譯：《景觀社會》（*The Society of Spectacle*），頁10。

一個「現實社會非現實」的核心隱喻，更是個因為對景觀的迷入而喪失本真的顛倒的修辭。

（三）由閣樓、摩鐵到「影院」——奇觀化的觀看

讓我們再深入些看待此一奇觀化觀看的轉變細節與可能的喻意。剛開始由「蓡仔姨」提議他可以以每人收費五百元的方式展示他的命根子時，他並未坦然同意。因為「其實他的問題是覺得很沒有面子，整個接枝的部分，毫無生氣癱瘓似的死愣在那裡，當然，要是挺拔凜凜，那是該多麼地威風。就這一點俗氣的面子問題，糾結了長根的心情不快。」[8]是到「蓡仔姨」特別為他燉補雞湯，讓他覺得受寵若驚之後，一股暖意才讓他不再猶豫。而他最初開敞他的命根子，是在私娼寮他自己的房間內，僅限於一種純粹身體的「展示」，無需將他的命根子拿來為人進行色情服務，此之謂「半裸」。

接著，當他開始在「摩鐵」接客，他為女性進行的是色情服務，需真槍實彈上場。由於「摩鐵」空間具有的高度隱密性，他是否需要進行「展示」與「表演」，由顧客認定，外人無法判斷，然而他已經由在個人「私己」的空間進行純粹滿足顧客「視覺需求」的展示性服務，變成進入「公共」空間，滿足顧客「身體需求」的性服務。但因為其以「一對一」進行顧客服務的私密性，仍然算是一種既公開又私密的「半裸」性質。

此一他出身體，「蓡仔姨」出錢租「摩鐵」，然後拆帳分紅的合作模式，像個合夥經營的小生意，讓長根非常滿足。因為不到一個月欠「阿蓡仔姨」的錢就還清了不打緊，「性欲的發洩，除了古代的帝王吧，有哪一個男人可以跟他比擬？」[9]他甚至想著若不是謎內子剪掉他命根子，他根本不可能有如此際遇而感謝起謎內子來。

然而，當接下來在地黑道傳聞他的特殊能力，上門來要求分紅，最終演

8　黃春明：《跟著寶貝兒走》，頁135。

9　黃春明：《跟著寶貝兒走》，頁165。

變成依照一位「烏土仔」的黑道小弟意見，把這個「身體」服務結合顧客的「身體需求」與「視覺需求」，要求長根將自己的「寶貝」作為商品全面展開（謂之「全開」）。也就是他從此不僅要在全國各演出場地，進行真槍實彈的性服務，還需將此一性服務公開展示，只要有錢可以買票進場，便可以進行觀賞。

在一本名為《觀看的文化分析》裡，作者曾軍提到由視覺媒介的嵌入所建構的不同時空情境，可以構成了不同的「視覺場」，意即不同的時空情境可以導致不同的觀看效果。他以紀登斯在《社會的構成》一書所說「所謂場所，不是簡單意義上的（place），而是活動的場景（setting）」[10]的文字，說明「場所」作為一種「媒介」變化的意義，因為場所就意味著人在特定的place裡所展開的setting。比如「到電影院看電影」意味著要專門安排一個時間暫別工作或家庭，到一個特定場所進行有明確目的觀看或視覺消費。「從這個意義上說，『到影院看電影』是日常生活的一個狂歡化方式」。[11]這個電影院空間特殊性的說法可以提供我們思考，長根的性展示中其空間的變化具有的差異意義。

可以進一步從觀看的公共或私密性質去理解，所謂「日常生活的一個狂歡化方式」其意指為何。《觀看的文化分析》書中強調：「影院為人們提供了一個公開的窺視場所。」，「影視為觀眾創造了一個帶有私人性的公共場所。言其公共性，是指影院是一個至少有幾十甚至幾百人聚集在一起公共場所；而言其私人性，則是因為觀影時黑暗環境以及對觀眾間交流的倫理限制無形中消解掉了影院的公共性，在黑暗中僅僅保留了單個的觀眾與銀幕上的影像間的交往通道，使得『在影院看電影』成為一種私人性的活動。」[12]長根一開始在自己的「閣樓」住處展示，並不固定時間，時間也不會太久，具有一種家庭手工業的味道，它並沒有「在影院看電影」的性質；而在「摩鐵」，

---

10 曾軍：《觀看的文化分析》（濟南：山東文藝出版社，2008年），頁142。

11 曾軍：《觀看的文化分析》，頁143。

12 曾軍：《觀看的文化分析》，頁147。

它更大的目的在性服務，也不以「觀看」為主要目標。然而，當情況發展到
全臺巡迴式演出，它的展示空間不是在大型表演廳，就是在KTV、卡拉OK
場所，必有一聚光的舞臺，有如具體的「影院」，而觀看者確實就如「到影
院看電影」的意思。意味著長根最後的演出形式，已經完完全全以性服務在
進行一種有如提供人看電影一樣的影像表演。

　　以上是展示場所，就是空間媒介的部分。其次，從觀影者的角度，《觀
看的文化分析》書中進一步提到，「影院為觀眾提供了一個私密性的觀看空
間，觀眾最重要的活動就是『觀看』……而觀看行為在本質上是一種積極的
活動。從主體上說，這是『一種控制性的和好奇的凝視』，而從客體上講，則
集中在了『被禁看的東西』上面，這種積極的觀看正好集中於他們想要觀看
和弄清楚私處以及被禁看的東西的欲望。」[13]這個說法正好說明長根的演出
為何會成為各種勢力交相爭奪的目標，因為單單他的「大鵰」就具有十足陽
具崇拜下的「觀賞」價值，更不用說他還提供如假包換「被禁看的東西」的
真人實境秀。其狂歡化的可能來自於其脫離了日常生活的限制，藉由這種現
實生活中難得一見的「奇觀」體現了欲望的向度，更滿足了觀眾窺視的欲望。

　　小說在第十五章「井水犯河水」中便藉由一群「不是人家的小三，就是
四、五、六的閨蜜，在某五星期飯店餐廳小包廂下午茶時，一邊談著自己的
男人多麼少回來看她和孩子們，一邊輪流「聆聽」其中一位姐妹專程趕來分
享的手機裡一段長根性服務的叫床錄音。這群在婚姻關係裡處於非正式身分
的中年閨蜜，其實都是男女關係裡程度不一的受害者。她們的聚會往往在互
相取暖，尤其涉及男女性別位階古今差距的聊談，特別能夠讓她們感同身
受。而當這以如「商品demo版」的長根性愛錄音在她們的輪流「聆聽」
下，便有著既「窺視」又「共享」的意味。小說最後以一段令人玩味的文字
結束：

　　有人問此錄音怎麼來的？葉玉月說：「家裡燒飯的阿桑，從市場帶回

13　曾軍：《觀看的文化分析》，頁147。

來的。」一隻井裡青蛙的奇聞，不知不覺泛到河裡游魚的耳朵裡了。
她們平平靜靜揮揮手散了，心裡被撓起的塵埃浮沉不停。[14]

這群被形容為河裡游魚的中年閨蜜，和井裡青蛙不同，她們擁有更多的閒暇
與金錢，還有在非正式婚姻裡無法被滿足的「欲望」，她們暫時各自帶著被
撓起的「欲望」回家了。但我們可以想見，她們可能便是後來那些性趴藝術
的潛在消費者，因為她們不會甘心只作為河裡的游魚，透過她們在包廂裡共
享著的「錄音」，那「聲音」自身成了一種媒介，彷彿「廣告」那樣，是招
攬他們游向的表徵著「性愛」海洋的媒介。儘管，或許她們也僅會透過錄音
提供的「聽覺」方式來滿足即可。某些研究認為女性基本上更傾向於是聽覺
的動物，也許比實際進入性趴更讓這群潛在的消費者感到安全。但性趴藝術
秀提供的還不僅是具有「象徵消費」的「奇觀」特質而已，而且是既有聽覺
又有視覺，甚至是可以更大膽地以參與實境秀的方式，來滿足這些平日在權
力關係上被壓抑的「人家的小三」，或是「小四、五、六」們，達到一種
「全面狂歡化」的「解放」。也就是這位有著巨大男根的牛郎郭長根將必須
在其被配置的舞臺「崗位」上，任由參與實境秀的女性驅遣而進行性服務，
這種女性成為支配者的權力轉換又不僅是「奇觀化」的觀看而已，還帶有觀
看背後，更深刻的主體與權力的問題。

如此，黃春明透過此一「奇觀化」書寫，為我們呈現了臺灣民間各種如
牛肉場、娛樂事業等的大眾文化中，如何透過這種帶有私密又共享性質的
「奇觀化」觀看模式，構築其性產業的核心吸引力，也呈現了臺灣特有的社
會暗黑問題。

---

14 黃春明：《跟著寶貝兒走》，頁158。

三　由兩人到一人
──《秀琴，那個愛笑的女孩》的無事化情色

（一）秀琴，就是豔紅

　　在二〇一九年的《跟著寶貝兒走》之後，二〇二〇年黃春明再度推出小說《秀琴，那個愛笑的女孩》，一樣有著情色書寫的內容。但這次則以一位愛笑的美麗女孩秀琴的遭遇為重心。本書時間設定在戰後初期，五、六〇年代左右民風相對淳樸的時間階段。秀琴出生在一個父母經營餐廳的羅東家庭，因自幼美貌出眾，慕名者眾，不但常贏得眾人讚美，甚至有醫生的兒子為了看她而撞上電線桿受重傷。長大後亭亭玉立在餐廳負責櫃臺，也讓生意絡繹不絕，上門者不斷。父母親視之為奇貨可居，總是回絕上門提親的人家。直到某日因一夥號稱來拍電影的人，託詞要讓秀琴去拍電影而白吃一頓，讓這個平靜的一家人內心掀起漣漪。後來在電影公司再度上門，半遊說半威逼，加上家人對秀琴的明星夢，秀琴父母不但必須抵押房子成為影片的主要投資人，更將秀琴送進了虎口。

　　本片以臺語片時代為背景，彷彿臺灣電影拍攝暗黑史的揭露，裡面和《跟著寶貝兒走》一樣牽涉臺灣黑道問題。拍一部電影包括地方角頭、投資者、製片、業務、導演……都涉入。電影名為「午夜槍聲」，而擔任女主角的秀琴要化身「盤絲洞酒家」頭牌酒女「豔紅」，在片中陷身不同領域有權、有勢、有錢人的權力爭奪之中，大家都因她而爭風吃醋明爭暗鬥，此一個故事也正是電影外真實世界的投影。

　　秀琴起初無論如何也放不開來，於是劇組夜晚的晚餐時間被安排成拍戲的酒攤，演員、導演、製片一起喝酒玩樂，讓秀琴藉日日的酒攤飲宴融入豔紅一角。他們同時常邀來了電檢處處長、「某治安單位」于局長等一些具有左右影片生死大權的大人物一同飲宴，謂之「公關」。在這些劇組與秀琴宛如攻城守城，一直難以讓秀琴卸除心防的過程中，小說不動聲色地安排覬覦秀琴的出資老闆之一──五股鐵工廠「廖董」對之展開的各種名為照顧實為

風流的送禮出遊等情節。然而,最後冷不防「劫收」一切的,卻是隸屬警備總部,專門「抓匪諜的」于局長。某日,當秀琴好容易終於稍卸心房陪著于局長喝到酒醉,小說以眾人若無其事的方式退了出去,將秀琴獨留在于局長房間。隔晨,當其他女演員接到秀琴電話進到于局長房間,只見秀琴縮於房間一角,房間內滿是凌亂的被褥與血跡,反而又驚訝地說「于局長也太心急了」。這些明明知道會有事,有事了卻故作驚訝的做作反應,可以照見整個電影劇組扮演的推波助瀾、為虎作倀角色。從整個小說的情節,秀琴最終與電影中的「豔紅」遭遇相去無幾,後來甚至成了一個不但「愛笑」,也「起痟」了的秀琴。

　　「豔紅」原來只是秀琴參與電影裡的一個角色,後來卻成為她人生的下半場和終結,「秀琴」真的成了「豔紅」。書中有一段關於「秀琴」與「豔紅」的差異:

> 「我跟妳說過了,演戲演戲,那都是假的;妳演戲的時候叫做豔紅,
> 那是假的。戲一演完了,妳就是妳,妳就是許秀琴不是?」他笑了,
> 秀琴的臉也鬆了,其他人都笑了。[15]

這是起初去白吃一頓的鄭導演給她的安慰,意思說戲是戲,人生是人生,根本不用擔心戲變成人生。小說中雖未交待電影裡的豔紅最後下場如何,但諸如陪酒、黑道角力,和秀琴因為豔紅而面對的遭遇其實並無二致。

　　起初,秀琴初來到片廠,電影「午夜槍聲」的導演是一個頗有才華的蕭導,他為秀琴取藝名為「玉蓮」,書中有一段蕭導為何取秀琴藝名為「玉蓮」的說法:

> 秀琴的藝名叫玉蓮;這是蕭導說,取名不是大家亂說一通,要是這樣
> 還不簡單。取名字是要針對那個人,裡裡外外的認識和觀察,抓到他

15　黃春明:《秀琴,那個愛笑的女孩》,頁127。

的特點，再去思考才行。秀琴她，你們看；她生得幼嫩秀氣，冷靜又
漂亮。這就好比一朵白色的水蓮花敢不是？[16]

這段文字在作品中成為一個鮮明的反諷，因為純淨的白玉蓮成了妖嬌酒女豔
紅，這一巨大的反差也說明臺灣的娛樂事業往往也利用此一形象的巨大反差
作為其商品賣點。小說如此安排，自然隱微夾帶黃春明對於過去臺灣臺語片
時代暗黑面的批判。

（二）伊會唸咒──「無事化」的經典儀式

前面說明《秀琴，那個愛笑的女孩》整部小說中核心的故事在愛笑的美
麗女孩秀琴，如何在種種形勢之下，本來只是要演出角色豔紅的電影，後來
卻與豔紅遭遇無異的情節內容。但進一步來看，小說描述秀琴淪落為刀下之
俎，主要來自製片團隊黑道綁標式地強制許家投資，也來自在製片團隊之上
還有隨時可以安條罪名，就讓人永劫不得超生的情治高層于局長；當然還有
秀琴父母親對如果秀琴當上電影明星可以名利雙收的一時迷惑。但在片場最
後，真正讓秀琴墜落的，還在於她在各種壓力要求下，努力放下心防半自動
「配合」，終於在醺醉中逐漸把自己當成了「豔紅」的轉變：

第二天的表現更為進步，鄭導勸秀琴再喝一點試試。她試了，人是更
為迷糊，作為酒女豔紅和秀琴自己，二人混為一體，一進一出。
「太好了，大有進步，大家都看到了對不對？」席間的演員和特別為
公關關係邀請來的貴賓，經鄭導這樣的誇獎，大家都鼓起掌快樂地吆
喝起來。秀琴也樂得原來凝重不堪的壓力竟然蒸發，跟大家同樂在一
起。[17]

---

16 黃春明：《秀琴，那個愛笑的女孩》，頁95。
17 黃春明：《秀琴，那個愛笑的女孩》，頁243。

上面這段文字說明了，這是一場透過「喝酒」將人灌醉，將現實迷糊化，最後分不清誰是誰的「變身秀」，在成功獲得掌聲之後，秀琴第一次不再守著「秀琴」的矜持不放，第一次和大家同樂在一起。

換言之，秀琴之被成功染指，要來自她先放下心防，將豔紅明明就不是秀琴的差異撫平為「無事化」。幾處眾人在「秀琴」與「豔紅」之間混淆不清的情形，在一次又一次「順便來看看我們的大明星許秀琴小姐。噢！是豔紅，是豔紅。」的一再催眠之下，「秀琴」逐漸為「豔紅」取代：

> 「豔紅，我們跟妳說，今晚妳不用拍電影，妳還是女主角，知道嗎？」說是豔紅，她還是抱著秀琴的心，勉強笑了笑，心裡唸著配合，配合，……離開時雙手的中指勾搭食指，走進她的臥房。[18]

以上文字描繪了秀琴一個經典動作，那是將雙手的中指勾搭食指，然後有如以手勢召喚降靈一樣地喊著「配合，配合」。此一不斷為自己施加「符咒」的方式，正是此一「無事化」的經典儀式。

如此，經過無數次的符咒降靈，秀琴終於完全融入豔紅角色。而小說最高潮，是秀琴將豔紅的角色發揮得淋漓盡致的時刻，此一「無事化」的景觀也在此時展現到最高峰。那是專門「抓匪諜」的于局長終於來到酒席之間，幾番往來挑逗後，已經完全「豔紅」上身的秀琴酒已喝多，隨口問完局長你說你很忙都忙些什麼之後，于局長精神大振開始在美女面前逞英雄，原來不便在人前吐露的事也說了：

> 「你們不是常聽到政令的廣播宣導嗎？說匪諜就在你身邊的標語，」
> 他的話沒完，豔紅坐挺起來，笑指局長，再指自己說：
> 「匪諜就在我身邊，匪諜就在你身邊。」說了又斜靠局長。
> 「醉了醉了，豔紅。」吳副總說。他們是驚訝了一下。

---

18 黃春明：《秀琴，那個愛笑的女孩》，頁178。

> 「我才沒醉咧！我要聽局長很忙的話說。」她的台灣國語也來了。
>
> ……
>
> 「今天凌晨我們在馬場町斃了十九個傍晚之前分頭抓了一個高中老師
> 組織起來的讀書會……」
>
> 「那，那這樣抓抓，會不會有很多人是冤枉的呢？」
>
> 「豔紅，……」吳有友裝出勉強的笑容，叫了一聲，話卻接不下去。
>
> 「什麼事？」包括說這句回話，晚上的豔紅確實看不到秀琴的影子。
>
> 「沒事。來，我敬你。」他舉杯，豔紅沒回應，反而是局長舉杯回
> 敬。[19]

引出上面一長段文字主要在呈現，「豔紅完全上身」的秀琴其實不知道，她
正在說和做的，根本是一件「捋虎鬚」的險事。顯然她此時已經過度融入角
色，也醉到分不清現實為虛幻的界線，以及當下話題的沉重性了。但明明是
險事，當于局長問起為何要阻止秀琴／豔紅說下去，旁邊的人卻也只能說
「沒事」，不敢再多說。明明有事卻硬說「沒事」，是整個事件昇高，最後讓
秀琴落入于局長手中任其蹂躪的關鍵。

　　更荒謬的是，這個一般人引為禁忌的抓匪諜話題，經彷彿已經華麗轉身
的豔紅隨口一問，其「無事化」也達到最駭人的部分，因為隨後針對「豔
紅」問的那是不是會有很多人冤枉被抓？于局長的答覆竟是肆無忌憚地說出
「為了救我們自己的國家，我們的黨，寧可錯殺一百，也不能漏掉一個。」
[20]顯然，在于局長面前，殺個人都不算什麼了，強暴個女人當然更是「無
事」了，秀琴隨後在當晚被強暴，事後加害者于局長不但沒有受到任何懲
罰，還以要為秀琴被迫演電影討回公道為由，開始將電影公司相關人等以抓
匪諜方式逮捕、調查、審問。黃春明藉由這個「無事化」情色，對過去威權
時期，統治政權欲蓋彌彰的政治壓迫作了強烈的批判。

---

19 黃春明：《秀琴，那個愛笑的女孩》，頁183-184。
20 黃春明：《秀琴，那個愛笑的女孩》，頁185。

　　小說最後，以菜市場那裡傳來有人半信半疑問起「那不就是那個愛笑的查某囝仔，秀琴？！」，「是啊，怎麼變成這款的模樣？」而秀琴對著對她指指點點的人笑著舉起中指勾搭食指的雙手放在胸前，比比對對地唸著：「配合、配合、配合」作為收尾，將秀琴的悲劇凝結在她不斷以手勢為自己施加「符咒」的惚恍出神時刻。也讓我們看到這種表面無事背後強烈的權力不均等問題，是這悲劇主要的起源。

四　兩部小說中的社會批判與權力代理人

　　比較兩部小說，可以發現雖然這兩部小說雖然分別有著「奇觀化」與「無事化」差異的情色書寫，但形式上卻有不少共通之處。簡要歸納至少有三點共通之處：

（一）兩本小說都巧妙地以「方易玄／郭長根」或「秀琴／豔紅」不同人物或相同人物不同名字的方式，以二者的辨證關係編織情色故事。

（二）兩本小說都牽涉舞臺演出或電影等娛樂事業。以及更廣泛的大眾文化題材。

（三）兩本小說也都共同表現了發生在臺灣解嚴後的今天，或過去戒嚴時期，流蕩在民間的各種如牛肉場、娛樂事業等大眾文化中，喜歡假文化之名、或涉及黑道綁標等特有的社會暗黑問題，也寄寓了作者黃春明的社會或政治批判在其中。

其中第一、二點前面兩節大體已經有所說明，本節將聚焦在第三點共同之處。亦即其中的社會政治與社會批判，尤其其中權力的運作。

（一）《秀琴，那個愛笑的女孩》的社會批判與權力代理人

　　首先，從時代較早的《秀琴，那個愛笑的女孩》一書說起，故事時間設

定在戰後初期，五、六〇年代左右民風相對淳樸的階段。小說中包括秀琴父
母和秀琴本人對拍電影還帶著神秘模糊的憧憬，以為那可能是名利雙收的晉
身富貴之道。當時的威權體制，是「匪諜就在你身邊」，人人心中都有個小
警總的白色恐怖威權時代。因此，電影工業再暗黑，敵不過警總頭子安你一
個匪諜的罪名，黑道人物再驃勇大條，一聽到警總要抓人，立刻連夜出境奔
逃。小說中秀琴後來口中不斷唸著的「配合，配合」，正是過去戒嚴體制下
臺灣人所能擁有的唯一一種生存態度。小說中主要的批判自然在政治方面，
也就是由奪去女主角秀琴寶貴貞操的于局長所代表的白色恐怖時代黨國威
權。但筆者以為，本書花許多筆墨描寫臺語電影時代，當時電影工業的種種
亂象，其實更是不容忽視的核心。也正在此，我們可以來談談關於兩部小說
涉及的「權力代理人」的問題。

　　法國文化理論家傅科在其《規訓與懲罰》一書中，借用英國哲學家邊沁
設計的「全景敞視建築」概念中，以中心一個瞭望塔，有一圈大窗戶對著環
型建築，而環型建築分成許多小囚室，每個囚室都貫穿建築橫切面，有兩扇
窗戶，一扇窗戶對著裡面和塔的窗戶相對，另一扇對著外面能讓光亮從囚室
的一端照到另一端，然後瞭望臺只需安排一個監督者的建築形式。傅科指出
這種建築使囚禁者不斷地目睹著窺視他的中心瞭望塔的高大輪廓，但又因設
計使得被囚禁者無法確知他是否被窺視。因而使被囚禁者身上造成一種有意
識的和持續的可見狀態，從而確保權力自動地發揮作用。傅科說明這形成了
一種「使權力自動化和非個性化」的機制，意即：

> 權力不再體現在某個人身上，而是體現在對於肉體、平面、光線、關
> 注的某些統一分配上，體現在一種安排上。……因此，由誰來行使權
> 力就無所謂了，隨便挑選的任何人幾乎都能操作這個機器，而且不需
> 有領導親屬朋友檢查者甚至僕人。[21]

---

21 〔法〕傅科著，劉北成、楊遠嬰譯：《規訓與懲罰》（臺北：桂冠圖書公司，1992），頁
　　201-202。

換言之，在這一機制中，並不是誰擁有權力，而是這個機制使權力擴大、神秘化而又無所不在。一旦機制建立，甚至無需監視者，無需一個外顯的觀看結構，因為這套監視機制會內化在主體內部，主體將學會自己監看自己。如此，被囚禁者最後既是被觀看者，也成為觀看者，傅科結語式地說：「全景敞視建築是一種分解觀看和被觀看的二元統一體的機制。」[22]在傅科這一概念下，我們可以說，在此一監看機制中的人，隨時都可能成為監看機制的「權力代理人」。

　　為何提出此一論題？因為我們可以注意到《秀琴，那個愛笑的女孩》這本小說書寫的高潮雖然是對政治的批判，但整本書從開頭到結尾卻並不是將所有秀琴的遭遇都歸罪給強迫秀琴當電影明星的那群拍電影人或各方角頭黑道勢力。相對的，全片中秀琴、秀琴的父母，甚至秀琴的祖母，在秀琴最後的悲劇中都占了重要的位置與份量。

　　怎麼說呢？小說中第一章開始就以「倒勾齒的媚眼」為章名描寫秀琴不僅長得漂亮愛笑，因此常得到別人的注意，她自己其實也很得意別人是否多看她一眼，因為這樣，在外面時「她時時偷偷地斜視周遭的人是否在看她。這也冤枉不少自作多情的男孩子，以為秀琴跟他拋媚眼，臺灣話叫做「駛目尾」[23]。

　　小說從這裡開始講了一個當地杏園醫院醫生公子，真的自作多情以為秀琴在對他拋媚眼因此撞上電線杆縫了一、二十針的故事，因為當地流傳「醫生家的陳哲雄就是被許秀琴，駛目尾時被倒勾齒勾到的」這說法，加上醫生和秀琴父親熟識，秀琴父親許甘蔗覺得應該買籃蘋果帶秀琴一道去道個歉，但母親這一邊卻不開心了，說明明是醫生兒子自己惹的禍。但她又怕先生等下要大發脾氣，因此接著說：

　　　你帶秀琴去？我們講起話來，不該笑，她笑了，你想一想，這樣好

---

22 〔法〕傅科著，劉北成、楊遠嬰譯：《規訓與懲罰》，頁201。
23 黃春明：《秀琴，那個愛笑的女孩》，頁16。

嗎？」，「我說真的啊，你那三八女兒你又不是不知道……」[24]

　　從這些文字可以看得出來，這對父母對秀琴既有一種不放心，又覺得驕傲。他們對秀琴管教有加，寄到家裡的情書一律沒收，以致秀琴一個字也看不到。就在父母對她未來的婚配充滿信心「不怕秀琴沒人愛」，加上秀琴在餐廳掌櫃使生意大好的情景下，萬萬沒想到，以為秀琴將是未來「一顆隱現的明星」的「明星夢」，使秀琴自己和父母多少因為虛榮讓女兒走上不歸路。

　　前面已經提過，書中悲劇從一群自稱是拍電影的人到店裡白吃一頓開始。這頓飯中自稱導演的鄭文彬看上秀琴的美貌，眾人從盛讚老闆娘即秀琴母親好年輕漂亮，來演臺語片也不會失禮，讚得秀琴母親心花怒放。就在秀琴母親推說找我女兒去拍還差不多時，鄭導馬上說可以考慮喔，之後一行人說會再回來還錢卻一去不回。這個說法讓一家人心裡兜兜轉轉，想打電話去問又不好意思，終於秀琴自己開口說「帳我在管，我來問。」而開啟了後面回不了頭的悲劇。小說描寫秀琴一家人並不擔心被白吃一頓，而是放不下秀琴是不是可以去拍電影當明星的美夢，「對這個問題，他們三個人裡面，母親碧霞最為急切，再來才是秀琴，許甘蔗他也有所期盼。」[25]因為這樣，秀琴和母親去電信局打了長途電話。而這通關鍵的電話，不消說，正是惹禍上身的肇端。

　　小說中有一度因為羅東角頭上門來要求插一腳，並且要秀琴父母出一半資金時，包括秀琴都翻臉不願意，但當留下來協調的林代書說出「剛才南門大的他已經講得很白了；是你們惹來的」，並且教秀琴母親碧霞任何事都有好壞兩面，「配合」就是，然後又以「台灣現在是什麼時代？沒什麼法律」來恫嚇一番後，碧霞也開始要求女兒秀琴就「配合」吧。秀琴從此也開始努力以要正面思考，「配合，配合」的想法來自我遊說、自我催眠。我們可以說，後面的配合已經是人為刀俎、我為魚肉不得不然的結果，然而若非起初

---

24 黃春明：《秀琴，那個愛笑的女孩》，頁17。
25 黃春明：《秀琴，那個愛笑的女孩》，頁39。

的「明星夢」，前面包括秀琴與秀琴父母，尤其秀琴的母親，絕不會輕易落入這套權力牢籠中難以翻身。在前面的敘述中，可以發現裡面包含著許多觀看／被觀看的觀看結構，也就是從秀琴到秀琴母親，他們多少都因為被觀看而帶有一種榮耀的自滿。表面看來她們不是被囚者，而是充滿榮耀的被觀看者。但正如約翰‧伯格在《觀看之道》中談女性與觀看的關係：

> 男性重行動而女性重外觀；男性觀察女性，女性注意自己被別人觀察。換言之，女性把自己變作視覺物件──景觀。[26]

亦即，當女性把自己變作視覺物件──景觀（按：本文統一說法，應稱為「奇觀」時，除了清醒地知道自己正在被觀看，也清醒地戴上男性眼光看著自我觀看）。換言之，女性既被觀看，也觀看自己的被觀看。此一說法結合前面傅科談的全景敞視建築中「觀看／被觀看」同一的結構，可以說，正是因為知道自己長得太美，或有個女兒長得太美，此一使秀琴和她的母親（也可以包括父親）自動半自動被置入的「觀看／被觀看」之結構，秀琴不由自主地被當成了和前面郭長根一樣的「奇觀」。

其次，秀琴的祖母，叨念不停的就是秀琴母親為什麼不能生個查埔？當她聽聞孫女兒秀琴被人強暴，她第一個反應也不是為秀琴抱不平，而是痛罵兒子當初如果娶別的女人，也許就不會「只會生查某，生查某去給人睏」[27]。她的邏輯不是來自有個漂亮女兒可以當明星成名得利的概念，而是來自傳統宗法社會只有男性才能傳宗接代的迷思，雖然具有不同的權力邏輯，卻有著相同的效力。

筆者在此想要強調，當秀琴母親轉述自代書的一句「好好配合他們」[28]，她絕對不是出於惡意，但這一句「配合」卻成了秀琴生命悲劇的核心。小說中一再出現這句「配合，配合」，讓秀琴走到萬劫不復之路，在這過程中，

---

26 〔英〕約翰‧伯格：《觀看之道》（桂林：廣西師範大學出版社，2007），頁64。

27 黃春明：《秀琴，那個愛笑的女孩》，頁210。

28 黃春明：《秀琴，那個愛笑的女孩》，頁78

秀琴、母親、父親，甚至祖母都成為這齣悲劇的權力代理人。

　　同樣的，小說裡除了前面已經談過對于局長代表的威權政治有著強烈的批判外，對地方角頭、黑道勢力在過去時代和政治掛勾合謀的指控也不在話下。然而，本文還要指出的，書中還有一群在電影中擔任配角的女性們，她們在秀琴初來乍到極度抗拒在吃飯場合與男人摟摟抱抱的情境中，雖然會在夜晚安撫與照顧秀琴，甚至也在聊談中說到，當初是如何被騙到這一行，甚至為此失了身的憤恨過往；然而在關鍵的于局長那一晚，小說如此描寫這些女演員的反應：

> 小姐她們，走到昏暗的外廊拐角的地方，被吳副總的出現嚇了一跳，他豎起食指到唇前。要她們不出聲。他退後幾步，小聲問：「豔紅怎麼樣？」他看她們摀著嘴笑。「有沒有醒過來？」她們搖搖頭，好像笑得更厲害；只是沒笑出聲音來。[29]

她們的笑是無聲的，因為笑如果不是，哭也不是。蕭鈞毅〈笑聲的陰暗〉小論中提到：「面對比男性更龐大，由男性構築起來的國家權力，女性有其他的可能性嗎？——笑了等於妳誘惑，不笑不作聲等於接受，劇烈的反抗又為權力不容」[30]筆者以為這論點當然是對的，然而，黃春明由這些哭笑不得的故事彷彿在告訴我們，在這一「看／被看」，由國家體制架構起來的規訓權力中，或多或少的，大家都是權力的代理人，都是共犯。

　　黃春明這次的書寫雖然看似繼承之前發表於一九六七年〈看海的日子〉和一九七五年〈小寡婦〉裡女性從妓的題材，卻和這兩篇帶著救贖與樂觀的溫情態度截然不同。這本書除了第一次帶出對過去政治威權體制的強烈批判之外，全書幾乎對筆下人物都缺少同情，我們甚至可以感受到書中連最值得同情的秀琴，都是黃春明嘲諷的對象，彷彿和過去的年代決裂一般的，黃春

29　黃春明：《秀琴，那個愛笑的女孩》，頁186-187。
30　蕭鈞毅：〈笑聲的陰暗〉，《文訊》420期（2020年10月），頁103。

明或許希望以這個寫法提醒我們,再怎麼可笑再怎麼蠢,我們都是從那個威權時代走過來的人,也都是那個時代裡難以脫罪的共犯之一。

過去黃春明也有如發表於一九七二年的〈蘋果的滋味〉隱含對美國等強勢文化的批判,以及如一九七三年的〈莎喲娜拉・再見〉諷刺崇洋媚外者現象,但這些多是針對外來力量的反思,但這次卻可以說是由臺語片背景,正面揭露過去黨國威權體制下,即使本土黑道力量也難以為繼,瞬間孬種的處境。黃春明欲從回顧過往與當代臺派對話的意味也頗為明顯。

(二)《跟著寶貝兒走》的社會批判與權力代理人

其次,《跟著寶貝兒走》藉由有如牛肉場展示身體的商品化形式,對現代消費文化有著鮮明的滑稽式嘲諷。其中郭長根固然是被嘲諷最深的人物,但進一步看,把長根當搖錢樹的「阿蔘仔姨」以及諸運作展示演出的各地黑道,也是其批判的對象。就「阿蔘仔姨」的部分,在第十二章「討客兄?或是認客子?」中,「客兄」與「客子」的音近意遠,正扣合「阿蔘仔姨」和郭長根倫理關係的曖昧不明,以及其人只重感官享樂的物欲特質。小說中描寫「阿蔘仔姨」在郭長根接枝之後努力幫他進補,最終也只為讓他早日以其寶貝來生財。而各地黑道更完全只有唯利是圖,能撈多少是多少。

但本書趣味及令人玩味之處還在,黃春明將這種以獲利為上的現代消費文化與傳統鄉土觀念進行了某種接合,以說明「鄉土」情感如何在現代消費文化中被怪誕地扭曲。原來在黑道中只是小弟一枚的「烏土」,是本書諸黑道人物中一個特別的角色。他想出了「性趴藝術秀」這個表演形式而深受他的黑道大哥肯定與喜愛,並稱此為一門新的「文創事業」。當演出巡迴各地,各方勢力紛紛來要求插隊卡位搶場次,尤其烏土故鄉高雄的黑道大哥「紅頭」親身登門到烏土的老大「阿龍哥」這裡來喬時間時,原本阿龍哥以「必需照規矩來」作為拒絕的理由,而紅頭以再怎樣人不親土親,烏土至少是我們高雄人來強求阿龍哥必須喬出檔期給他們時,烏土以充滿義氣的口吻出面擔下這件事,告訴老大阿龍哥說,他們可以以下面的方式跟其他已經排

定的各地檔次勢力作說明：

> 大哥，你讓我講完。我們老實跟他們講，說性趴藝術秀活動是我想出
> 來的，版權也是我的；當然別人或是政府的機關，不會承認這是可以
> 申請版權的東西。我主要讓他們知道，我是高雄人，為高雄做點事沒
> 有什麼不對。我贊成如果有下一站，就給紅頭大的他們。[31]

「為高雄做點事沒有什麼不對」這個說法中將烏土描繪為一個貌似對故鄉重
情重義，充滿鄉土情懷的好漢。但誰都知道，這只是一個要擺平紅頭惡勢力
的說詞。更甚者，後面描述道「烏土的這一片善意，說他愛家鄉嘛……也
是，最主要的還是他對性趴藝術秀活動的創始非常得意，他也將會得到很大
的揚名。這對他來想，以後要在黑道這一途，竄出頭臉的話，回到高雄比在
阿龍大這裡更有希望。」[32]如此，「鄉土」情感在現代消費文化中，究竟如
何被拿來任意挪用，以作為各種欲望的門面或遮羞布，已經昭然若揭。

　　從這個角度看，這部小說重點既然在長根被接枝之後的種種遭遇為主，
前半為何要花超過三分之一以上篇幅處理方易玄在中央山脈野地求生，抓到
山羌、遇到四位魯凱族人、遇到「娜杜娃」，與之共渡一夜等看似與後面長
根部分並不相干的情節，在此對「鄉土」問題的思量下也可以得到部分解
釋。筆者同意黃啟峰〈感官時代的滑稽鬧劇──讀黃春明《跟著寶貝兒
走》〉一文中將前半尤其方易玄與魯凱族人互動的描寫視為黃春明所憧憬的
「雞犬相聞」「黃髮垂髫，並怡然自樂」「見外人設酒殺雞作食」的「原始社
會桃花源」，而方易玄與娜杜娃的情感也自然而真誠，與其早期小說〈看海
的日子〉中白梅與阿榮的相遇類似[33]。前半方易玄與魯凱族人接觸的經驗，
原始而美好，與後來郭長根在商品利益下的遭遇形成巨大的反差。

---

31 黃春明：《跟著寶貝兒走》，頁183。
32 黃春明：《跟著寶貝兒走》，頁184
33 黃啟峰：〈感官時代的滑稽鬧劇──讀黃春明《跟著寶貝兒走》〉，《聯合文學》420期
　（2019年10月），頁55-56。

另外，這也可以說明，為何後來郭長根的命根子再也不聽他的話，因為那是「方易玄」的寶貝，一個想念起「娜杜娃」，有著原始美好記憶的靈魂：

> 然而長根的心，就是有一份不屈服？稍深刻去體會，就會覺得那根本就不是他的意識。要是晚上他一個人在閣樓的話，他一定會自言自語閒問寶貝。雖然合夥人都表露興奮，言笑充滿室內，長根無語，陷在近些日子來的夢境，想去解釋一點什麼出來。有幾位年輕貌美的小姐，有哭的的，有笑的，其中沒有一個是他認識的……更讓他感到糊塗的是，在那一段叫床的錄音中，他也一連串詞語不清，只聽到好像是在叫女孩子的名字；聽起來較清楚的名字，叫娜杜娃。長根好像慢慢意識到，器捐的人，他也跟在身上。[34]

前面提過，「娜杜娃」是方易玄在魯凱部落那晚認識的魯凱女人，他們相遇並在臨時迸發的情慾中共渡美好的一夜。娜杜娃雖是性工作者，那晚卻充滿感激淚流滿面捧著方易玄的臉不斷說謝謝。小說在此將郭長根夢中喊出他自己根本不認識的「娜杜娃」之名，說明原來生命已逝只提供男根的「方易玄」之主體感已慢慢顯現；相對的，長根隨著一場又一場的性趴藝術秀巡迴各地，卻除了晚上的演出，都得待在由角頭們幫他準備的房間裡，反而開始感到自己「失去了自由」：

> 樣樣全都由別人控制著我：失去我個人的自由，包括呼吸的空間，僅在小小的房間，不是表演性趴的藝術活動，就是被隔離在五星級飯店，或是KTV、卡拉OK的地方見不到天日，說是讓我休息。這和坐牢有什麼兩樣？……還有，性交的事，也令我作噁到極點……我啊！和機器人有什麼差別？[35]

---

34 黃春明：《跟著寶貝兒走》，頁178-179。
35 黃春明：《跟著寶貝兒走》，頁201-202。

以上的思考似乎說明長根即使已經淪為商品，但其殘存的主體意識，仍能感受到自己完全被物化為和機器人無異。但如果由長根夢中喊著「娜杜娃」以及最後完全不舉，而到長根被丟進海裡處決前，還不停地喊著：「是他！是他！」的情形，其實小說提醒我們，長根和方易玄仍然有異，最後郭長根只能順從了方易玄，是方易玄的「主體」作了選擇，決定不再配合。在情色演出中由半裸到全開的長根，「成也寶貝，敗也寶貝」，最後不僅成為一個被「再剪，再見」的徹底無「根」之人，更葬身海洋之中。長根的死亡，自然也是方易玄的再度死亡，但對「方易玄」而言，這個死亡是他奪回主體的結果，是以死亡換來的新生。

可以說，小說如上提出黃春明的社會批判，包括把性趴當藝術，讚賞又爽又有錢賺；以感官消費是尚，標榜浮華奇觀、任意挪用傳統、喪失主體、價值混亂等問題。

而從觀看與權力的角度，如前面約翰・伯格《觀看的方式》所說，在歐洲的裸體畫中，畫家和「觀看者─擁有者」通常是男性，而他們描繪和觀看的對象則大半都是女性。女性的影像是用來取悅男人的。男人對應的是世界，而女人對應的是男人。在社會結構中，男人屬社會能動性、行為的，女人在社會中屬於表現、展演的。女人把自己轉變成對象──視覺的對象：一種景觀。這本小說則完全顛覆了這個想像，讓觀看者變成女性，長根的陽具是來取悅女人的，其演出主要也是來取悅女人的。

這樣的觀看如果不涉及禁制主體的死亡權力，而是一種聯繫自我的生命權力，自然也不是問題。[36]但與方易玄合體的長根後來在一場又一場的演出

---

36 在〈主體與權力〉一文中，傅柯曾從權力與主體化的關係談及主體的雙重性。他說從主體認知與實踐的角度來看，主體可能指涉一種經由禁制所規訓的支配關係，使人依從於他人；另外，主體也可能指涉一種經由生命覺知而聯繫於自我的力量。Michel Foucault, "Afterword: The Subject and Power", *Beyond Structuralism and Hermeneutics*, (Chicago: The University of Chicago Press,1983,pp.212。其原文為："there are two meaning of the word subject：subject to someone else by control and dependence, and tied to his own identity by a conscience or self knowledge. Both meanings suggest a form of power which subjugates and make subject to. "同時，以上的主體性的形成又牽涉到兩種權力的

中，開始感受到只能被關在飯店裡，重複著一場又一場的性趴藝術秀，甚至夢中出現他不認識的人名樣貌，到最後不舉，顯然方易玄的靈魂不願意再讓長根成為他的權力代理人，而有趣之處卻在，彷彿只有肉體沒有靈魂的郭長根，後來似乎既無奈又不滿方易玄才是他的權力代理人，所以才有死前不停喊著是他是他的卸責和埋怨。在此權力的「代理人」，指的是權力的「能動者」，當主體感覺外在的權力是一種禁制性的死亡權力，自己的生命權力被剝奪，他所指涉的權力代理人自然是負面敵人；然而當主體感覺到此權力能引動主體的自我覺知，那麼這權力又變成是是一種正面生命權力。黃春明這本小說藉由方易玄與郭長根我耶？他耶？的互動對話，寫出郭長根的雖生猶死與方易玄的雖死猶生。以及人類在死亡權力與生命權力此消彼長的動態過程，對於現代人如何尋找自己的主體性，有相當啟發性的思維與視野。

　　前行有討論這篇的論者，分別將之與〈跟著腳走〉〈男人與小刀〉的存在主義思維，以及〈兩個油漆匠〉〈小寡婦〉的權力關係等類比[37]，這些都有一定的說服力。不過筆者想起的卻是發表於一九六八年的〈癬〉[38]和一九七四年的〈鮮紅蝦──下消樂仔〉[39]，兩篇都是以男性身體隱疾的不堪為主的故事，但這兩篇寫來同樣諧謔溫馨遠遠大過批判。倒是〈鮮紅蝦──下消樂仔〉寫因為患有「下消」（不舉）之症的樂仔，從以前能幹甕聲的「黃頂樂」，變成愚笨、飯桶、廢物、沒用同義詞的「下消樂仔」，連跟跛子阿松打

　　運作，一種是禁制性的死亡權力，另一種是生成性的生命權力，這兩種權力造成主體化的過程，因此，權力基本上是主體化過程中必然要遭遇的一種「程序」。參〔法〕傅柯：〈驚奇與欺騙的雙重遊戲〉，《權力的眼睛：傅柯訪談錄》（上海：上海人民出版社，1997年），頁117；另關於死亡權力與生命權力，見〔法〕傅柯著，錢翰譯：《必須保衛社會》（上海：上海人民出版社，1999年），頁243。

37 參《聯合文學》420期，「黃春明書評與讀書會專題」，其中共收黃啟峰、李欣倫、謝馨佑、李時雍、邱常婷等人論《跟著寶貝兒走》的文。《聯合文學》420期（2019年10月），頁54-61。

38 黃春明：《青番公的故事──黃春明小說集1962～1968》（臺北：皇冠文化出版公司，1995年），頁223-239。

39 黃春明：《鑼──黃春明小說集1969～1972》（臺北：皇冠文化出版公司，1994年），頁175-206。

架，都因他罵一句「幹你老母」，對方回一句「好啊！我出錢，我帶你去」，
樂仔就氣弱沒勁，之後還前所未有地大慟嚎啕，這情節有如郭長根被剪掉命
根子後初接枝前期的史前放大版。從兩篇的繼承關係可以看到黃春明對這議
題觸及的人性，尤其男性尊嚴問題，有著長期的關懷。由此延伸，本書對小
人物徘徊在榮耀與屈辱之間的面子問題，及對現代消費社會的批判，在過去
許多作品中都可以得見痕跡。然而，這篇獨特處卻在，它前所未有地以命根
子被剪再接枝這樣出格的想像，將個人存在榮辱尊嚴問題與消費社會問題相
互銜接，而且令人驚豔。

四　結語

從以上的討論，可以確知，這兩本小說不論在形式上、主題上，都有相
當多可以相互聯結並觀之處，兩本同樣涉及對黑道勢力複雜面的反思，也同
樣涉及情色淫猥。但《秀琴，那個愛笑的女孩》寫的是戰後初期到五○年代
左右臺語片還風行的年代，那是一個連情書都要被查封，對性還極端保守的
年代；而《跟著寶貝兒走》處理的則是手機網路已經相當發達，醫療已經進
步到連陽具都可以接枝，而身體解放的進化已經到連性愛都可以公開演出的
年代。《跟著寶貝兒走》中的醫療想像也許有些出格，但並非不可能。這兩
部建立在寫實基礎上的情色書寫，時間差距約七十年，正好是戰後至今臺灣
社會、文化、經濟變動劇烈的年代，也大約就是黃春明從青春成年到現今的
年代。一昔一今卻都聚焦在男女的身體情色，及由黑道角頭染指的大眾消費
文化問題。如果從兩位主角人物的遭遇，最後秀琴瘋了，長根死了，都是不
好的結局，但是以前黑道上面還有更大的國家權力，那是個白色恐怖罩頂的
時代。而現在呢？黑道動輒對人直接處決，似乎天不怕地不怕，在貌似普遍
自由開放的年代，究竟時代是進步了嗎？從兩部小說加以比較，我們不免聯
想起這樣的問題。

同時，本文透過觀看與權力代理的角度，並以「無事化」與「奇觀化」
來定義《秀琴，那個愛笑的女孩》與《跟著寶貝兒走》這兩部小說中的情色

書寫，主要想藉此突顯這兩部小說透過情色書寫展現的時代差異。過去似乎是把什麼不堪的都蓋起來，現在則似乎把什麼不堪的都打開。都可以打開，只要可以賣錢。從這兩部小說，筆者以為黃春明這幾年關心臺灣文化的商品化問題遠高於政治問題，他心念所繫還是臺灣這塊土地上令人憂心的種種暗黑敗壞及個人的主體覺知。而這兩部書寫，雖然部分繼承了之前七〇年代〈蘋果的滋味〉、〈莎喲娜拉‧再見〉等嘲諷批判的路線，但整個轉向臺灣內部問題；而寫小人物為尊嚴而掙扎的題材雖然是長久以來的關懷，這次以曖昧禁忌的情色性議題題材切入並加以敷色添彩，其對現下浮想連翩甚至誇大瞎掰之處，較之前有著頗大的突破；而對過往年代的氛圍，也有相當不同以往的開拓。筆者極同意何致和在〈來聽小說辯士講古〉[40]中，將黃春明比喻為無聲電影時代，可以把無聲電影的氣氛炒得火熱的「電影辯士」，「電影辯士」是《秀琴，那個愛笑的女孩》中出現的一章，可以發現這一章功能無他，主要在認識那個年代曾經非常風光，「一個死東西，經過你的嘴一講，死的也活過來」的「辯士」人物之風華一時。作為何致和筆下的「小說辯士」，春明暮年，壯心不已。筆者看到的似乎是另一個壯年黃春明，小說辯士時代的新開始。

40　何致和：〈來聽小說辯士講古〉，《文訊》420期（2020年10月），頁101。

參考文獻

一　專書（依出版先後順序排列）

〔法〕傅科著,劉北成、楊遠嬰譯:《規訓與懲罰》,臺北:桂冠圖書公司,
　　　1992年。

黃春明:《鑼──黃春明小說集　1969～1972》,臺北:皇冠文化出版公司,
　　　1994年。

黃春明:《青番公的故事──黃春明小說集　1962～1968》,臺北:皇冠文化
　　　出版公司,1995年。

〔法〕傅柯:《權力的眼睛:傅柯訪談錄》,上海:上海人民出版社,1997年。

〔法〕傅柯著,錢翰譯:《必須保衛社會》,上海:上海人民出版社,1999年。

〔法〕居伊・德波著,王昭鳳譯:《景觀社會》(*The Society of Spectacle*),
　　　南京:南京大學出版社,2006年。

〔英〕約翰・伯格:《觀看之道》,桂林:廣西師範大學出版社,2007年。

曾　軍:《觀看的文化分析》,濟南:山東文藝出版社,2008年。

黃春明:《跟著寶貝兒走》,臺北:聯合文學出版社出版社,2019年。

二　論文（依出版先後順序排列）

黃啟峰:〈感官時代的滑稽鬧劇──讀黃春明《跟著寶貝兒走》〉,《聯合文
　　　學》420期,新北市:聯合文學雜誌,2019年。

「黃春明書評與讀書會專題」,《聯合文學》420期,新北市:聯合文學雜
　　　誌,2019年。

何致和:〈來聽小說辯士講古〉,《文訊》420期,臺北:文訊雜誌社,2020年。

蕭鈞毅:〈笑聲的陰暗〉,《文訊》420期,臺北:文訊雜誌社,2020年。

黃春明文學年表

製 表 人：李賴
製表日期：二〇二二年三月二十三日
資料提供：黃大魚兒童劇團

一九三五

生於宜蘭羅東鎮浮崙仔。

一九五六

就讀屏東師範學校，以「春鈴」為筆名發表：〈清道夫的孩子〉，刊於《救國
團幼獅通訊》第六十三期。

一九五七

以「黃春鳴」為筆名，發表〈小巴哈〉，刊於《台灣新生報》南部版。

一九五八

屏東師範學校畢業後，分發至宜蘭廣興國小，任教三年。

一九六一

辭去教職，入伍服役二年。

一九六二

發表〈城仔落車〉、〈北門街〉、〈玩火〉，刊於《聯合報》，受副刊主編林海音
賞識，接連在《聯合報》副刊發表短篇小說。

一九六三

發表〈胖姑姑〉、〈兩萬年的歷史〉、〈把瓶子升上去〉、〈請勿與司機談話〉、〈借個火〉、〈麗的結婚消息〉，刊於《聯合報》。後因林海音離開《聯合報》副刊，暫停創作。

退伍後，考上中國廣播公司宜蘭臺，擔任記者、編輯；主持〈雞鳴早看天〉、〈街頭巷尾〉，並結識播音員林美音。

一九六五

發表〈男人與小刀〉，刊於《幼獅文藝》第一三九期。

發表〈日光之下〉，刊於《徵信新聞報》。

一九六六

結婚，婚後偕妻林美音遷居臺北。任職聯通廣告公司。

加入《文學季刊》，於創刊號發表〈跟著腳走〉。

發表小說〈照鏡子〉，刊於《台灣文藝》第十三期。

一九六七

◎〈男人與小刀〉獲《台灣文藝》主辦「第二屆台灣文學獎」佳作。

擔任正豐廣告公司企畫文案。此後歷任國華廣告公司、清華廣告公司，至一九九四年淡出廣告界。

發表〈沒有頭的胡蜂〉、〈青番公的故事〉、〈溺死一隻老貓〉、〈看海的日子〉、〈相像〉和劇本《神‧人‧鬼》，刊於《文學季刊》第二至五期。

發表〈他媽的，悲哀！〉，刊於《台灣文藝》第十五期。

長子黃國珍出生。

一九六八

以「邱文祺」為筆名，發表〈癬〉，刊於《草原雜誌》第二期。

發表〈兒子的大玩偶〉，刊於《文學季刊》第六期。

發表〈阿屘與警察〉，刊於《仙人掌》雜誌。

一九六九

發表〈鑼〉，刊於《文學季刊》第九期。

發表〈魚〉，刊於《中國時報》。

小說集《兒子的大玩偶》，臺北：仙人掌出版社出版。

一九七一

發表〈兩個油漆匠〉，刊於《文學雙月刊》第一期。

發表〈甘庚伯的黃昏〉，刊於《現代文學》第四十五期。

次子黃國峻出生。

一九七二

發表〈蘋果的滋味〉，刊於《中國時報》。

策畫中國電視公司「貝貝劇場」，引進日本杖頭木偶，先後推出《哈哈樂園》、《小瓜呆歷險記》；以「黃大魚」為筆名編寫劇本，塑造家喻戶曉的小瓜呆。

一九七三

◎小說〈魚〉入選國民中學國文課文。

發表〈莎喲娜啦‧再見〉，刊於《中國時報》。

策畫中國電視公司「芬芳寶島」系列紀錄片，拍攝《大甲媽祖回娘家》、《淡水暮色》、《咚咚響的龍船鼓》、《恆春一遊》，開啟紀錄片及報紙副刊報導文學新紀元。

一九七四

發表〈鮮紅蝦〉，刊於《中外文學》第二卷第八期。

發表〈往事只能回味〉、〈屋頂上的番茄樹〉、〈好幾千個人的眼睛呵〉、〈給憨
　　欽仔的一封信〉，刊於《中國時報》。

小說集《鑼》、《莎喲娜啦‧再見》，臺北：遠景出版事業公司出版。

韓譯本《사요나라짜이젠》（莎喲娜啦‧再見），首爾：企畫出版社出版。

一九七五

發表〈小琪的那一頂帽子〉，刊於《中外文學》第三卷第八期。

小說集《小寡婦》，臺北：遠景出版事業公司出版。

一九七六

應美國國務院、亞洲協會之邀赴美訪問、巡迴講座一年。

《鄉土組曲──台灣民謠精選》，臺北：遠流出版事業公司出版，同年於
　　《中國時報》人間副刊連載。

一九七七

發表〈我愛瑪莉〉，刊於《中國時報》。

一九七八

發表〈一個作者的卑鄙心靈〉，刊於《夏潮》第二十三期。

一九七九

小說集《我愛瑪莉》，臺北：遠景出版事業公司出版。

日譯本《さよなら‧再見》（莎喲娜啦‧再見），東京：めこん社出版。

一九八〇

◎〈莎喲娜啦‧再見〉獲「第三屆吳三連文學獎」小說獎。

英譯本《The Drowning of an Old Cat and Other Stories》（溺死一隻老貓），美
　　國：印第安那大學出版。

一九八三

發表〈大餅〉，刊於《文季雙月刊》第二期。

韓譯本《사요나라짜이젠》（莎喲娜啦・再見），首爾：創作與批評社出版。

〈兒子的大玩偶〉、〈小琪的那頂帽子〉、〈蘋果的滋味〉改編為三段式電影
《兒子的大玩偶》，由吳念真編劇，侯孝賢、曾壯祥、萬仁分任導演，掀
起一波臺灣新電影浪潮。

小說〈看海的日子〉改編同名電影，由黃春明編劇，王童導演。

一九八四

英譯本《Town crier》（鑼），臺北：文鶴出版社出版。

小說〈我愛瑪莉〉改編同名電影，由小野編劇，柯一正導演。

擔任王禎和小說〈嫁妝一牛車〉電影編劇。

一九八五

「黃春明小說集」：《青番公的故事》、《鑼》、《莎喲娜啦・再見》，臺北：皇
冠出版社。

發表〈愕然的瞬間〉，刊於《皇冠》第三七九期。

簡體本《我愛瑪莉》，北京：中國友誼出版公司出版、《黃春明小說選》，福
州：福建人民出版社出版。

一九八六

發表〈現此時先生〉、〈瞎子阿木〉、〈打蒼蠅〉，刊於《聯合報》。

發表〈從「子曰」到「報紙說」〉，刊於《皇冠》第三八六期。

一九八七

發表〈放生〉、〈等待一朵花的名字〉、〈琉求的印象〉，刊於《聯合報》。

小說〈莎喲娜拉・再見〉，改編成同名電影，由黃春明編劇，葉金勝導演。

一九八八

發表〈我愛你〉、〈小三字經,老三字經〉、〈戰士‧乾杯!〉,刊於《中國時報》。

小說集《瞎子阿木──黃春明選集》,香港:九龍文藝風出版社出版。

一九八九

發表〈夜市〉、〈地震〉,詩作〈天安門的第一顆子彈〉,刊於《中國時報》。

散文集《等待一朵花的名字》、《黃春明電影小說集──兩個油漆匠》,臺北:皇冠出版社出版。

擔任中國文化大學廣告學系特聘講師。

一九九○

發表〈一票〉、〈解嚴〉、〈名正〉、〈王禎和的笑臉〉、〈城鄉的兩張地圖〉,刊於《中國時報》。

發表「毛毛有話」系列,借嬰兒之眼看社會。連載於《皇冠》第四四一期至四七三期(一九九三年七月)。

《黃春明文學漫畫:王善壽與牛進》,臺北:皇冠出版社出版。

小說〈兩個油漆匠〉改編成同名電影,由吳念真編劇,虞勘平導演。

一九九一

發表散文〈城鄉筆記──恆春1號〉及詩作〈蘭陽搖籃曲〉、〈龜山島〉、〈買鹽〉、〈尋找一顆星的小孩〉、〈夢蝶記〉,刊於《中國時報》。

擔任宜蘭縣推行本土語言教學編審委員會召集人。

主編宜蘭縣「本土語言(河洛語系)注音符號發音表」,由宜蘭縣政府出版。

一九九二

發表詩作〈掉落滿地的秒針〉、〈尋魂啟事〉,刊於《中國時報》。

一九九三

發表散文〈幫你看電影〉、〈老鷹不老〉及詩作〈因為我是小孩〉、〈熱帶魚和
　　蝴蝶〉、〈我的願望〉，刊於《中國時報》

「黃春明童話」：《我是貓也》、《短鼻象》、《小駝背》、《愛吃糖的皇帝》、《小
　　麻雀・稻草人》等五本撕畫童話，臺北：皇冠出版社出版。

《毛毛有話》，臺北：皇冠出版社出版。

簡體本《莎喲娜啦・再見》武漢：長江文藝社。

主編宜蘭縣國民中小學鄉土教材《本土語言（河洛語）教學手冊》共十六
　　冊，由宜蘭縣政府出版。

設立吉祥巷工作室，於家鄉宜蘭進行通俗博物田野紀錄和文史訪談。

編寫兒童劇劇本《稻草人和小麻雀》，由鞋子兒童實驗劇團作演出。

擔任國立藝術學院戲劇系兼任藝術教師。

一九九四

發表詩作〈說一聲早〉、〈我每天都在開畫展〉、〈釣魚〉、〈澆水〉、〈我的木偶
　　呆呆〉、〈新皮鞋〉、〈我和爸爸去林間賞鳥〉、〈放風爭真有趣〉、〈我家的爸
　　爸〉、〈我家的媽媽〉、〈我家的爺爺〉、〈我家的奶奶〉、〈我〉、〈停電〉、〈我
　　是風〉，刊於《中國時報》。

發表散文〈羅東來的文學青年〉、〈流浪者之歌〉，刊於《中國時報》。

發表散文〈高速公路變奏曲〉，刊於《皇冠》第四八○期。

發表劇本《戰士・乾杯！》，刊於《聯合文學》第一一八期。

創立黃大魚兒童劇團。

一九九五

發表〈羅東味〉及詩作〈菅芒花〉《中國時報》。

發表「草葉集」：〈新娘的花冠〉、〈姑婆葉的日子〉、〈陀羅不再轉了〉、〈在狗
　　屎拔梓仔樹上〉、〈又見山茼蒿〉、〈只問耕耘，不問收穫〉、〈菜瓜的話〉、

〈瓠仔殼〉、〈呷柚仔放蝦米〉、〈枸杞燉豬肚〉、〈人豬哥，草也豬哥？〉，
刊於《皇冠》第四九二期至五〇二期。

發表〈SOS，請救救小孩子吧！〉、〈先做一個好讀者〉、〈不感動的不寫〉、
〈這一股衝動還在〉紙上對談回應讀者，刊於《中國時報》。

繪本《兒子的大玩偶》，楊翠玉繪圖，臺北：格林文化事業公司。

拍攝紀錄片「紅絲帶的故事」系列之日本輸血感染個案《戰鬥十九》，義助
愛滋宣導防範。

△編導人偶劇《掛鈴噹》，由黃大魚兒童劇團演出。

△編導兒童歌舞劇《小李子不是大騙子》，由鞋子兒童實驗劇團於國家戲劇
院演出。

△吉祥巷工作室承辦宜蘭縣梅花社區、天送埤社區總體營造規劃。

一九九六

發表「草葉集」：〈好彩頭〉、〈粿仔葉〉連載於《皇冠》第五〇五、五〇六期。

簡體本《兒子的大玩偶》北京：時事出版社出版。

△吉祥巷工作室編撰《水稻文化活動——共享豐收喜悅》，由北投農會出版。

△吉祥巷工作室承辦「桃花源在那裡？——宜蘭縣社區總體營造理念宣導」。

△吉祥巷工作室辦理第一屆「96茅仔厝研習營」。

△兒童劇《小李子不是大騙子——新桃花源記》，由黃大魚兒童劇團全省巡
迴演出。

一九九七

創作撕畫《來去宜蘭》、「宜蘭有禮」系列《金棗有晴》、《日日有魚》、《鴨子
呱呱叫》。

△吉祥巷工作室規劃梅花社區總體營造「戀猴總動員」系列活動，辦理
「1997第二屆茅仔厝研習營」。

△吉祥巷工作室承辦宜蘭縣「讓舊地名重見天日」立碑、立傳系列活動。

一九九八

◎榮獲「第二屆國家文化藝術基金會文藝獎」文學類獎。

◎「黃春明作品研討會」，由北京的中國作家協會、中華全國台灣同胞聯誼
　會、中國人民大學共同主辦。

發表〈寂寞的豐收〉，刊於《康健》第十一期。

發表〈九根手指頭的故事〉、〈多叫人難堪〉，刊於《中國時報》。

發表〈死去活來〉、〈銀鬚上的春天〉、〈王老師，我得獎了〉、〈呷鬼的來了〉
　及詩作〈濁水溪〉，刊於《聯合報》。

韓譯繪本《아들의큰인형》（兒子的大玩偶），楊翠玉繪圖，臺北：格林文化
　事業公司出版。

簡體本《黃春明小說欣賞》，南寧：廣西教育出版社出版。

主持超級電視臺調查報導系列節目「生命‧告白」。

擔任國立成功大學駐校作家。

△吉祥巷工作室編撰《十個舊地名的故事》，由宜蘭縣政府出版。

△吉祥巷工作室編撰《粒粒皆辛苦──台灣舊農業的背影》，由宜蘭縣五結
　鄉農會出版。

△吉祥巷工作室承辦製作宜蘭縣「社區總體營造理念宣導錄影帶」。

一九九九

◎〈兒子的大玩偶〉獲香港《亞洲周刊》「20世紀中文小說一百強」。

◎《鑼》獲「台灣文學經典三十」，本獎項是由行政院文化建設委員會委託
　《聯合報》評選。

發表〈最後一隻鳳鳥〉，刊於《聯合文學》第一七四期。

發表〈陶淵明先生，請坐〉，刊於《中國時報》。

發表〈用腳讀地理〉、〈售票口〉、〈老人寫真集〉，刊於《聯合報》。

發表散文〈和蕭蕭一起玩現代詩〉及詩作〈一位在加護病房的老人〉、〈一個
　老人的中秋記憶〉，刊於《自由時報》。

小說集《放生》，臺北：聯合文學出版公司出版。

德譯本《Sayonara - Auf Wiedersehen》(莎喲娜啦‧再見),德國:波鴻魯爾
　大學出版。
△編導兒童劇《愛吃糖的皇帝》,由黃大魚兒童劇團全省巡迴演出。
擔任國立中央大學駐校作家、公共電視台臺形象大使。

二○○○

◎《放生》獲「2000年金鼎獎」推薦優良圖書團體獎、「第23屆時報文學
　獎」推薦獎、《聯合報》「讀書人1999最佳書獎」文學類及《中央日報》
　「中央閱讀1999年十大好書榜」。
發表〈文化生活不等於藝術活動〉,刊於《民生報》。
發表〈一個不良少年的成長與文學〉,刊於《中央日報》。
發表〈大便老師〉、〈大地上的三炷香〉、〈現代哪吒〉,刊於《聯合報》。
發表〈寫作有時也不那麼寂寞〉,刊於《中國時報》。
發表〈路邊拾珍〉、〈蘇桐先生,您好〉、〈菜園〉、〈學習〉,刊於《樂覽》第
　十二至十五期。
發表詩作〈有兩種宜蘭人〉、〈悵然大物〉、〈相約武昌街〉、〈一則無聊得要死
　的故事〉、〈清風無罪〉、〈記得昨日〉、〈想呻吟〉、〈我好寂寞〉、〈那一個小
　孩站在那裡唱歌〉、〈黑夜〉、〈吃齋唸佛的老奶奶〉、〈與屍共舞〉,刊於
　《聯合報》。
發表〈詩人把詩寫在大地上〉,刊於《臺灣日報》。
「黃春明典藏作品集1-4」《莎喲娜啦‧再見》、《兒子的大玩偶》、《看海的日
　子》、《等待一朵花的名字》,臺北:皇冠文化出版社出版。
△黃大魚兒童劇團演出參與大愛電視臺「921希望工程」《小李子不是大騙
　子》說書版災區義演。
△黃大魚兒童劇團指導以學童為表演主體的羅東兒童劇團、復興國中少年劇
　團演出《稻草人和小麻雀》。
擔任佛光大學駐校作家。

二〇〇一

◎「新世紀再讀黃春明研討會」，由北京：中國作家協會、九州出版社共同主辦。

發表〈知識分子你能為周邊做什麼事情〉、〈小說不是坐下來就能寫〉，刊於《中國時報》。

發表詩作〈酒久矣〉、〈一條絕句〉、〈一場淫雨霏霏〉、〈那一位老人需要博愛座〉、〈九彎十八拐〉、〈水蓮〉、〈人造春天〉，刊於《中國時報》。

發表詩作〈孤獨〉、〈帶父親回家〉、〈月夜的喜劇〉、〈父親、慢走〉、〈逢石記〉，刊於《聯合報》。

英譯本《The Taste of Apples》（蘋果的滋味），紐約：哥倫比亞大學出版。

法譯本《Le Gong》（鑼），巴黎：Actes Sud 出版。

簡體本《看海的日子》，北京：崑崙出版社出版。

簡體本《黃春明作品集》三卷本，北京：九州出版社出版。

擔任蘭陽戲劇團藝術總監、國立東華大學駐校作家。

二〇〇二

◎英譯本《The Taste of Apples》（蘋果的滋味）入選「洛杉磯時報2001年度好書」。

◎榮獲「中國文藝協會榮譽文藝獎」文學類獎項。

發表〈金絲雀的哀歌變奏曲〉、〈許願家族〉、〈眾神，聽著！〉，最短篇小說〈買觀音〉、〈迷路〉、〈聽眾〉、〈小羊與我〉、〈棉花棒‧紫藥水〉、〈挑戰名言〉、〈靈魂招領〉及詩作〈油菜花田〉、〈進香〉、〈殺風景〉，刊於《聯合報》。

簡體本《兒子的大玩偶》，楊翠玉繪圖，石家莊：河北教育出版社出版。

編撰《眾神的停車位》，臺北：遠流出版事業公司出版，國立東華大學外文系創作研究所教學成果輯。

△編導歌仔戲《杜子春》，由蘭陽戲劇團演出。

△編導兒童劇《我不要當國王了》，由黃大魚兒童劇團、復興國中少年劇團
　演出。推動「把劇場帶進校園」前進偏鄉校園公益巡演。

擔任國立政治大學駐校作家。

二〇〇三

發表〈我知道你還在家裡〉，刊於《聯合報》。

發表〈對歌仔戲的展望〉，刊於《自由時報》。

發表劇本《外科整型》，刊於《中國時報》。

發表詩作〈番茄〉、〈蘇花公路〉、〈影子與我〉，刊於《中國時報》。

發表詩作〈向日葵〉、〈鳳凰花〉、〈玉蘭花〉，刊於《聯合報》。

於總統府「國父紀念月會」中，以「本土語言教育的商榷」為題進行專題
　報告。

△編導歌仔戲《愛吃糖的皇帝》、《新白蛇傳 I——恩情、愛情》，由蘭陽戲劇
　團演出。

二〇〇四

發表散文〈我遇見了我〉、〈e 人掃墓記〉及詩作〈天回天〉、〈國峻不回家吃
　飯〉，刊於《聯合報》。

發表詩作〈一群小星星的秘密〉、〈姑婆芋〉、〈兩耳草〉、〈雞冠花〉、〈臭頭
　香〉、〈酢醬草〉、〈白花婆婆針〉、〈含羞草〉、〈夜幕〉、〈冷氣團〉，刊於
　《中國時報》。

△黃大魚兒童劇團與日本HITOMIZA人形劇團合作，編導現代人偶劇《外科
　整型》，中日巡迴演出。並以《動物整型外科病院》之名參加日本長野縣
　「飯田國際偶劇節」。

△編導文學劇場《戰士，乾杯！》讀劇版，於國立臺灣文學館舉辦「國際讀
　劇節」中，由黃大魚兒童劇團演出。

二○○五

◎《黃春明——銀鬚上的春天》獲《聯合報》「讀書人最佳童書」讀物類。

發表〈沒有時刻的月臺〉,刊於《自由時報》。

發表〈多元創作面向思考〉,刊於《明道文藝》第三四七期。

發表詩作〈戰士,乾杯!〉、〈一把老剪刀〉、〈飄飄而落〉、〈圓與直的對話〉、〈敬春天〉、〈五月〉,刊於《自由時報》。

以「春二蟲」為筆名發表〈龍目井〉、〈即興演出——那邊這邊〉,刊於《自由時報》。

以「春二蟲」為筆名發表〈再見,小駝背〉,刊於《九彎十八拐》第三期。

以「春二蟲」為筆名發表詩作〈單行道上〉,刊於《自由時報》。

開闢《自由時報》專欄「九彎十八拐」,隔週出刊,為期一年有餘。發表〈打一個比方〉、〈穿鴨裙的老農夫〉、〈低級感官〉、〈擬似環境〉、〈吞食動詞的怪獸〉、〈記憶裡的紙條〉、〈沉默的玫瑰花〉、〈你猜!〉、〈照鏡子〉、〈人鼠之間〉、〈失傳的細節〉、〈詞彙膠囊的見證〉、〈時時刻刻〉、〈銘謝賜炮〉、〈臃腫的年代〉、〈廢話產業〉、〈多元社會二分法〉、〈玻璃家庭〉。

「台灣小說・青春讀本5」:《黃春明——銀鬚上的春天》,臺北:遠流出版事業公司出版。

創辦從宜蘭出發的純志工的《九彎十八拐》文學雙月刊。發行人為黃春明,發行所為黃大魚兒童劇團。

△編導兒童劇《小駝背》,由黃大魚兒童劇團演出。

△編導歌仔戲《新白蛇傳 II——人情、世情》,由蘭陽戲劇團演出。

擔任世新大學駐校作家。

二○○六

◎獲頒仰山文教基金會「第七屆噶瑪蘭獎」。

◎獲頒東元教育基金會「第十三屆東元獎」人文類——社會服務獎。

發表詩作〈春天〉、〈握手〉、〈原來如此〉,刊於《聯合報》。

發表詩作〈深沉的歎息——致楊儒門〉,刊於《自由時報》。

以「黃回」為筆名發表〈大腸的味道真美〉，刊於《自由時報》。

於《自由時報》「九彎十八拐」專欄發表：〈立什麼樣的人的傳？〉、〈輕言之前〉、〈去台東〉、〈塞怕了沒？〉、〈點心的尊嚴〉、〈一朵花的背後〉、〈鄉愁商品化〉、〈討厭與討厭的距離〉、〈愛心是非題〉、〈再見吧！母親節〉、〈幽他一默〉、〈金豆〉、〈生命，怎麼教育？〉、〈寵壞自己的暴發戶〉、〈眉刷刷眉〉、〈一隻便秘的老鼠〉、〈高台多悲風──來一場消暑的戲〉、〈走入老照片的舊時空〉、〈飯桌上的對話〉、〈心裡的桃花源〉、〈落幕後的漣漪〉、〈臉上的風景〉。

法譯本「黃春明童話」《Je suis un chat, un vrai !》（我是貓也）、《L'éléphant à la trop petite trompe》（短鼻象）、《L'empereur qui n'aimait que les douceurs（愛吃糖的皇帝)》、《Le secret des bonshommes de paille》（小麻雀‧稻草人），南特：Gulf Stream 出版。

《大地之子：黃春明的小說世界》，肖成主編，北京：作家出版社與臺北：人間出版社合作出版。

以支持黃春明為號召的「黃大魚文化藝術基金會」創立，助力黃春明在家鄉宜蘭深耕的文化志業。

△辦理《九彎十八拐》週年慶祝活動「第一屆悅聽文學」，由黃大魚兒童劇團、黃大魚文化藝術基金會連年辦理。

二〇〇七

發表〈巨人的眼淚〉，刊於《聯合報》。

發表劇本〈稻草人和小麻雀〉，刊於《聯合文學》第二六七期。

發表詩作〈魚和愚〉，刊於《聯合文學》第二七一期。

發表〈油彩之外〉、〈宜蘭人典藏的一幅名畫〉及詩作〈車禍〉，刊於《九彎十八拐》第十二、十六期。

創立九彎十八拐劇團。

擔任國立臺灣藝術大學駐校作家暨講座教授、佛光大學文學系兼任教授。

二〇〇八

◎佛光大學頒授榮譽文學博士學位。

◎「2008第三屆經典人物——黃春明跨領域座談會暨國際學術研討會」，由
國立中正大學主辦。

發表〈一朵白色的康乃馨〉、〈在舞台上咳嗽的老人〉、〈感官與文學〉、〈偶戲
偶感〉，刊於《九彎十八拐》第十九至二十一期。

發表〈有一隻懷錶〉，刊於《INk印刻文學生活誌》第五十八期。

發表〈謝謝白髮老館長〉，刊於《圖書館讓我說》第一期。

發表詩作〈賀太平洋詩歌節〉，刊於《中國時報》。

△率領黃大魚兒童劇團宜蘭子弟兵前進國家劇院演出《稻草人和小麻雀》，
並親自粉墨登場。

擔任美國加州大學聖塔芭芭拉分校駐校作家暨文學講座。

二〇〇九

發表〈但是已經很完美了〉及詩作〈那一夜，太平洋詩歌節〉，刊於《聯合
報》。

發表〈走！我們消費去〉、〈同舟不共濟〉、〈聽者有意〉、〈貓頭鷹和老烏
鴉〉、〈一隻往生的烏龜〉、〈莫拉克雜感〉、〈陽春不白雪〉，刊於《九彎十
八拐》第二十三至二十八期。

「黃春明作品集1-8」：《看海的日子》、《兒子的大玩偶》、《莎喲娜啦‧再
見》、《放生》、《沒有時刻的月臺》、《等待一朵花的名字》、《九彎十八
拐》、《大便老師》，臺北：聯合文學出版公司出版。

《黃春明小說選》，香港：明報月刊社出版出版；新加坡：青年書局出版。

《泥土的滋味：黃春明文學論集》，江寶釵、林鎮山主編，臺北：聯合文學
出版公司出版。

△開辦宜蘭社區大學「來演一齣戲」課程，指導九彎十八拐劇團文學劇場
《售票口》讀劇演出。

擔任香港浸會大學駐校作家。

二○一○

◎獲頒「第二十九屆行政院文化獎」。

◎「第三屆向大師致敬——來一碗拾錦黃春麵」系列活動，趨勢教育基金會
　主辦。

發表〈在龍眼樹上哭泣的小孩〉，刊於《聯合報》。

發表〈不要冤枉所謂的壞學生〉、〈鄭和與空心菜〉，刊於《九彎十八拐》第
　二十九、三十四期。

「黃春明作品集9」：《毛毛有話》，臺北：聯合文學出版公司出版。

△指導九彎十八拐劇團演出文學劇場《售票口》售票演出，並擔任說書人。

二○一一

發表〈6000個稻草人〉、〈無言歌〉、〈我們要孩子，不要核子〉、〈「可恥」事
　件〉、〈口業不可造〉、〈石羅漢日記發想〉、〈青青河畔夢〉，刊於《九彎十
　八拐》第三十六至四十期。

「黃春明童話集」：《我是貓也》、《短鼻象》、《小駝背》、《愛吃糖的皇帝》、
　《小麻雀‧稻草人》，臺北：聯合文學出版公司出版。

2011春光明媚系列「今年蘭陽第一季‧黃春明」藝文展、「稻草人集合！」
　蘭陽地景展，由宜蘭縣政府主辦。

指導九彎十八拐劇團至宜蘭縣社區公益巡演，文學劇場《售票口》。

二○一二

發表〈誰才真正愛台灣〉、〈貓頭鷹 vs 鷹頭貓〉、〈一則小小的故事〉、〈哀神
　木〉、〈百果樹〉及詩作〈兩棵小樹的夢想〉，刊於《九彎十八拐》第四十
　一至四十六期。

以筆名「春鳴」創作撕畫文輯〈姑婆葉〉、〈雞冠花〉，刊於《九彎十八拐》
　第四十六期。

以筆名「春鳴」創作撕畫〈床前無月光〉、〈海豚會轉彎〉。

韓譯本《코 짧은 코끼리》（短鼻象），收錄黃春明五本撕畫童話繪本，首
　爾：문학과지성사出版。
△黃大魚兒童劇團進駐宜蘭火車站前藝文景點「百果樹紅磚屋」。

二○一三

◎獲頒「第七屆總統文化獎」、「第三屆全球華文文學星雲獎」貢獻獎。
◎獲頒韓國「李炳注文學獎」。
發表〈歡樂宜蘭年〉、〈心燈〉、〈舉例與比喻〉、〈媽媽，請您再打我一下〉、
　〈委屈您了，老人家〉、〈國防部，不敬禮解散〉，刊於《九彎十八拐》第
　四十七至五十一期。
發表詩作〈紅燈下〉，刊於《聯合報》。
以筆名「春鳴」創作撕畫文輯〈現實主義的狗〉、〈鳥籠〉、〈玫瑰與殘燭的對
　話〉，刊於《九彎十八拐》第五十至五十二期封面。
英譯本《HUANG CHUNMING Stories》（黃春明小說集），香港：中文大學
　出版社出版。
《台灣現當代作家研究資料彙編──黃春明》，臺北：國立臺灣文學館出版。
擔任宜蘭大學講座教授。

二○一四

◎香港浸會大學頒授榮譽院士。
發表〈從實踐中學習〉、〈小說的社會良心〉、〈巨魔的誕生〉、〈什麼？和為什
　麼？〉、〈量力而為〉及詩作〈黃槿花〉，刊於《九彎十八拐》第五十三至
　五十八期。
罹患淋巴癌、經六次化療。自謂「病中作樂、死不閉嘴」仍持續創作。
創作撕畫文輯〈路燈與癩蛤蟆的對話〉、〈神燈〉、〈黑馬與班馬的對話〉、〈老
　人與時間〉、〈向日葵〉、〈鳳凰花〉、〈佛經的歎息〉，分別刊於《九彎十八
　拐》第五十四至五十六、五十八、五十九、六十八、六十九期封面。
創作撕畫〈雞同鴨講〉、〈對號入座〉、〈牽豬哥的黃昏〉、〈流浪狗之歌〉、〈歡

迎對號入座〉、〈四腳朝天送馬年〉、〈國父孫中山先生的眼淚〉、〈馬耳朵〉、〈僵傀〉、〈人呢？〉、〈馬去羊來〉、〈默哀十秒〉、〈一個頭兩個大〉。

捷克譯本《Synkova panenka》（兒子的大玩偶），布拉格：IFP Publishing 出版。

法譯本《J'aime Mary》（我愛瑪莉），巴黎：Gallmard（伽利瑪出版社）出版。

簡體本「黃春明童話集」《我是貓也》、《短鼻象》、《小駝背》、《愛吃糖的皇帝》、《小麻雀‧稻草人》，北京：現代出版社出版。

二〇一五

◎獲頒「第六屆宜蘭文化獎」。

◎國立臺北教育大學頒授榮譽博士。

發表〈一里通，萬里徹〉、〈淡若水〉、〈談文創〉、〈無題〉、〈語言與文盲〉、〈老人的一聲嘆息〉，刊於《九彎十八拐》第五十九至六十四期。

創作撕畫文輯〈孫子的大玩偶〉、〈鷹頭貓〉、〈玉蘭花〉，分別刊於《九彎十八拐》第六十、六十七、七十期封面。

創作撕畫〈河淚〉、〈大鳥看世面，小鳥看場面〉、〈畫蛇不添足〉、〈又見酸葡萄〉、〈龜兔再賽〉、〈番薯屁與台北的空氣〉、〈瞎貓碰到死老鼠〉、〈巨蛋變大混蛋〉、〈大巨蛋〉、〈傭兵〉、〈海倫凱勒如是說〉、〈皮諾丘回到故鄉了〉、〈抹黑〉、〈台灣錢淹大腿〉、〈光芒啊〉。

◎由黃大魚文化藝術基金會、宜蘭大學、宜蘭縣文化局主辦「黃春明及其文學國際研討會」。

百果樹紅磚屋年終熄燈，引發藝文界搶救黃春明熱潮。

二〇一六

「百果樹紅磚屋熄燈事件」攻占元旦各大報頭版頭條新聞。

發表〈尋找鷹頭貓的小孩〉、〈兩顆蛤蜊的牽絆〉、〈鬮雞計畫〉、〈人工 壽命同窗會〉，刊於《聯合報》。

發表〈醫病糾紛何時了〉，刊於《民報》。

發表〈猴年怎麼說好呢？〉、〈犀牛釘在樹上了〉、〈請來喝一杯咖啡，火車會

等你〉、〈錯亂何時了〉、〈手機的時代〉、〈看板市招〉，刊於《九彎十八拐》第六十五至六十九期。

有聲書《聽見・黃春明——為自己寫的臺灣小說留下聲音》，臺北：趨勢教育基金會出版。

《聽說讀寫黃春明——黃春明及其文學國際研討會論文集》，李瑞騰主編，宜蘭：宜蘭縣文化局出版。

擔任國立宜蘭大學講座教授。

二〇一七

◎國立屏東大學頒授終身貢獻獎及名譽博士學位。

發表〈那個時代的路人甲〉，刊於《聯合報》。

二〇一八

發表〈兒戲〉、〈拜託拜託！〉、〈老話一則〉，刊於《九彎十八拐》第七十八至八十二期。

「黃春明作品集10」：《王善壽與牛進》，臺北：聯合文學出版公司出版。

宜蘭縣政府文化局於羅東文化工場舉辦「2018春光再明媚——黃春明特展」系列活動。

二〇一九

發表〈老不修！〉，刊於《聯合報》。

發表〈人民的眼睛是雪亮的？！〉，刊於《九彎十八拐》第八十三期。

「黃春明作品集11」：《跟著寶貝兒走》，臺北：聯合文學出版公司。

簡體本「黃春明小說集」：《看海的日子》、《莎喲娜啦・再見》、《放生》、《兒子的大玩偶》、《沒有時刻的月臺》，北京：聯合出版社出版。

簡體本「黃春明童話集」：《我是貓也》、《小麻雀・稻草人》，北京：聯合出版社出版；《短鼻象》、《小駝背》、《愛吃糖的皇帝》，河北：花山文藝出版社出版。

二〇二〇

◎《跟著寶貝兒走》獲「2020臺灣文學獎金典獎」。

發表〈清倉〉，刊於《聯合報》。

發表〈忘年之交陳永興〉，刊於《民報》。

「黃春明作品集12」：《秀琴，那個愛笑的女孩》，臺北：聯合文學出版公司出版。

二〇二一

◎《秀琴，那個愛笑的女孩》獲「2021第45屆金鼎獎」文學圖書獎。

發表〈九彎十八拐一百〉，刊於《九彎十八拐》第一百期。

日譯本《溺死した老貓》（溺死一隻老貓），東京：法政大學出版局出版。

英譯本《RAISE THE BOTTLES》（把瓶子升上去）、《A PLATFORM WITH NO TIMETABLE》（沒有時刻的月臺）倫敦：若意文化出版。

◎「第九屆近現代中國語文國際學術研討會：黃春明的文學與藝術」，國立屏東大學中國語文學系主辦。

後記

自二〇一三起迄今，黃春明持續受聘為宜蘭大學講座教授。

自二〇〇六開辦的《九彎十八拐》慶生活動，每年由黃大魚團隊聯合辦理，今年五月將辦理「第十七屆悅聽文學」和《九彎十八拐》滿出一百期的特展及系列講座。

黃春明的戲劇創作，本表僅列出主要劇目首次製作演出時程。詳細另有「黃春明的戲劇年表」，包含兒童劇、歌仔戲、文學劇場、故事劇場，以及尚待完備的黃春明青年時期廣播及電視劇本等資料整編。

黃春明初返宜蘭的吉祥巷工作室時期，本表僅列舉部分代表活動名，詳細會在「黃春明的社會實踐年表」完整呈現；包含《九彎十八拐》、悅聽文學、百果樹紅磚屋及不同階段事項的多元參與和記事。

　　本表如有疏漏，敬請指正。也歡迎提供珍貴的佐證文物或資料線索。
來訊請洽：918house@gmail.com、黃大魚兒童劇團FB粉絲頁、宜蘭市中山
路郵局266號信箱。

黃春明的文學與藝術
——第九屆近現代中國語文國際學術研討會議程表

時間：二○二一年十一月二十六日（五）
地點：國立屏東大學民生校區「教學科技館一樓視訊會議廳」

08：30－08：50		報到入場			
開幕典禮	08：50|09：10	古源光校長 簡光明院長 黃文車主任			
專題演講	09：10|10：10	主持人：簡光明院長（國立屏東大學人文社會學院） 主　講：陳芳明講座教授（國立政治大學台灣文學研究所） **講　題：黃春明小說中的寬容精神**			
場次	時　間	主持人	發表人	題　目	特約討論人
論文發表（一）	10：10|11：40	林慶勳教授 國立中山大學 中國文學系	林素卉教授 馬來西亞新紀元大學學院中國語言文學系	六、七○年代黃春明小說中人物語言使用與語碼轉換所表現的台灣社會	嚴立模教授 國立屏東大學 中國語文學系
			傅含章教授 國立屏東科技大學通識教育中心	論黃春明《毛毛有話》中兒童視角的作用	王建國教授 國立臺南大學 中國語文學系
			郭澤寬教授 國立東華大學臺灣文化學系	追憶逝去的過往 ——《等待一朵花的名字》裡的感覺結構	余昭玟教授 國立屏東大學 中國語文學系

11：40－13：10		午 餐		
論文發表（二）	13：10|14：40	龔顯宗教授國立中山大學中國文學系	洪瓊芳教授實踐大學應用中文學系	「禁語」下的翻騰：蘭陽戲劇團《杜子春》的入世思維	林茂賢主任臺中教育大學臺灣語文學系
			林秀蓉副院長國立屏東大學人文社會學院	近取諸身：探黃春明小說中的身體密碼	李瑞騰教授國立中央大學中國文學系
			廖淑芳教授國立成功大學臺灣文學系	哭笑不得——黃春明近期小說《跟著寶貝走》、《秀琴，那個愛笑的女孩》中的情色書寫與社會批判	蔡振念教授國立中山大學中國文學系
14：40－15：00		茶 敘		
論文發表（三）	15：00|16：30	黃文車主任國立屏東大學中國語文學系	陳正芳教授國立暨南國際大學中國語文學系	老人書寫的魔幻現實——以黃春明和王禎和的小說為例	蔡玫姿教授國立成功大學中國文學系
			董淑玲教授國立臺中教育大學語文教育學系	死亡與完成——黃春明小說的老人群象	唐毓麗教授國立高雄師範大學國文學系
			楊宜佩教授國立中央大學中國文學系	梅花香自苦寒來：談黃春明《看海的日子》女性形象的轉渡與自我意識的覺醒	羅秀美教授國立中興大學中國文學系
座談會		主持人	與談人	主 題	
	16：30|17：30	陳芳明講座教授國立政治大學臺灣文學研究所	黃春明先生作家	黃春明的文學與藝術	
			鄭秉泓先生影評人		
			李瑞騰教授國立中央大學中國文學系		

17：30－17：50	閉幕典禮

【議事規則】

論文發表：主持人五分鐘，發表人十二分鐘，特約討論人十分鐘，回應三分鐘，綜合討論十分鐘。

座　談　會：主持人五分鐘，與談人十五分鐘，綜合討論十分鐘。

術論文集叢書 1500024

黃春明的文學與藝術
──第九屆近現代中國語文國際學術研討會論文集

編	尤麗雯
任編輯	林以邠
約校對	宋亦勤
行 人	林慶彰
經 理	梁錦興
編 輯	張晏瑞

輯 所 萬卷樓圖書股份有限公司
臺北市羅斯福路二段 41 號 6 樓之 3
電話 (02)23216565
傳真 (02)23218698

行 萬卷樓圖書股份有限公司
臺北市羅斯福路二段 41 號 6 樓之 3
電話 (02)23216565
傳真 (02)23218698
電郵 SERVICE@WANJUAN.COM.TW

港經銷 香港聯合書刊物流有限公司
電話 (852)21502100
傳真 (852)23560735

SBN 978-986-478-693-0

022 年 6 月初版一刷

定價：新臺幣 400 元

如何購買本書：

1. 劃撥購書，請透過以下郵政劃撥帳號：
   帳號：15624015
   戶名：萬卷樓圖書股份有限公司

2. 轉帳購書，請透過以下帳戶
   合作金庫銀行 古亭分行
   戶名：萬卷樓圖書股份有限公司
   帳號：0877717092596

3. 網路購書，請透過萬卷樓網站
   網址 WWW.WANJUAN.COM.TW

大量購書，請直接聯繫我們，將有專人為
您服務。客服：(02)23216565 分機 610

如有缺頁、破損或裝訂錯誤，請寄回更換
版權所有·翻印必究
Copyright©2022 by WanJuanLou Books CO., Ltd.
All Rights Reserved　　　**Printed in Taiwan**

國家圖書館出版品預行編目資料

黃春明的文學與藝術 -- 第九屆近現代中國語
文國際學術研討會論文集 /尤麗雯主編.-- 初
版.-- 臺北市 ： 萬卷樓圖書股份有限公司,
2022.06
　　面 ；　　公分.-- (學術論文集叢書 ; 1500024)
ISBN 978-986-478-693-0(平裝)
1.CST: 漢語 2.CST: 中國文學 3.CST: 文集

802.07　　　　　　　　　　　　111008651